SIMPLE PERFECTION

Du même auteur

Dangerous Perfection, &moi, 2015.

Abbi Glines

SIMPLE PERFECTION

*Traduit de l'anglais (États-Unis)
par Lucie Delplanque*

Roman

&moi

Titre de l'édition originale :
SIMPLE PERFECTION
Publiée par Atria, un département de Simon & Schuster

Maquette de couverture : Evelaine Guilbert
Photo : © CURA photography / Thinkstock

ISBN : 978-2-7096-4707-6

© 2013 by Abbi Glines. Tous droits réservés, y compris le droit de reproduction de tout ou partie sous quelque forme que ce soit. Cette édition a été publiée avec l'accord d'Atria, un département de Simon & Schuster, Inc., New York.
© 2015, éditions Jean-Claude Lattès pour la traduction française.
Première édition février 2015.

*Pour mon mari Keith.
Merci d'être mon refuge.*

Woods

Ma mère ne m'avait pas adressé la parole une seule fois pendant les obsèques de mon père. Lorsque je m'étais approché pour la réconforter, elle s'était détournée avant de s'éloigner. Je savais que la vie me réservait bien des surprises, mais je n'avais pas envisagé celle-là. Jamais. Rien de ce que j'avais fait n'avait affecté la vie de ma mère. Cependant, elle avait aidé mon père dans ses efforts à détruire la mienne.

Le voir allongé là, froid et immobile dans son cercueil, ne m'avait pas frappé autant que je l'avais imaginé. Tout était trop frais. Je lui en voulais encore. Il avait fait du mal à Della, ce que je ne pourrais jamais accepter. Même après qu'il fut mort et enterré, je ne pouvais lui pardonner. Della était le centre de mon univers.

L'absence d'émotion dans mon regard n'avait pas échappé à ma mère. Je ne suis pas du genre à faire semblant. Enfin, plus maintenant. Une semaine plus tôt, sans le moindre remords, j'avais laissé derrière moi cette vie pour laquelle j'étais né. Il n'avait pas été difficile de tout laisser tomber. Ma seule préoccupation était de retrouver Della, la femme qui avait tout changé en entrant dans ma vie. Della Sloane était devenue ma drogue, alors même que je n'étais pas libre. Dans toute sa troublante perfection, elle m'avait fait tomber désespérément amoureux d'elle. Une vie sans elle semblait vaine. Je me demandais souvent comment on pouvait trouver le bonheur sans la connaître.

Avec la mort soudaine de mon père, cette vie dont je venais de me laver les mains et à laquelle j'avais été si prompt à renoncer me retombait à présent lourdement sur les épaules. Dès l'instant où j'avais remis les pieds à Rosemary Beach, en Floride, Della avait été une présence silencieuse à mon côté. Sa main menue glissée dans la mienne, elle savait quand j'avais besoin d'elle sans qu'une seule parole soit nécessaire. Une simple pression de ses doigts sur les miens suffisait à me rappeler qu'elle me soutenait et que j'étais capable d'affronter tout cela.

Sauf qu'à cet instant elle n'était pas là. Elle était chez moi. Je n'avais pas voulu l'amener chez ma mère. Celle-ci aurait sans doute aimé prétendre que je n'existais pas, alors que toute sa vie m'appartenait, à présent, jusqu'à l'endroit où elle vivait. La maison n'était pas séparable du country club, et mon grand-père s'était assuré que tout me revînt à la mort de mon père.

Pas une seule fois ce dernier n'avait jugé bon de m'en informer. Il m'avait toujours bien fait comprendre que c'était lui qui dirigeait ma vie. Si je voulais ce monde, alors je devais me plier à sa volonté. Or, depuis toujours, il était prévu que tout me revienne le jour de mon vingt-cinquième anniversaire. Ou à la mort de mon père, si elle survenait en premier. Impossible d'échapper à cette mascarade.

J'envisageai un instant de frapper, mais changeai d'avis. Ma mère devait arrêter de se comporter comme une enfant. Elle n'avait plus que moi. Il était temps qu'elle accepte la présence de Della dans ma vie, car j'avais bien l'intention de lui passer la bague au doigt dès que j'aurais réussi à l'en convaincre. Je connaissais assez Della pour savoir que ce ne serait pas chose facile. Si mon univers devait se transformer de façon aussi inattendue, je voulais au moins m'assurer de la trouver chez moi, le soir en rentrant.

J'allais poser la main sur la poignée lorsque la porte s'ouvrit. Angelina Greystone se tenait devant moi, sur le seuil de la maison de mes parents, un sourire innocent aux lèvres. Son attitude affable ne suffisait cependant pas à masquer la lueur maligne dans son regard. Dire que j'avais failli me marier avec cette femme afin de récupérer le club qui, de toute façon, me revenait. Mon père m'avait fait croire qu'épouser Angelina était la condition pour obtenir la promotion et l'avenir que je méritais.

Ce que mon père n'avait pas prévu, en revanche, c'était que Della ferait irruption dans ma vie pour me montrer que mon avenir ne se résumait pas à un mariage sans amour avec une garce sans cœur.

— Nous t'attendions. Ta mère est dans le salon avec une camomille que je viens de lui préparer. Elle veut te voir, Woods. Je suis heureuse que tu aies pensé à la ménager en n'amenant pas cette fille.

Je savais parfaitement que, malgré les paroles que cette sorcière venait de prononcer, elle connaissait le prénom de Della. Peut-être aurait-elle voulu prétendre n'avoir jamais entendu parler d'elle ou ne pas la connaître, mais c'était faux. C'était du pur dépit. En revanche, ce que je ne savais pas, c'était ce qu'elle foutait chez ma mère.

Sans répondre, j'entrai dans la maison et passai devant elle. Je n'avais pas besoin d'elle pour savoir où se trouvait ma mère. Celle-ci se réfugiait toujours dans le salon lorsqu'elle avait besoin d'être seule. Elle s'asseyait sur le fauteuil cabriolet de velours blanc qui avait autrefois appartenu à ma grand-mère et contemplait les flots par la grande baie vitrée qui occupait tout un mur de la pièce.

Je ne prêtai pas attention au cliquetis des talons d'Angela, derrière moi. Tout en elle me mettait les nerfs à vif. Sa présence en pleine crise familiale, le jour de l'enterrement de mon père, ne faisait qu'ajouter à mon dégoût. À quoi jouait-elle? Qu'espérait-elle gagner dans cette affaire? Tout m'appartenait, à présent. À moi. Pas à mon père. Et certainement pas à ma mère. Le Kerrington qui tenait les rênes, à présent, c'était moi.

— Mère, dis-je en entrant dans le salon sans frapper.

Inutile de lui laisser l'occasion de me congédier, même si je ne serais jamais parti sans avoir eu cette conversation avec elle. Malgré tous ses torts, je l'aimais. C'était ma mère, même si elle avait toujours pris le parti de mon père, sans penser une seule fois à moi. Il n'avait jamais été question que de ce qu'eux voulaient pour moi. Je ne l'en aimais pas moins pour autant.

— Woods, je t'attendais.

Rien de plus. Elle n'avait même pas quitté le Golfe des yeux. C'était douloureux. Nous venions tous deux de perdre une partie de notre vie avec la mort de mon père, mais elle ne voyait pas les choses ainsi. Elle ne comprendrait jamais. Je vins me placer dans son champ de vision.

— Nous devons parler, annonçai-je simplement.

— En effet, fit-elle en levant les yeux vers moi.

J'aurais pu la laisser mener le reste de la conversation, mais ce n'était pas mon intention. Il était temps de poser des limites. Surtout maintenant que Della était avec moi et que nous étions revenus à Rosemary.

— Au moins, il est venu seul, lança Angelina depuis la porte.

L'intrusion me fit lever la tête, l'air furieux. Elle n'avait rien à faire là.

— Rien de tout cela ne te concerne, répondis-je avec froideur. Tu peux nous laisser.

Elle se crispa.

— Cela la concerne. Elle va habiter avec moi. Je ne peux pas rester seule et Angelina le comprend très bien. C'est une bonne fille. Elle aurait fait une excellente belle-fille.

Je comprenais la douleur de ma mère, encore vive après le décès de mon père. Son chagrin était bien réel. Pourtant, je refusais de la laisser prendre le dessus. Il était temps de clarifier certaines choses pour nous deux.

— Elle aurait fait une garce de belle-fille, égoïste et gâtée. Heureusement que je m'en suis rendu compte avant qu'il ne soit trop tard et que je ne gâche ma vie.

Je les vis toutes les deux réagir, mais ne leur laissai pas le temps de répondre.

— C'est moi qui dirige tout, à présent, Mère. Je vais m'occuper de toi et veillerai à ce que tu ne manques de rien. En revanche, je refuse d'accorder la moindre place à Angelina dans ma vie. Et surtout, je ne laisserai personne faire de mal à Della. Je la protégerai de vous deux. Elle est ma perfection. Elle tient mon cœur entre ses mains. La voir souffrir m'anéantit. Je ne peux commencer à t'expliquer ce que je ressens pour elle. Comprends juste que je ne laisserai plus personne lui faire de mal. Je ne le pardonnerai jamais. Chaque fois que je la vois souffrir, je perds une partie de mon âme.

Je vis ma mère pincer les lèvres, la seule réponse que j'attendais. Elle n'acceptait pas. Le moment n'était pas venu de la convaincre de mes sentiments pour Della. Elle était en deuil et, moi, j'étais encore en colère contre l'homme qu'elle pleurait.

— Si tu as besoin de quoi que ce soit, appelle-moi. Lorsque tu seras prête à me parler sans éprouver de rancœur envers Della, appelle-moi. Alors, nous parlerons. Tu es ma mère et je t'aime. Mais tu n'approcheras pas Della et jamais tu ne passeras avant elle. Tu dois comprendre que si tu me forces à choisir, ce sera elle, sans la moindre hésitation.

Je vins déposer un baiser sur sa tête, puis sortis sans un mot pour Angelina. Il était temps de rentrer. Je n'aimais pas laisser Della seule. Cela me rendait toujours nerveux.

Della

Il n'avait toujours pas versé une larme. Aucune émotion. Je n'aimais pas ça du tout. Je voulais qu'il laisse sortir son chagrin. Il devait ouvrir les vannes, plutôt que de retenir ses émotions à cause de moi. Savoir qu'il s'efforçait de contenir sa douleur pour me protéger me nouait l'estomac. Certes, son père l'avait trahi en me forçant à partir, mais j'avais vu la façon dont Woods le regardait et cherchait sans cesse son approbation. Il aimait son père. Il devait pleurer sa mort.

— Della ?

Woods entra dans le salon, derrière moi. Il parcourut un instant la pièce des yeux, avant de m'apercevoir sur le balcon. Il se dirigea droit vers la baie vitrée pour me rejoindre ; dans ses yeux brillait une lueur déterminée qui ne me disait rien qui vaille.

— Salut ! Comment ça s'est passé ? demandai-je avant qu'il ne m'attire contre lui pour me serrer avec force, un geste qu'il avait souvent fait cette semaine.

— Elle est en deuil, répondit-il, sa bouche contre mes cheveux. Nous reparlerons lorsqu'elle aura eu le temps de faire le tri dans sa tête… Tu m'as manqué.

Avec un sourire triste, je levai les yeux vers lui.

— Tu n'es parti qu'une heure. Je n'ai pas pu te manquer en si peu de temps.

Woods me caressa les cheveux, balayant quelques mèches rebelles, puis prit mon visage dans ses mains.

— Tu m'as manqué à l'instant même où j'ai franchi cette porte. Je voudrais t'avoir à mon côté en permanence.

— Je ne peux pas toujours être avec toi, répondis-je avec un sourire, en embrassant sa main.

Une ombre familière passa sur son visage.

— Mais je veux que tu sois avec moi ! protesta-t-il en me passant un bras autour de la taille pour me serrer davantage. Je n'arrive pas à me concentrer si je ne suis pas près de toi. J'ai besoin de te toucher.

Je déposai un baiser au creux de son poignet.

— Tu sais bien que, quand tu me touches, les choses ont tendance à dégénérer, fis-je remarquer avec un grand sourire.

La main de Woods se glissa sous ma chemise et je frissonnai en la sentant remonter vers ma poitrine.

— Pour l'instant, j'ai très envie que ça dégénère.

Moi aussi. J'en avais toujours envie, mais il avait besoin de se confier. Il devait laisser sa peine s'exprimer.

La sonnerie de son téléphone vint nous interrompre. Le visage de Woods se crispa et, à contrecœur, il sortit la main de sous ma chemise pour chercher son téléphone dans sa poche.

— Allô ? dit-il d'un ton professionnel en s'excusant d'un regard. Oui, j'arrive dans cinq minutes. Dites-lui de me retrouver dans le bureau de mon p... Dans mon bureau.

Il avait du mal à considérer que l'ancien bureau de son père lui appartenait, à présent. Encore un signe qui trahissait le chagrin qu'il tentait d'ignorer.

— C'était Vince. Plusieurs membres du conseil d'administration sont en ville et veulent me rencontrer dans une heure. Gary, le conseiller personnel de mon père et aussi son meilleur ami, veut me voir avant. Je suis désolé, ajouta-t-il en me prenant la main.

— Ne t'excuse pas. C'est normal. Si je peux faire quoi que ce soit pour t'aider, tu n'as qu'à me le dire.

Woods laissa échapper un petit rire.

— Si je pouvais te garder avec moi dans mon bureau toute la journée, je crois que je n'hésiterais pas.

— Hum… Je pense que tu ne serais pas très efficace.

— Non, c'est même sûr.

— Allez, file. Va prouver au conseil que tu es prêt à faire face.

— Et toi ? Tu vas faire quoi ? demanda-t-il en déposant un baiser sur mes cheveux.

Je voulais recommencer à travailler. J'avais envie de revoir du monde et d'être occupée. Rester allongée sur la plage toute la journée, ce n'était pas vraiment mon genre.

— Est-ce que je pourrais reprendre mon travail ?

— Non, répondit-il, l'air soudain soucieux. Je ne veux pas que tu recommences à servir au restaurant.

Je m'étais préparée à une telle réponse.

— D'accord. Alors, je vais chercher un boulot ailleurs. Il faut que je m'occupe. Surtout si tu es très pris de ton côté.

— Et si tu as besoin de moi ? Où voudrais-tu travailler ? Et si je n'arrive pas à te joindre ? Ça paraît compliqué, Della. Je ne peux pas te protéger si tu n'es pas près de moi.

Tout ce que je faisais, c'était lui causer davantage de soucis. Il avait besoin d'un peu de temps pour s'adapter. J'étais prête à faire ça pour lui, le temps qu'il panse ses plaies. De mon côté, j'allais devoir trouver un moyen d'occuper mes journées.

— D'accord, répondis-je avec un sourire que j'espérais rassurant. Reparlons-en d'ici une ou deux semaines.

Il sembla soulagé. C'était tout qui comptait.

— Je t'appelle dès que la réunion est terminée. On dînera ensemble. Je ne t'abandonne pas longtemps, promis.

Je me contentai de hocher la tête. Woods m'attira contre lui pour m'embrasser. Un baiser possessif. Pour l'instant, il avait surtout besoin de ma présence à ses côtés. Pour l'instant, j'étais prête à faire ça pour lui.

— Je t'aime, chuchota-t-il, avant de déposer un dernier baiser sur mes lèvres.

— Je t'aime aussi.

Après le départ de Woods, je restai un moment sur le balcon à regarder la baie. Moi qui étais jusqu'à présent passée à côté de tellement de choses, voilà que je découvrais que la vie était une question de sacrifices. Surtout quand on aimait quelqu'un.

Mon téléphone sonna sur la table où je l'avais posé un peu plus tôt. Numéro masqué, ce qui ne pouvait signifier qu'une seule chose : c'était Tripp.

— Salut ! lançai-je en m'installant sur la chaise longue.

— Comment ça va ?

— Bien. Woods s'adapte petit à petit.

Tripp poussa un long soupir.

— J'aurais dû rentrer pour l'enterrement. Mais... c'était trop pour moi.

Quelque chose à Rosemary hantait encore Tripp, sans que je sache exactement quoi. Depuis son départ, il m'avait appelée deux fois, chaque fois en masquant son numéro, et chaque fois il m'avait semblé bizarre. Comme déprimé.

— Jace a essayé de te joindre plusieurs fois, mais sans succès. Tu as changé de numéro.

— Ouais. J'avais besoin de prendre le large.
— Tu lui manques. Il s'inquiète pour toi.

Tripp ne répondit rien et ce n'était pas moi qui allais le harceler.

— Je vais l'appeler pour qu'il sache qu'il n'y a aucune raison de s'inquiéter. Je n'aurais pas dû rester à Rosemary si longtemps. Cela me retourne le cerveau. Je ne peux pas y retourner. Il y a des choses… des trucs que je n'ai pas très envie d'affronter.

Je le savais déjà, sans avoir d'idée précise sur ces souvenirs qui le tenaillaient.

— Tu as repris le boulot ? demanda-t-il soudain.
— Non. Woods ne veut pas que je retravaille tout de suite. Il a besoin que je sois disponible pour lui. Je suis son seul soutien. Sa mère… enfin, tu sais comme elle est.

Tripp resta silencieux un moment. Je me demandai bien à quoi il pouvait penser. Je n'avais vraiment pas envie qu'il fasse un commentaire négatif à l'égard de Woods.

— O.K., pour l'instant, il a besoin de toi, reprit-il enfin. Je comprends. Mais, Della… Tu as commencé ce voyage pour découvrir la vie. Ne l'oublie pas. Tu as quitté une prison. Ce n'est pas pour aller t'enfermer dans une autre.

Ses paroles me blessèrent cruellement. Woods n'avait rien à voir avec ma mère. S'il avait besoin de moi pour l'instant, c'était parce qu'il venait de perdre son père et s'était retrouvé du jour au lendemain propulsé dans une situation pour laquelle il n'était pas prêt. Il ne cherchait pas à me contrôler.

— Ça n'a rien à voir. Je choisis de rester à son côté. Je l'aime et je veux être là pour lui, quoi qu'il arrive. Lorsqu'il ira mieux, il ne verra aucune objection à ce que je recommence à travailler.

Tripp ne répondit pas et nous restâmes ainsi quelques minutes en silence. Je me demandai si c'était parce qu'il n'était pas d'accord ou parce qu'il ne savait pas trop quoi répondre.

— La prochaine fois, je ne masquerai pas mon numéro. Je veux que tu puisses me joindre en cas de besoin.

Je n'aurais pas besoin de son numéro.

— Seulement… ne le donne pas à Jace ni à quiconque, poursuivit-il. S'il te plaît.

— Salut, Tripp.

Je raccrochai. Je n'avais pas envie d'entendre ses doutes et ses inquiétudes. Il se trompait. Tout irait très bien entre Woods et moi. Il se trompait complètement.

Un mois plus tard

Woods

Je jetai un rapide coup d'œil à mon téléphone et envisageai d'appeler Della. Cela faisait plus de cinq heures que je ne lui avais pas parlé. J'avais enchaîné les réunions et les téléconférences toute la matinée. Della ne me le reprochait jamais. C'était bien ce qui m'embêtait. En réalité, je pensais qu'elle aurait dû se plaindre. Je n'étais pas à la hauteur. Comment étais-je censé diriger le Kerrington Club et prendre soin d'elle en même temps ? N'importe quelle autre femme aurait débarqué dans mon bureau pour me faire une scène. Mais pas Della. Jamais elle ne ferait une chose pareille.

Deux rapides coups frappés à ma porte me détournèrent de mon téléphone. J'appellerais dans une minute.

— Entrez ! lançai-je en commençant à éplucher des documents que Vince m'avait demandé de signer un peu plus tôt.

— Vince n'était pas là, alors je me suis permis de frapper.

La voix d'Angelina me prit un peu par surprise.

— Qu'est-ce que Mère peut bien vouloir, cette fois-ci ? demandai-je sans même lever les yeux.

C'était la raison de sa venue. Tout d'abord, la présence d'Angelina m'avait agacé, mais j'avais fini par comprendre qu'elle était plus capable d'aider ma mère que moi-même. Et plus disposée, aussi.

— Tu lui manques. Cela fait plus d'une semaine que tu n'as pas appelé pour prendre de ses nouvelles.

Angelina était aussi douée que ma mère pour les plans culpabilité. Toutes les deux se ressemblaient tellement.

— Je l'appellerai dans la journée. J'ai du travail. Si c'est tout, tu connais le chemin…

— Pas la peine de me traiter avec une telle froideur. J'essaie de t'aider comme je peux. Chaque journée que je passe auprès de ta mère, je le fais pour toi. Rien que pour toi. Je suis amoureuse de toi, Woods. Tu ne me laisses même pas la chance de disputer une place dans ton cœur. Mais elle ? Que fait-elle pour toi ? Je ne la vois pas essayer de t'aider…

— Arrête, l'interrompis-je. Ne te mets jamais au même niveau que Della. Je ne t'ai pas demandé de t'occuper de ma mère. Je peux employer quelqu'un pour le faire, si besoin. Della est la raison qui me pousse à me lever chaque matin. Ne sous-estime jamais son importance.

Angelina se raidit et s'apprêta à répondre, mais je baissai mes yeux pleins de colère vers les contrats sur mon bureau. En ce qui me concernait, cette conversation était terminée.

— Tu peux t'en aller.

Le cliquetis de ses talons sur le plancher résonna comme une douce musique à mes oreilles. À peine eut-elle refermé la porte derrière elle que je sautai sur mon téléphone.

— Allô ? répondit la voix mélodieuse de Della.

— J'ai besoin de toi.

— Je sors juste d'un brunch avec Blaire et Bethy. J'arrive tout de suite.
— Prends ton temps. Je ne bouge pas.
— D'accord.

Dix minutes et quinze secondes plus tard exactement, la porte de mon bureau s'ouvrit et Della entra. Elle avait noué ses cheveux bruns en une queue-de-cheval et la courte robe d'été qu'elle portait épousait ses formes au-delà du raisonnable. Je me levai pour l'accueillir.
— Salut, lança-t-elle avec un sourire timide.
— Salut, répondis-je en plaçant mes deux mains sur ses hanches avant d'embrasser ses lèvres toujours si pulpeuses et si douces.

La légère saveur de fraise de son gloss dansa sur ma langue. Elle était tout ce dont j'avais besoin pour affronter la vie, jour après jour. Della rompit notre baiser et prit mon visage à deux mains.
— Ça va ? demanda-t-elle d'une voix douce.
— Maintenant, oui.

Elle m'observa un instant avec attention, puis tourna les talons et se dirigea vers la porte. Avant que je puisse lui demander ce qu'elle faisait, j'entendis la clé tourner dans la serrure.
— Déshabille-toi, dit-elle simplement, avant de faire glisser les bretelles de sa robe sur ses épaules.

Je restai un instant interdit, puis fis ce qu'on me demandait, incapable de la quitter des yeux. Lorsque sa robe tomba à ses pieds et que je la vis, debout devant moi, simplement vêtue d'une culotte de dentelle rose et d'un soutien-gorge assorti, je sentis mes mains se mettre à trembler. Je ne me lassais jamais de la voir ainsi.
— Nous n'avons pas encore fait l'amour ici, fit-elle remarquer avec un sourire, avant de dégrafer son

soutien-gorge, qu'elle laissa négligemment tomber par terre.

— Non, c'est vrai, parvins-je à articuler.

Lorsqu'elle glissa les pouces sous l'élastique de sa culotte et commença à la retirer, j'atteignis mon point de rupture. À l'instant même où elle retira le sous-vêtement, je franchis les deux pas qui nous séparaient et la pris dans mes bras. Aussitôt, elle enroula fermement ses jambes autour de moi. Ce que nos bouches entreprirent alors ne pouvait même plus être qualifié de baiser. C'était trop brut. Nous nous dévorions l'un l'autre.

J'avais dans l'idée de la prendre sur mon bureau, mais nous n'allions pas tenir jusque-là. Pas après ce strip-tease. Je n'allais même pas être en mesure de la goûter et de la caresser. Il fallait que j'entre en elle avant d'exploser.

Je la posai par terre et la fis rapidement tourner sur elle-même jusqu'à ce qu'elle se trouve face au mur.

— Prépare-toi, lui chuchotai-je à l'oreille.

Se penchant en avant, Della plaça les deux mains sur le mur. Je profitai un instant du spectacle de son corps ainsi cambré vers moi, laissant mon cœur s'élancer à un rythme dangereux. Elle était magnifique. Parfaite. Je la saisis par les hanches et plongeai en elle. Le cri de plaisir que je poussai fut tel qu'il était impossible que Vince ne m'ait pas entendu depuis son bureau. Je m'en foutais complètement.

— C'est tellement bon, murmurai-je contre son oreille. Toujours tellement bon.

Le frisson qui parcourut son corps me fit sourire.

— Plus fort, haleta-t-elle, en pressant son adorable cul rond contre moi.

Je me ruai en elle, puis m'immobilisai. Profondément enfoui dans son corps, je me penchai pour lui caresser les seins.

— Tu me rends dingue, bébé.

Avec un gémissement, Della remua les fesses. Elle voulait que je reprenne mes mouvements.

— Tu es tellement serrée. C'est le paradis. Je voudrais pouvoir passer ma vie en toi.

C'était vrai. La chatte de Della m'aspirait comme la plus voluptueuse des bouches. Soudain, son orifice étroit que j'adorais se mit à me compresser davantage. Je me figeai net. Cela recommença une seconde fois. Qu'est-ce que c'était que ce bordel ? C'était comme si elle m'aspirait.

— Oh putain..., grondai-je.

Elle allait me faire jouir avant l'heure. Je me glissai encore une fois en elle et la pression reprit.

— Bébé, tu vas me faire jouir, suppliai-je d'une voix étranglée.

J'étais à deux doigts d'éjaculer.

— Della, bébé, arrête ça ou je vais exploser. Je ne vais pas pouvoir me retenir.

Elle cambra un peu plus les reins et l'étau de soie brûlante se resserra davantage. C'était comme si elle avait pris le contrôle de mon corps. Je me sentis alors éclater et je criai son nom, tentant en vain de maîtriser les spasmes qui m'agitaient.

— Oh oui ! Oui ! s'écria soudain Della.

Son corps se raidit entre mes bras, puis elle commença à trembler. Je la serrai contre moi et nous restâmes ainsi collés, le temps de redescendre lentement de cette spirale orgasmique dans laquelle elle nous avait tous les deux propulsés.

— Bordel, qu'est-ce que tu m'as fait ? demandai-je enfin, sans la lâcher.

Elle s'appuya contre mon torse, un petit sourire au coin des lèvres.

— Je t'ai baisé, répondit-elle en guise d'explication. Et je crois que je ne m'en suis pas trop mal sortie.

Je ne m'étais pas attendu à une réponse pareille. En riant, je la portai jusqu'au fauteuil le plus proche, où je m'effondrai avec elle.

— C'était incroyable, soupirai-je en déposant un baiser dans son cou.

— Tu te sens mieux, maintenant ? demanda-t-elle en inclinant la tête sur le côté pour me laisser un meilleur accès.

— Ça dépend…

— De quoi ?

— De si je parviens à te convaincre de rester avec moi ici toute la journée.

— Tu as du travail.

— Mmmh… Mais si tu es près de moi, j'arrive mieux à me concentrer. Et puis, tu pourrais de nouveau te déshabiller et être une vilaine fille quand j'aurais envie de toi.

La tête rejetée en arrière, Della s'esclaffa. Son rire suffisait à remettre mon univers d'aplomb.

Della

L'interphone sur le bureau de Woods sonna deux fois.
— Monsieur Kerrington, Mlle Greystone souhaiterait vous voir, annonça la voix de son secrétaire dans le haut-parleur.
Woods ferma les yeux et reposa la tête sur le dossier du fauteuil où nous étions assis.
— Et merde… Qu'est-ce qu'elle veut, maintenant?
Venait-elle souvent ici? Je repoussai le sentiment de jalousie qui menaçait de se faufiler en moi. Bien sûr qu'elle venait le voir. Elle logeait chez sa mère et l'aidait à surmonter ce cap, ce qui arrangeait beaucoup Woods. Moi, en revanche, je ne savais même pas quoi faire pour l'aider. Lorsque je fis mine de me relever, Woods resserra son étreinte.
— Il faut qu'on s'habille, protestai-je.
— Ne me laisse pas seul avec elle.
— Je reste, ne t'en fais pas, répondis-je en déposant un baiser sur le bout de son nez. Mais je préfère quand même avoir quelque chose sur le dos quand elle rentrera.
Avec un gros soupir, Woods se décida enfin à me lâcher.
— Habille-toi aussi. Je me fiche bien de ce qu'elle a pu voir autrefois, mais il est hors de question qu'elle recommence.

Woods se leva en riant.

— On se calme, mignonne. Je vais remettre mes vêtements.

Nous nous habillâmes en échangeant des sourires. L'idée qu'Angelina entre ici, nous voie ensemble et comprenne ce qui venait de se passer me plaisait. C'était idiot de ma part, mais tant pis.

— Vous pouvez la faire entrer, demanda Woods dans l'interphone, tout en me regardant recoiffer du bout des doigts mes cheveux ébouriffés.

Lorsque la porte s'ouvrit, je me tournai vers Angelina, qui entra d'un pas assuré, comme si elle était chez elle.

— Je ne comprends pas pourquoi tu...

Son regard se posa sur moi et la phrase resta en suspens. Je finissais juste de me rattacher les cheveux.

— Vous venez vraiment de...?

— Qu'est-ce que tu fous encore ici? l'interrompit Woods.

Angelina sursauta comme s'il venait de la gifler et s'efforça de ne pas perdre contenance. Woods n'avait pas pris la peine de se recoiffer. Je me mordis la lèvre pour ne pas sourire en contemplant son air complètement débraillé.

— Je suis revenue te dire que ta mère souhaite t'avoir à dîner, répondit Angelina d'un ton pincé.

— À moins que Della ne soit elle-même invitée, je crains fort de ne pas être disponible.

Angelina laissa échapper un soupir agacé, puis me lança un bref regard.

— C'est quand même ta mère, Woods. Elle vient de perdre son mari et elle a du chagrin. Elle n'a plus que toi au monde. Tu ne comprends donc pas? Ou bien est-ce que tu t'en fiches?

Angelina avait raison. Peut-être la mère de Woods ne m'apprécierait-elle jamais, mais elle n'en restait pas moins sa mère et, à cet instant, elle avait besoin de lui.

— Tu devrais y aller, Woods, intervins-je avant qu'il n'ait le temps de répondre.

Il me regarda d'un air renfrogné.

— S'il te plaît, ajoutai-je, espérant qu'il ne discuterait pas devant elle.

Il se passa une main dans les cheveux, sans vraiment réussir à se recoiffer. Je souris. Il était adorable, ainsi.

— D'accord. Mais juste une heure. Et ce sera une exception. La prochaine fois que je dînerai avec elle, Della m'accompagnera.

La grimace ennuyée d'Angelina se mua en un sourire satisfait. Elle venait elle aussi de réussir à coincer Woods ce soir, sans ma présence importune. L'idée me révoltait, mais je ne pouvais empêcher Woods de voir sa mère.

— Ravie de savoir que tu es capable de penser avec autre chose que ce que tu as entre les jambes, lança Angelina, avant de tourner les talons.

— Quelle garce ! pesta Woods en s'éloignant du bureau sur lequel il s'appuyait. Ne l'écoute pas.

— Je sais...

Pourtant, au fond de moi, je me demandais si Angelina n'avait pas raison.

— Ils sont devant la porte, Della. Ne les laisse pas entrer. Ils nous feraient du mal. Ils n'attendent que ça. Il faut protéger ton frère. Ils ont déjà essayé de le tuer. Cette fois, ce serait notre tour. Ne les laisse pas entrer. Chuuut. Arrête de pleurer, sale gamine ! Tu dois rester tranquille. Ils finiront bien par partir.

Je me couvris la bouche à deux mains pour retenir les sanglots terrifiés qui m'échappaient. Je détestais quand cela se produisait, car Maman se montrait toujours mauvaise, après. Elle n'aimait pas quand on frappait à la porte. Cela la mettait dans tous ses états. Et puis, elle se mettait à lui parler. Il n'était pas là, mais elle le voyait quand même. Ça aussi, ça me faisait peur.

— Debout! Ils sont partis. Va chercher le colis qu'ils ont laissé devant la porte, mais prends bien garde qu'ils ne te voient pas.

Je n'avais pas envie d'ouvrir la porte. Sans trop savoir ce qui m'attendait dehors, prêt à bondir sur moi, je n'avais pas envie d'ouvrir cette porte. Pourtant, Maman me le demandait de plus en plus souvent. Depuis mon sixième anniversaire.

Une douleur fulgurante me vrilla la tête lorsqu'elle enroula sa main autour de ma queue-de-cheval pour me faire lever d'un geste brusque. Il ne fallait pas crier, sinon ça risquait d'être pire.

— Allez! hurla-t-elle d'une voix qui me fit frissonner des pieds à la tête.

Elle me poussa sans ménagement hors du placard et je m'élançai dans le couloir en chancelant. Elle resterait là jusqu'à ce que je revienne avec le colis.

Lorsque je me tournai vers elle, ce ne fut pas son regard fou et distant que je vis, mais du sang. Un flot de sang se déversant dans le couloir par la porte du placard. Non... Il n'était pas censé y avoir de sang.

Ensuite, un cri de terreur s'éleva du placard, déchirant l'air.

Je me réveillai en sursaut, tandis que ce cri strident résonnait encore autour de moi. C'était moi qui avais crié. C'était toujours moi qui criais. Pas ma mère.

Woods n'était pas encore rentré. Je tentai de prendre de profondes inspirations pour apaiser le martèlement sourd de mon cœur dans ma poitrine, puis me pelotonnai sur le ventre et ramenai mes jambes sous moi. Il n'arrivait plus très souvent que je m'endorme sans Woods à côté de moi. Sa présence m'empêchait d'avoir ces terreurs nocturnes, la plupart du temps.

L'horloge au-dessus du réfrigérateur indiquait qu'il était 21 heures passées. Woods avait-il décidé de rester plus longtemps chez sa mère ? En m'emparant de mon téléphone posé sur la table basse, je m'aperçus que j'avais deux appels en absence et un texto. Tous de Woods. Je lus le message :

Réponds stp. Suis inquiet pour toi. Maman a fait un malaise pendant le repas. Je crois qu'elle ne mange pas correctement. Appelle-moi !

Le message était arrivé dix minutes plus tôt. Je bondis du canapé et m'apprêtais à composer le numéro de Woods, lorsque la porte s'ouvrit brusquement et que celui-ci entra en trombe. Dès que son regard se posa sur moi, il s'arrêta et laissa échapper un soupir de soulagement.

— Tu es là ! Bon sang comme j'ai eu peur, bébé.

Lâchant mon téléphone, je me précipitai vers lui.

— Je suis désolée, je viens juste de me réveiller. Comment va ta mère ?

Woods me prit dans ses bras.

— Comme elle était trop faible pour se lever, j'ai dû appeler une ambulance. Angelina n'arrêtait pas de répéter que c'était peut-être un infarctus. C'est elle qui a accompagné ma mère, pour que je puisse venir ici m'assurer que tout allait bien.

— Quoi ? m'écriai-je en levant la tête vers lui. Tu dois aller à l'hôpital ! Vite… ! Non, attends. Laisse-moi attraper des chaussures, je viens avec toi.

— Tu es sûre ? Si tu es fatiguée, je ne veux pas te forcer. On risque d'en avoir pour toute la nuit.

J'enfilai une paire de tennis et me passai rapidement une main dans les cheveux.

— Je veux être avec toi.

Woods me tendit la main en souriant.

— Parfait. De toute façon, je n'aurais pas pu me concentrer si je t'avais su seule ici. Tu pourras toujours poser ta tête sur mes genoux pour dormir.

Je m'efforçai de ne pas penser à Angelina, qui avait su une fois encore se montrer utile. Grâce à elle, Woods avait pu revenir chez lui sans s'inquiéter pour sa mère. Et moi ? Que faisais-je à part lui causer du souci ? J'étais si fragile que j'avais besoin qu'on s'occupe de moi. Je n'étais qu'un fardeau de plus. Je ne servais à rien.

— Ne fais pas cette tête, elle va se remettre. Les ambulanciers ont dit que c'était sans doute son taux de potassium qui était un peu bas. Ils ne pensent pas qu'il s'agisse d'un infarctus mais, étant donné son rythme cardiaque, ils ont jugé plus prudent qu'elle soit auscultée par un médecin.

— Allons-y, répondis-je seulement.

Je devais trouver un moyen de me rendre utile. Il avait besoin de quelqu'un sur qui compter et je voulais que ce soit moi.

— Tu as bien dormi quand même, sans moi ? demanda-t-il soudain, tandis que nous quittions la maison.

— Super, aucun problème, mentis-je, car la vérité n'aurait fait que l'inquiéter davantage.

Woods

Della avait fini par accepter de s'allonger sur mes genoux et s'était endormie en quelques minutes. Il était plus de 3 heures du matin et ma mère était toujours en observation. Angelina était avec elle dans la chambre. C'était mieux ainsi.

Je n'étais pas idiot : je savais qu'Angelina ne s'occupait pas de ma mère par bonté d'âme. Il n'y avait aucune bonté dans son âme. Elle le faisait pour me mettre la main dessus. Ma mère n'avait pas besoin d'une infirmière à domicile. Juste d'une amie. Et Angelina acceptait de remplir ce rôle.

Della ne semblait pas s'en formaliser, mais je restais vigilant. Je voulais être sûr que la présence d'Angelina dans notre vie ne l'affectait pas. Au moindre signe d'agacement de sa part, j'étais prêt à rompre tous les liens avec ma mère jusqu'à ce qu'Angelina parte. De toute façon, elle finirait bien par s'en aller quand elle comprendrait que je ne voulais pas d'elle et que rien ne me ferait changer d'avis. Mon cœur appartenait à Della. Pour toujours.

Della gémit dans son sommeil. Je la serrai davantage contre moi, écartant les cheveux de son visage pour lui chuchoter des paroles rassurantes dans le creux de l'oreille. Cela l'apaisait toujours. Elle ne faisait presque plus de cauchemars. En général, je les entendais venir et parvenais à les arrêter avant qu'ils ne prennent des proportions inquiétantes.

— Je suis là, tout va bien. Tu es dans mes bras et rien ne peut t'arriver, Della. Rien, mon amour. Je ne laisserai rien ni personne te faire du mal.

Son souffle redevint régulier et son corps se détendit de nouveau pour retomber dans un sommeil paisible. Avec un sourire, je déposai un baiser sur sa tempe. J'aimais penser que j'étais capable de repousser ses peurs. Savoir que ma présence suffisait à la rassurer était une drogue puissante.

— Ça doit être usant, à la longue, non ? On dirait une enfant débile et sans défense.

Le ton glacial d'Angelina me hérissa, mais je ne levai même pas les yeux vers elle, préférant me concentrer sur la femme que je tenais dans mes bras.

— Comment va ma mère ?

— Elle dort. Elle ne s'alimente pas bien. Je le savais, mais je ne peux quand même pas la forcer. Je ne suis pas son infirmière. Si tu venais lui rendre visite plus souvent, elle mangerait plus. Tu lui manques.

Je n'avais jamais manqué à ma mère. Elle avait toujours été la marionnette de mon père, qui décidait si ma présence était souhaitée ou non. Lorsqu'elle pensait encore que j'allais épouser Angelina, elle acceptait de me voir.

— Je suis déçue de voir que tu la fais passer avant ta mère, Woods.

Je levai enfin les yeux du visage paisible de Della.

— Non, répondis-je avec froideur. C'est ma mère qui choisit de faire passer ses besoins avant les miens. Je n'ai pas l'intention de la laisser me dicter comment je dois vivre ma vie. Je veux aimer la personne de mon choix. Elle ne peut pas contrôler ça.

— Tu as le Kerrington Club à gérer, Woods. Tu as besoin de quelqu'un pour te soutenir et t'aider. Mais là, tu dois t'occuper d'elle en plus du club. Elle est un poids inutile. Tu ne réussiras jamais, avec un tel fardeau.

Je savais que rien ne m'était impossible si Della était avec moi. Rien.

— Ce que tu refuses de comprendre… Ce que ma mère refuse également de comprendre, c'est que je ne peux pas vivre sans Della. Je ne peux pas respirer. Je ne peux même pas me concentrer. J'ai besoin d'elle, putain ! C'est tout. Rien ne peut me résister si elle est près de moi. Tu peux donc remballer tes petits commentaires et tes certitudes à la con, et me foutre la paix. Je sais ce dont j'ai besoin et ce ne sera jamais toi. Tu entends ? Est-ce que tu peux te fourrer ça dans le crâne ? Ce ne sera jamais toi.

Angelina ouvrit la bouche, mais la referma brusquement. Le rouge qui lui monta brusquement aux joues indiquait que j'avais fait mouche. Elle était furieuse. Tant mieux. Il était temps. Je ne la regardai même pas s'éloigner, préférant revenir à Della. Le simple fait de la regarder m'apaisait.

Quatre heures plus tard, le médecin vint m'annoncer que ma mère allait mieux et qu'elle désirait me voir. Lorsque Della se réveilla en se frottant les yeux, je vis le médecin la dévisager sans vergogne. Je n'aimais pas que d'autres hommes la regardent comme ça, mais à quoi bon ? Elle était belle et terriblement sexy. Il fallait juste que je me rappelle qu'elle était avec moi.

— Va la voir, me dit-elle d'une voix ensommeillée. Je vais chercher du café. Tu en veux ?

Je l'embrassai, d'abord parce que j'avais besoin de sentir son parfum et aussi parce que je voulais que ce toubib comprenne bien que Della était à moi. Aussitôt, elle me répondit par une étreinte.

— Je t'aime, chuchotai-je.

— Je t'aime aussi, répondit-elle en se levant.

Je la regardai s'éloigner dans le couloir. Elle était vêtue de son short en coton déchiré et d'un de mes sweats à capuche que j'étais allé chercher pour elle dans la voiture, la veille au soir. Elle ne portait qu'un débardeur en arrivant et avait fini par avoir froid dans la salle d'attente.

— La jeune dame qui est dans la chambre avec votre mère, c'est votre sœur ? demanda le médecin.

Je tournai les yeux vers lui. Il n'était pas un peu jeune, pour être médecin ?

— Non, répondis-je simplement, avant de passer devant lui pour gagner la chambre de ma mère.

Angelina était assise dans le fauteuil près du lit et feuilletait un magazine. Elle était restée, malgré ce que je lui avais balancé. Soit elle était folle, soit elle aimait sincèrement ma mère.

— Bonjour, Mère, lançai-je en refermant la porte derrière moi.

— Bonjour, répondit-elle. Angelina me dit que tu es resté toute la nuit. Tu n'aurais pas dû.

Je déposai un rapide baiser sur son front.

— C'est normal, Mère.

— As-tu renvoyé cette fille chez toi ? demanda-t-elle ensuite, avec un dégoût qui ne m'échappa pas.

— Elle est partie chercher du café, répondis-je, bien décidé à ne pas me disputer avec elle à propos de Della. Tu dois manger plus.

— Je sais, soupira-t-elle. Mais je n'ai pas beaucoup d'appétit, c'est tout. Ton père me manque tellement.

C'était un fumier. Il a tenté de me contrôler et il m'a menti. Il a aussi fait du mal à Della et toi, tu n'as rien fait pour l'en empêcher. Il me serait difficile de pardonner, car il avait cherché à causer du tort à Della. Il n'y avait rien à rajouter.

— Il faut que j'aille travailler. Appelle-moi quand tu pourras sortir et je viendrai te chercher.

Le plus prudent était de quitter l'hôpital. C'était ma mère et je l'aimais, mais il y avait tant de choses entre nous qui restaient à pardonner. Je ne pouvais m'attarder davantage.

— Je me charge de la ramener chez elle, proposa Angelina. Va travailler. Tu dois être épuisé avec la nuit que tu viens de passer.

Elle semblait sincère. Méfiance.

— D'accord. Appelle-moi en cas de besoin, lançai-je finalement à ma mère avant de quitter la chambre.

Della m'attendait dehors, deux cafés à la main. L'inquiétude dans son regard était l'émotion la plus sincère que j'avais vue de toute la nuit.

— Comment va-t-elle? demanda-t-elle en me tendant une tasse de l'immonde café de l'hôpital.

— Ça va, ça va. Allons-nous-en.

— Et si je rentrais seule et que tu restes ici? Il s'agit de ta mère...

Je l'interrompis.

— Elle va bien. Elle a juste besoin de manger plus. Je veux rentrer avec toi.

Della poussa un soupir las, mais finit par céder.

— D'accord, si c'est ce que tu veux.

Della

Le feu de camp illuminait la plage sombre. Un peu à l'écart, je regardais les autres boire, danser et s'amuser. Woods était parti régler un problème professionnel : il n'avait encore trouvé personne pour le remplacer à son ancien poste. Pour l'instant, il faisait tout lui-même et je voyais bien que cela commençait à lui peser.

Je jetai un coup d'œil vers le groupe des amis de Woods qui m'avaient tout de suite acceptée. En entendant le rire de Bethy, je sus presque aussitôt qu'elle était ivre. J'aurais pu les rejoindre, mais j'avais besoin de réfléchir. J'avais le cœur lourd et n'étais pas d'humeur à faire semblant. Cet après-midi, lorsque j'étais entrée dans le bureau de Woods, celui-ci était en pleine conversation téléphonique avec Angelina et le ton était plutôt amical. Il était vrai qu'elle l'aidait beaucoup en s'occupant de sa mère et j'aurais voulu lui en être reconnaissante. L'apprécier. Mais c'était au-dessus de mes forces.

Je me dirigeai vers le parking. Je savais que personne ne s'y trouvait et que je pourrais y attendre que Woods revienne. Je supportais de moins en moins bien l'idée d'être un fardeau pour lui. Cela s'aggravait de jour en jour.

Si seulement je pouvais avancer... Si ces cauchemars pouvaient cesser... Si je pouvais oublier mon passé et panser mes blessures... Si seulement je n'étais pas hantée chaque jour par la peur de devenir folle... Alors peut-être pourrais-je aider Woods. Le soutenir.

— Della.

Je sursautai en entendant la voix d'Angelina. Elle se tenait juste à côté du bâtiment des sanitaires. Un mince rayon de lune tombait droit sur elle.

— Oui, répondis-je, ne sachant trop si je devais m'inquiéter de me retrouver ainsi seule avec elle.

Peut-être mes craintes étaient-elles stupides.

— Où est Woods? demanda-t-elle.

— Il avait un problème de personnel à régler.

Elle fit une moue de dégoût.

— Il a déjà tellement de responsabilités, et, toi, tu ne fais qu'aggraver la situation. Tu es inutile et malade. Combien de temps va-t-il continuer à s'intéresser à toi, tu crois? Et que va-t-il se passer quand ton gène de folle va prendre le dessus? Il ne pourra plus te garder. On va t'enfermer. Et puis, je sais qu'il ne veut pas d'enfants avec toi. Il aurait bien trop peur qu'ils ne soient aussi tarés que toi. Cela le tuerait.

Elle venait de formuler mes pires craintes avec cruauté. J'en restai sans voix. Elle avait raison. Tout ce qu'elle disait était exact. Woods et moi faisions semblant de croire qu'un avenir était possible entre nous. Mais c'était faux. Nous n'avions aucun avenir, car mon état ne s'améliorait pas.

— Que veux-tu? demandai-je.

— Je veux que tu lui foutes la paix, voilà ce que je veux! Il mérite tellement mieux.

C'était vrai.

— Mais ce ne sera pas toi pour autant, répondis-je avec colère. Tu ne vaux pas mieux.

Malgré l'obscurité, j'espérais que ma fureur était visible. Elle s'avança brusquement vers moi et je me retins de ne pas reculer. Elle ne me faisait pas peur. Je savais me défendre.

— Putain de tarée ! Tu ne sais rien. Il adorait que je le suce. Il criait mon nom en me tenant la tête comme si la clé du paradis se trouvait dans ma bouche. Il adorait ça.

— Arrête !

Je ne voulais pas penser à Woods et Angelina ensemble. Cela me rendait malade.

— Une fois, il m'a dit que mes cuisses étaient magiques. Il adorait se glisser entre elles.

— Tais-toi ! criai-je en battant en retraite.

— Je suis toujours capable de le faire bander, tu sais, poursuivit-elle avec un petit sourire malsain. Je n'ai qu'à passer ma main sur son entrejambe en lui murmurant des trucs salaces pour qu'il devienne dur comme un roc.

Je préférai m'éloigner avant de me mettre à vomir, mais Angelina me retint brutalement par les cheveux, me forçant à revenir vers elle. Je poussai un hurlement de douleur.

— Où t'en vas-tu si vite, la dingue ?

Elle me traîna par les cheveux à l'ombre du bâtiment, loin du parking où quelqu'un aurait pu nous voir.

— Moi, j'avalais son sperme. Et toi, tu fais ça pour lui ? Est-ce que tu vas à son bureau juste pour le sucer et le faire crier de plaisir ? Est-ce qu'il te parle des merveilles que tu peux faire avec ta bouche ? Hein ?

Des larmes me brûlaient les yeux. La douleur à mes cheveux n'était rien comparée à celle que ses mots provoquaient en moi. Je ne voulais plus penser à Woods couché sur elle. Cela me faisait trop mal.

Elle me jeta sur l'herbe. Lorsque je levai le visage vers elle, la lueur sauvage qui dansait dans ses yeux m'effraya. Qu'est-ce qui lui prenait ? Que faisions-nous ici, dans le noir ? Lorsque je tentai de me remettre debout, elle me décrocha un coup de pied dans les côtes, puis me poussa de nouveau par terre.

— Pourquoi reste-t-il avec toi ? Pourquoi ? Je fais tout pour lui ! Tout. Je suis ce dont il a besoin. J'ai été élevée pour devenir sa femme. J'ai ma place dans son monde. Je pourrais être sa poupée, mais c'est toi qu'il veut ! Pourquoi ?

Elle hurlait, à présent, et lorsqu'elle me saisit de nouveau par les cheveux, elle réussit cette fois à en arracher une poignée.

— Si tu étais morte, tu ne serais plus aussi gênante. Moi, je saurais arranger les choses pour lui. Lui rendre la vie plus facile. Apaiser son chagrin. Il t'oublierait et ce serait moi qu'il baiserait sur son bureau. Pas toi ! Moi !

Me saisissant par le bras, elle parvint à me faire basculer sur le dos et s'empara de nouveau de mes cheveux. Je craignis d'être sur le point de perdre connaissance. Les ténèbres allaient se refermer et je serais perdue en moi-même. Elle en profiterait pour me tuer. Si je ne me concentrais pas, je ne serais jamais capable de me défendre.

— Je pourrais t'étrangler, personne n'en saurait jamais rien, gronda-t-elle de nouveau. Tu me l'as pris. Tu l'as forcé à me tromper. C'est à cause de toi qu'il a rompu nos fiançailles. C'était moi qu'il allait épouser. Tu l'as forcé à me quitter, mais je vais arranger ça.

Je m'y connaissais en folie. Je ne connaissais même que ça. Je savais donc qu'Angelina ne plaisantait pas. Ses menaces n'étaient pas des paroles en l'air. Quelque chose venait de se rompre en elle et elle allait bel et bien me tuer. Je devais agir. Je savais que la douleur lancinante près de mes côtes m'empêcherait de la repousser. Je devais la supplier, détourner son attention et lui mettre un coup de genou dans le ventre.

— Non, je t'en prie. Tu n'as qu'à demander à Woods. Je n'ai rien fait. Je te le jure. Ne fais pas ça.

— J'en ai assez de discuter avec Woods. Tu as volé ce qui m'appartenait. C'est toi qu'il veut ? D'accord. Il peut bien s'envoyer en l'air avec toutes les tarées du monde. Mais d'abord, tu vas payer.

Elle me gifla avec une telle force que ma vue se troubla.

— Ça fait mal, pas vrai, salope ? T'es qu'une malade. Je ne comprends pas comment Woods peut te croire capable de le rendre heureux. Mais il apprendra. Il va surtout apprendre qu'il ne faut pas se foutre de moi !

Avec un hurlement, elle me donna un second coup de pied dans les côtes, qui me coupa le souffle. Je devais réagir. Me défendre. Si elle continuait ainsi, je n'aurais plus aucune chance. Lorsque je fis mine de bouger, elle me saisit de nouveau par les cheveux pour me redresser, puis me gifla encore. Je ne pus retenir un cri de douleur. Je devais me concentrer, ne plus penser qu'à une chose : sauver ma peau, malgré la douleur qui était en train de prendre le dessus. Je commençai à voir trouble et fis appel à toute ma volonté pour ne pas lâcher prise. Je devais repousser les ténèbres.

— Lâche-la.

La voix de Blaire claqua soudain dans l'obscurité, comme celle d'un ange vengeur. Avec une clameur de soulagement, je me tournai vers elle. Elle tenait un revolver, dont le canon était pointé sur Angelina. Oh, merde. Blaire avait une arme.

— Qu'est-ce que c'est que ce bordel ? demanda Angelina, en resserrant sa main dans mes cheveux.

J'aurais dû en profiter pour me défendre, mais je craignais à présent plus le revolver de Blaire que les coups d'Angelina. Savait-elle au moins se servir d'un truc pareil ?

— Lâche-la et écarte-toi d'elle, ordonna Blaire.

J'étais à la fois impressionnée et terrifiée. Angelina éclata de rire. Oui. Elle était démente. Un revolver était pointé sur elle et ça la faisait rire. Moi, je n'osais même plus respirer.

— Je suis sûre que c'est un faux. Je ne suis pas idiote. Allez, occupe-toi de tes oignons et arrête de jouer les James Bond's Girls.

Le revolver de Blaire émit alors un petit cliquetis distinctif. J'avais déjà entendu ce bruit à la télévision. Je savais que Blaire était sur le point de tirer.

— Écoute, pétasse. Si je voulais, je pourrais te percer les deux oreilles d'ici sans même chahuter ton brushing. Approche-toi, si tu ne me crois pas.

Malgré l'air féroce que Blaire prenait pour impressionner Angelina, quelque chose dans sa voix indiquait qu'elle ne bluffait pas. Elle savait bien se servir de ce truc !

Angelina me lâcha et j'en profitai pour m'écarter aussitôt d'elle. Si Blaire était capable de se servir d'une arme à feu, mieux valait s'éloigner au plus vite de toute cible potentielle.

— Sais-tu seulement à qui tu as affaire ? grinça Angelina. Je pourrais te détruire. Ton petit cul va croupir en taule pendant de longues années, ma jolie.

Angelina ne semblait pourtant plus aussi sûre d'elle, ce qui n'échappa pas à Blaire.

— Il fait noir et nous sommes trois. Tu n'as pas la moindre égratignure. Della saigne et porte des traces de coups. C'est notre parole contre la tienne. Je me fous bien de qui tu es. Ça ne se présente pas très bien pour toi.

Angelina recula comme si elle espérait fuir les balles.

— Mon père n'a pas fini d'entendre parler de cette affaire, lança-t-elle. Et lui me croira.

— Parfait. Parce que mon mari aussi va en entendre parler et je mettrais ma main à couper qu'il me croira aussi.

Angelina éclata de rire.

— Mon père pourrait acheter cette ville ! Tu t'es attaquée à la mauvaise personne ! Tu vas le regretter...

— Vraiment ? Je demande à voir, parce que, pour l'instant, tu as devant toi une femme armée, capable d'atteindre une cible en mouvement. Alors, vraiment : je demande à voir. Fais-moi plaisir.

Une vraie dure à cuire. Je voulais lui ressembler. Je voulais être forte comme elle. Me pelotonnant sur moi-même, je me mis à prier pour que tout cela finisse sans que Blaire ait besoin de se servir de son arme.

— Qui es-tu ? demanda Angelina.

Je compris soudain qu'Angelina ne connaissait pas la femme de Rush Finlay, une célébrité locale, grâce à son père. J'avais cru que tout le monde, de fait, connaissait Blaire.

— Blaire Finlay.

— Merde. Rush Finlay a épousé une *cow-girl*, railla Angelina d'un ton supérieur, tant elle était persuadée de sa propre valeur. Incroyable !

La voix de Rush retentit soudain derrière Blaire.

— Tu ferais mieux de le croire, pourtant. Surtout quand la *cow-girl* tient une arme.

Je poussai un soupir de soulagement. Dieu soit loué, Rush était là.

— Non mais dites-moi que je rêve ! cria Angelina, au bord de l'hystérie. Quelle ville de tarés. Vous êtes tous tarés !

— C'est toi qui étais en train de tabasser une innocente dans le noir, à cause d'un homme, répondit Blaire. C'est plutôt toi qui passes pour une tarée, ici.

— Parfait. J'en ai ma claque. Je me tire !

Angelina disparut rapidement vers le parking. En état de choc, je restai assise, tandis que Blaire baissait son arme et remettait le cran de sûreté. Après avoir tendu son revolver à Rush, elle se précipita vers moi. Immobile, je la contemplai sans rien dire. Elle venait juste de menacer une autre femme pour moi. J'avais encore du mal à comprendre tout ce qui venait d'arriver, mais les ténèbres gagnaient déjà la périphérie de mon champ de vision. Je devais repousser la crise d'angoisse qui menaçait.

— Tu as vraiment sorti un pistolet ? demandai-je en essayant de rester ancrée dans la réalité de l'instant.

— Elle était en train de te tabasser, répondit simplement Blaire.

— Elle est folle ! Cette fille est folle. Je commençais à croire qu'elle allait me frapper jusqu'à ce que je m'évanouisse. Je pensais perdre pied d'un instant à l'autre, mais elle a commencé à faire vraiment mal. Merci, Blaire, ajoutai-je en la regardant droit dans les yeux.

Ces deux mots ne suffisaient pas, mais c'était tout ce que je parvenais à articuler pour l'instant. J'étais sur le point de perdre le contrôle. Les ténèbres approchaient.

— Tu tiens debout ? demanda Blaire en me tendant une main. Ou bien tu préfères rester assise le temps que j'appelle Woods ?

Je devais me relever. Repousser ce qui arrivait. Je glissai une main dans la sienne.

— Je veux me lever. Il le faut.

Je ne voulais pas lui avouer que j'étais sur le point de m'évanouir, tant j'avais honte de cette faiblesse. Je n'aurais pas supporté qu'elle me voie dans cet état. L'humiliation aurait été trop grande. Rush aurait alors su que Woods était amoureux d'une folle. Je ne pouvais pas lui faire ça. Blaire m'aida à me relever, puis demanda :

— Tu as un téléphone ?

Incapable de formuler la moindre parole, je lui tendis mon portable. Je devais rester concentrée. Blaire était en train d'appeler Woods. Ça, je le savais. C'était tout ce qui comptait. Si Woods me prenait dans ses bras, je pourrais surmonter cette crise. Blaire me tendit mon téléphone. J'allais devoir lui parler.

— Della ?

Le son de sa voix apaisa mes craintes.

— Salut…

— Ça va ?

J'entendais qu'il était en train de marcher. Avec un peu de chance, il était déjà en chemin.

— En fait, pas vraiment. Je viens d'avoir un incident avec Angelina.

— Est-ce quelque chose qu'elle t'a dit ? Elle est encore là ? Passe-la-moi, cette garce.

J'entendis soudain le rugissement du moteur de son pick-up. Il n'allait plus tarder.

— Non… Non… Elle est repartie. Euh… Blaire est arrivée et… lui a fait peur.

J'essayai de lui expliquer tant bien que mal.

— Elle lui a fait peur ? Bon sang, qu'est-ce qu'elle t'a fait ? Tu es seule ?

La panique que j'entendais déjà poindre dans sa voix laissait présager de son état lorsqu'il découvrirait ce qui s'était réellement passé.

— Blaire est toujours avec moi et son mari aussi, le rassurai-je.

— Rush est là ? Tant mieux. Reste avec eux. Où es-tu ?

— Sur le parking, près des sanitaires.

— Je suis presque arrivé. Je t'aime. Reste avec moi. J'arrive.

— D'accord. Je t'aime aussi.

Il savait que j'étais sur le point de me faire engloutir par les démons de mon esprit.

Je raccrochai et regardai Blaire.

— Il arrive.

— Parfait. On va attendre avec toi.

Elle ouvrit son sac à main et en sortit des lingettes.

— Tiens, tu devrais nettoyer le sang de ton visage avant l'arrivée de Woods, sinon il risque de se lancer directement à la poursuite d'Angelina.

Je la remerciai. Je n'avais même pas remarqué que je saignais. Quand le bruit du pick-up de Woods rompit le silence, je crus que j'allais pleurer de soulagement. Il était là. La portière s'ouvrit et il se précipita vers moi. Je me sentais tellement soulagée que mes jambes menaçaient de lâcher sous moi. Tout allait bien. Woods était là et tout allait bien.

— Qu'est-ce que…? rugit-il en découvrant mon visage.

Il me serra avec force contre lui. J'entendais à son souffle qu'il était furieux.

— Je suis désolée, ma chérie. Elle va payer, je te le jure.

Ses mains commencèrent à parcourir mon corps pour s'assurer que j'allais bien. J'étais dans un piètre état, mais cela ne durerait pas.

— Ça va, le rassurai-je. Blaire lui a fait peur.

— Qu'est-ce qu'elle a fait?

— Elle a sorti son pistolet et l'a menacée de lui percer les oreilles.

Woods la regarda, l'air surpris.

— Alors comme ça, Calamity Jane a encore fait des siennes? Merci, Blaire. (Il m'embrassa sur le front et me murmura à l'oreille :) Je t'aime. Je suis là et tout va bien. Reste avec moi. Je suis là.

Je ne voulais pas que les autres me sachent sur le point de perdre la tête et il le savait.

— Heureusement que je suis arrivée. Il va vraiment falloir que tu fasses quelque chose pour cette fille. Elle est complètement dingue.

Blaire et Rush s'éloignèrent de nouveau vers la plage.

— Merci ! lançai-je encore.

Elle m'avait littéralement sauvé la vie.

— De rien ! répondit-elle avec le plus gentil des sourires.

Elle n'avait pas l'air d'une fille qui venait de sortir une arme à feu en menaçant quelqu'un de lui percer les oreilles. Je savais à présent que, sous ses airs délicats et innocents, sous cette beauté incroyable, Blaire Finlay cachait un caractère bien trempé. J'aurais voulu lui ressembler, un jour.

Woods

J'ouvris le robinet de la douche, puis me tournai vers Della. Des traînées de sang étaient encore visibles sur son visage. Elle avait bien tenté de les nettoyer, mais il restait encore des preuves. Un hématome était en train de se former sur sa joue et ses cheveux en désordre étaient parsemés de brins d'herbe.

Elle avait refusé que j'appelle la police, allant jusqu'à me supplier en pleurant. J'allais donc tuer Angelina de mes propres mains, pour avoir blessé ce que j'avais de plus précieux au monde. Elle allait payer. Avec de lourds intérêts. Cependant, le plus important pour l'instant était que Della reste lucide et ne se perde pas dans les méandres de son esprit.

Lorsque j'entrepris de lui retirer son haut, elle laissa échapper un cri de douleur.

— Que se passe-t-il, bébé ?

— Mes côtes, chuchota-t-elle en serrant les dents.

Je m'efforçai de garder mon calme, malgré la colère qui s'accumulait en moi. J'étais à deux doigts de péter les plombs. Le débardeur qu'elle portait était foutu, taché de sang et d'herbe. Tant pis. J'attrapai le tissu près du décolleté et le déchirai d'un coup sec. Aussitôt mon regard se posa sur sa peau meurtrie. C'était trop. Je ne pouvais pas supporter de voir les hématomes sombres qui couvraient ses côtes. C'était ma faute. J'avais laissé Della seule et cette folle avait fait intrusion dans nos vies. J'étais seul responsable.

Mes jambes cédèrent sous moi et je tombai à genoux devant elle. Je ne pouvais pas la voir souffrir. Un sanglot monta de ma gorge et résonna dans la salle de bains.

— Woods, je t'en prie, supplia-t-elle de sa voix douce.

Elle me passa une main dans les cheveux pour tenter de me réconforter. Ce n'était pourtant pas moi qui avais été attaqué. C'était elle qui était couverte de bleus et de sang, mais c'était moi qui pleurais, à genoux.

— Tout va bien, murmura-t-elle.

Malgré la douleur, c'était elle qui s'inquiétait pour moi. J'étais un homme, bon sang! Je n'avais pas le droit de flancher ainsi. C'était à moi de prendre soin d'elle, pas l'inverse.

Je me forçai à me remettre debout pour finir de la déshabiller. Je devais laver son corps de cette agression. La soigner. Chasser la douleur.

— Woods? demanda-t-elle soudain d'une voix incertaine.

Je savais que des larmes coulaient toujours en silence sur mes joues, sans que je puisse rien faire pour les arrêter.

— Je veux te laver, répondis-je en la regardant enfin dans les yeux. Laisse-moi te laver.

Elle était de nouveau complètement avec moi. Le regard vitreux avait disparu. Elle était bien présente.

— D'accord, accepta-t-elle simplement en entrant dans la douche.

Après m'être déshabillé à mon tour, je la rejoignis. Elle se tenait sur le côté, hors de portée du jet d'eau chaude.

— Il faut que je te lave les cheveux...

— Vas-y doucement avec ma tête.

Sa tête ? Qu'est-ce qu'Angelina avait fait ?
— Tu es blessée à la tête, bébé ?
Elle baissa les yeux vers le dallage de marbre.
— Elle m'a arraché pas mal de cheveux, chuchota-t-elle d'une voix si faible que je faillis ne pas l'entendre. Ça pique.
Je me mis à trembler de rage.
— Je ferai très attention. Mais il faut te laver les cheveux. Tu me fais confiance ?
Elle leva un regard craintif vers le jet d'eau chaude, puis finit par acquiescer. Avec précaution, je l'attirai sous le jet. Voyant qu'elle grimaçait de douleur, je déposai de légers baisers sur ses lèvres en lui murmurant des paroles rassurantes.
Avec douceur, je lui lavai les cheveux, puis entrepris de laver son corps. Lorsque je touchais un point sensible, elle se crispait, ce qui aggravait chaque fois la sensation d'oppression dans ma poitrine. Lorsqu'elle fut propre, j'enroulai une serviette autour d'elle et la portai jusqu'au lit. J'avais besoin de la serrer dans mes bras, mais je voulais d'abord qu'elle soit auscultée.
— Je vais appeler un ami qui va venir t'examiner. J'ai besoin de savoir que tu n'as rien de grave. Tu pourrais avoir une côte brisée.
Elle commença par refuser, mais je tins bon.
— Della, il le faut. Je dois savoir que tu vas bien. Je t'en prie, bébé. C'est un médecin du sport. Il travaille pour le club lors des tournois. C'est un ami. Ça va aller.
— D'accord, finit-elle par soupirer.
J'hésitais à la laisser seule, mais je devais parler à Martin sans qu'elle m'entende, car je ne voulais pas l'effrayer. Martin décrocha à la première sonnerie. J'avais le numéro de sa ligne privée, en cas d'urgence, et il travaillait avec le club depuis plus de vingt ans.

— Allô ?

— Martin, c'est Woods. J'ai besoin d'une visite à domicile. Ma copine s'est fait tabasser ce soir par mon ex-fiancée complètement dingue. Je redoute quelques côtes cassées ou une hémorragie interne. Je ne crois pas qu'Angelina ait la force d'infliger ce genre de blessures, mais je veux quand même que Della soit examinée par un médecin. Elle refuse d'aller à l'hôpital.

Martin laissa échapper un sifflement sourd.

— Bon sang, Woods, quelle histoire !

— Je ne te le fais pas dire. Tu peux venir ce soir ?

— Je me mets en route. Je serai là dans vingt minutes. Vous êtes chez toi ?

— Oui. Merci. À tout de suite.

Della n'était pas ravie de se laisser ausculter, mais je lui tins la main pendant que Martin lui palpait les côtes. Par chance, elle n'avait que des hématomes. Il lui laissa des antalgiques qui l'assommèrent en moins de trente minutes. Moi, en revanche, je savais que le sommeil ne viendrait pas. J'avais quelque chose à faire d'abord.

Jace se pointa dix minutes après mon coup de fil, sans poser la moindre question. Il accepta simplement de rester auprès de Della et de m'appeler si jamais elle se réveillait. Il semblait comprendre que je n'étais pas prêt à parler de ce qui s'était passé. Alors que je me dirigeais vers la porte, il me lança néanmoins :

— Ne fais rien qui puisse te séparer d'elle. Sois prudent dans la façon dont tu gères tout ça. Ne va pas tuer cette garce. Je n'ai pas très envie que tu finisses en prison. Moi aussi, je voudrais me venger, à ta place, mais… Sois prudent. Sers-toi de ton cerveau.

Rush avait dû lui raconter ce qui s'était passé. Je hochai la tête sans me retourner et sortis. Je voulais simplement faire comprendre à Angelina que c'était mon seul et unique avertissement. Elle disposait d'une heure pour faire ses valises et prendre un avion, sans billet de retour. S'il était hors de question que je frappe une femme, je pouvais néanmoins lui faire regretter d'être née. Elle était allée trop loin.

En arrivant devant la maison de ma mère, je ne vis pas la voiture d'Angelina. Soit elle se cachait, soit elle n'était pas encore rentrée. Je grimpai les marches quatre à quatre et frappai une fois avant de sortir ma clé. Ma mère descendait l'escalier en robe de chambre quand j'entrai.

— Woods ? Que fais-tu ici à une heure pareille ? Tu m'as fait peur.

— Où est-elle ? demandai-je en tentant de maîtriser la colère dans ma voix.

— Elle est partie. Qu'est-ce que tu as fait ?

— Ce que j'ai fait ? m'écriai-je avec un rire dur. J'étais avec Della pendant qu'elle se faisait ausculter par un médecin, pour vérifier qu'elle n'avait ni côtes brisées ni hémorragie interne. À cause d'Angelina qui l'a tabassée. Si Blaire Finlay n'était pas intervenue avec une arme, cette folle l'aurait sans doute tuée. Alors, maintenant, dis-moi où elle est !

Ma mère porta une main à sa bouche, les yeux ronds de surprise.

— Quoi ? C'est... C'est ridicule. Angelina est la fille la plus gentille du monde. Jamais elle n'aurait fait une chose pareille. Della t'a raconté n'importe quoi.

— Non, Mère. Rush et Blaire Finlay ont surpris Angelina et ont ainsi pu l'arrêter. J'ai des témoins. Elle n'est pas gentille, elle se sert de toi pour rester près de moi. C'est une putain de démente !

— Surveille ton langage dans cette maison ! Je refuse d'écouter ces sornettes. La pauvre est partie en larmes en disant que tu l'avais fait souffrir pour la dernière fois.

Elle voulait rester avec moi, mais elle devait rentrer chez ses parents pour recommencer sa vie.

Je voyais bien qu'elle refuserait de me croire, ce qui n'aurait pas dû me surprendre. Elle avait toujours fait passer mon père avant moi. À présent, elle préférait croire Angelina, qui était celle que mon père avait choisie pour moi. Tout ce qui comptait, c'était qu'Angelina soit partie. Cette garce n'était plus là. Et il valait mieux pour elle qu'elle ne revienne jamais.

— Si tu as l'occasion de lui parler, fais-lui savoir que si elle a le malheur de remettre les pieds à Rosemary je la ferai arrêter. J'ai des témoins et je n'hésiterai pas à porter plainte. Je me fous royalement de qui peut être son père.

Sans attendre la réaction de ma mère, je sortis en claquant la porte derrière moi.

Della

Après avoir raccroché, je restai un long moment à contempler mon téléphone. C'était déjà la quatrième fois de la journée que Woods m'appelait et cela durait depuis une semaine. Depuis qu'Angelina m'avait agressée, il craignait de me laisser seule. Malgré ses nombreuses obligations au country club, il m'appelait sans cesse. Lorsque j'avais parlé de reprendre le travail, il avait paniqué, puis m'avait suppliée de renoncer, persuadé qu'il ne parviendrait jamais à se concentrer s'il devait s'inquiéter pour moi.

Nous étions dans une impasse. Ce n'était pas sain. Il devait pouvoir mener sa vie sans avoir peur pour moi en permanence. Et moi, je devais pouvoir vivre aussi. Sa nature protectrice commençait à m'étouffer mais je l'aimais trop pour le blesser en lui faisant la remarque. Oui, j'allais connaître des moments difficiles. Oui, je risquais de temps en temps de me faire engloutir par mon propre esprit, et non, il ne pourrait pas toujours être là pour moi. Je ne savais simplement pas comment le lui faire accepter. Comment allions-nous trouver un terrain d'entente ? Ça ne pouvait durer éternellement.

J'aurais voulu cette éternité avec Woods, mais il méritait tellement mieux. Je l'empêchais d'avancer. Cette relation risquait de le détruire. Je risquais de le détruire.

J'avais envie de vomir. *C'est ma faute, ce qui nous arrive. Je me suis autorisée à tomber désespérément amoureuse de lui. Je me suis laissée croire qu'il pourrait tout arranger. Que notre relation était la solution. Mais cela ne marche pas.*

Mon téléphone sonna de nouveau et le numéro de Tripp s'afficha. Voilà deux semaines qu'il n'avait pas appelé. J'avais un moment envisagé d'expliquer à Woods que Tripp m'appelait une ou deux fois par mois pour prendre des nouvelles, mais je ne savais pas trouver les mots justes. Woods semblait si jaloux de Tripp. Sans aucune raison, d'ailleurs. Je n'avais pas envie de lui causer de soucis supplémentaires.

— Allô ? dis-je en m'allongeant sur la plage de sable fin.

— Comment ça va ?

— Pas mal, je crois.

— Pas mal ? Tu me fais peur…

— Angelina m'a agressée, mais Blaire l'a menacée avec une arme et elle s'est enfuie. Ce qui fait que Woods est encore plus protecteur que jamais et il s'inquiète en permanence pour moi.

Tripp resta silencieux un instant. Je lui laissai le temps de digérer les nouvelles.

— Eh bien ! Blaire possède une arme ?

J'éclatai de rire. C'était tout ce qui le préoccupait ?

— Pardon, je sais que ce n'est pas le plus important, mais j'ai du mal à imaginer cette petite blonde sexy un flingue à la main.

— Oui, ça m'a fait un choc aussi, répondis-je en souriant aux vagues qui venaient mourir sur le rivage.

— Jace m'avait dit qu'elle était originaire de l'Alabama. Je cherche peut-être l'amour au mauvais endroit. Il faut vraiment que j'aille faire un tour en Alabama, un de ces quatre.

Tripp réussissait toujours à me faire rire. J'en oubliai presque que ma poitrine était sur le point d'exploser.

— Merci, dis-je enfin.
— Pour quoi ?
— Pour m'avoir fait rire.
— Quand tu veux.

Il y eut quelques secondes de silence.

— Où es-tu, en ce moment ? demandai-je enfin, sachant qu'il avait repris la route.
— En Caroline du Sud, dans un bled appelé Myrtle Beach. C'est sympa.
— Il te faut toujours une plage, hein ?
— Oui, j'ai un peu l'impression d'être chez moi, comme ça.
— Est-ce que tu reviendras t'installer ici, un jour ?

Comme il ne répondait pas tout de suite, je me surpris encore une fois à me demander ce qui pouvait bien le retenir loin de Rosemary. Il refusait encore de partager certains secrets avec moi.

— Sans doute que non, répondit-il enfin.
— Je crois que je ne vais pas pouvoir rester ici, bafouillai-je alors, formulant pour la première fois cette pensée à voix haute.
— Pourquoi ?
— Ça ne fonctionne pas. Je l'empêche d'avancer. Je ne vais pas mieux. Tout cela ne mène nulle part et il mérite mieux. Il attend plus. Il a besoin de quelqu'un de fort à ses côtés.
— C'est toi qu'il veut, Della.
— Parfois, ce qu'on veut n'est pas forcément ce qu'il nous faut.
— Ouais... Je sais. Mais si tu pars, tu vas le détruire.

Et moi, je serais en miettes. Pourtant, je l'aimais trop pour gâcher son avenir.

— Il s'en remettra et puis, un jour, il rencontrera une femme capable de combler toutes ses attentes et il sera bien content de ne pas avoir commis l'erreur de rester avec moi.

— Ne dis pas ça. Tu n'es pas une erreur. Tu te sous-estimes. Tu le rends heureux. Woods est heureux avec toi.

— Pour l'instant.

Tripp soupira. Je l'agaçais, mais il savait qu'au fond j'avais raison.

— Lorsque tu penseras que le moment est venu, appelle-moi. Ne pars pas seule.

— D'accord.

Je l'appellerai en cas de besoin. Il n'y avait aucun lien entre nous. Je ne contrôlais ni ses actions ni ses pensées. Je pouvais faire un bout de chemin avec Tripp sans mettre en danger son avenir. Au moins jusqu'à ce que je sois assez stable pour vivre seule.

— Je crois qu'il faut que tu en parles d'abord avec Woods. Laisse-lui le temps de se préparer.

Je doutais que cela soit possible. Jamais Woods ne m'écouterait.

— D'accord.

Je sortis de ma voiture et adressai un petit signe de la main à Bethy, qui passait dans sa voiturette de golf en direction du quinzième trou. Elle était la responsable des véhicules du Kerrington Club. C'était là qu'elle avait rencontré Jace, qui en était membre. Je les avais plus d'une fois entendus se disputer à cause de son travail, car Jace ne supportait pas de voir les clients du club la draguer. Pourtant, c'était comme ça qu'il avait fait sa connaissance. Bethy, elle, refusait de quitter son emploi ou de changer quoi que ce soit sous prétexte qu'elle sortait avec lui. Au fond, je crois que Jace ne l'en respectait que davantage.

Après mon coup de fil avec Tripp, j'étais restée assise à réfléchir un moment. Woods avait besoin d'aide, mais tout ce dont je semblais capable, c'était de me lamenter parce que je n'avais pas de boulot et que j'étais un fardeau pour lui. J'étais plus forte que ça. Pourquoi ne parvenais-je pas à l'aider ? J'en étais capable. Il fallait que je trouve une solution pour rester à ses côtés tout en donnant un sens à ma vie. J'avais fini par rentrer pour me changer, une idée en tête.

J'allais postuler pour devenir son assistante. Je pouvais accomplir les tâches qui lui causaient tant de migraines. Je pouvais m'occuper du personnel. J'avais peut-être connu quelques troubles d'ordre psychologique, certes, mais je n'étais pas folle. Si je parvenais à me persuader que j'en étais capable, alors je pourrais convaincre Woods et le reste du monde que j'étais en train de remonter la pente.

— Allez-y, mademoiselle Sloane, me lança Vince avec un sourire, avant de retourner à son travail.

Woods l'avait informé que je n'avais jamais besoin de demander la permission pour entrer dans son bureau. J'étais libre de venir quand bon me semblait. Je frappai néanmoins avant d'entrer. Woods était au téléphone.

— Je comprends, mais je m'en fous. J'ai besoin de cette commande pour demain, pas lundi. Si vous n'en êtes pas capable, je change de fournisseur.

— Entendu, monsieur Kerrington, répondit son interlocuteur. On va faire tout notre possible.

— Parfait.

Il raccrocha.

— Tu tombes bien, dit-il en s'avançant pour me prendre dans ses bras. Je pensais justement à toi.

Je levai les mains pour l'empêcher de m'embrasser. Si je le laissais faire, je risquais d'oublier ce que j'étais venue lui demander et il y avait de bonnes chances pour que nous nous retrouvions complètement nus en quelques minutes.

— Je suis venue postuler pour le poste d'assistante.

Il s'arrêta net. Un peu perdu, il me regarda sans rien dire et j'en profitais pour pousser mon avantage.

— Tu as besoin de quelqu'un pour gérer le personnel et les commandes, pendant que tu règles des questions plus importantes. Je peux m'occuper des employés. Je peux gérer les petits conflits et te laisser les cas plus graves. Je peux passer les commandes et t'aider. En revanche, je ne peux pas continuer à rester à la maison, seule et perdue. Ici, je peux être à tes côtés pour t'aider au quotidien.

Je m'arrêtai pour reprendre mon souffle. Woods n'avait pas bougé d'un cil, mais j'avais toute son attention. Il fit un pas en arrière pour regarder ma jupe fourreau et mes chaussures à talons. J'avais même enfilé un joli chemisier et remonté mes cheveux en un chignon strict. C'était le look le plus professionnel que j'avais pu inventer avec ma garde-robe. Un petit sourire dansa sur les lèvres de Woods.

— C'est ta tenue pour l'entretien d'embauche? demanda-t-il.

J'acquiesçai sans le quitter des yeux.

— Tu veux devenir mon assistante. M'aider. Habillée comme ça?

Une fois encore, je hochai la tête. Il laissa échapper un petit rire.

— Bébé, je ne doute pas une seconde que tu sois compétente, mais si tu as l'intention de te balader devant moi dans cette tenue, je risque de te sauter dessus toutes les heures et de passer le reste du temps à ne penser qu'à ça.

Rien qu'à l'entendre évoquer cette possibilité, je sentis mon ventre se contracter. Je devais rester concentrée.

— Je peux porter autre chose.

Woods me regarda un moment sans rien dire.

— Tu es sûre que c'est ce que tu veux ?

Il n'allait pas refuser.

— Oui, répondis-je aussitôt en essayant de contenir mon enthousiasme. S'il te plaît. Il faut que je m'occupe. Tu sais que je veux recommencer à travailler mais, par-dessus tout, je veux t'aider.

— Tu ne vas pas déposer plainte pour harcèlement sexuel chaque fois que j'aurai envie de toi ?

Cette fois, je ne pus retenir un sourire.

— Non. Mais ce n'est pas pour ça que je suis là. Je veux t'épargner du stress. Te décharger.

— Oh, ça me déchargerait parfaitement, répondit-il en me prenant par les hanches. Tu es embauchée. Mais si tu sens que c'est trop difficile, je veux que tu me le dises dans la minute.

Avec un petit cri de joie, j'attrapai son visage à deux mains pour l'embrasser.

— Merci, patron ! Je te promets que tu ne seras pas déçu. Mais tu dois jurer de me confier du travail. Je veux alléger ta charge.

— Tu peux commencer par m'alléger de mes vêtements…, murmura-t-il contre ma bouche, avant de me couvrir le cou de baisers.

Je me cambrai vers lui et la caresse de sa langue sur ma peau me fit frémir.

— Tu pourras commencer à travailler pour moi dès que je t'aurai prise dans ta petite tenue sexy. Ensuite, il faudra que tu te changes, parce que je ne serai jamais capable de me concentrer si tu restes habillée comme ça.

Je n'aurai plus qu'une idée en tête : m'enfouir au plus profond de ma nouvelle assistante.

Sa main remonta sous ma jupe et se glissa sous l'élastique de ma culotte.

— Déjà trempée, chuchota-t-il avant de glisser un doigt en moi.

Je poussai un gémissement et sa bouche se fit plus gourmande.

— Déboutonne ton chemisier, ordonna-t-il d'une voix rauque.

J'obéis. Aussitôt, sa bouche vint honorer le bout de mes seins, tandis que son doigt continuait son exploration.

— Sur mon bureau, dit-il soudain, en me soulevant pour me faire asseoir sur la table, avant de remonter ma jupe sur mes hanches.

Je le regardai enlever ma culotte, puis il tomba à genoux et écarta mes cuisses, plaçant mes pieds sur le bord du bureau.

— Ce que tu sens bon…

Il laissa échapper un juron étouffé, puis sa langue se mit à tracer de petits cercles autour de mon clitoris, avant de plonger en moi. Impuissante, je me mis à gémir en me tortillant, mais il continua sa torture jusqu'à ce que je supplie :

— S'il te plaît, Woods. Je t'en prie…

Sa langue passa une dernière fois sur mon clitoris, m'envoyant voltiger vers le sommet. Avant que je puisse reprendre mes esprits, Woods s'était redressé et me pénétrait. J'adorais quand il me remplissait complètement.

— Le paradis. C'est mon paradis à moi. C'est tout ce dont j'ai besoin pour vivre, répétait-il en continuant ses allées et venues en moi.

Je balayai quelques papiers qui me gênaient pour prendre appui sur mes bras. J'aurais voulu qu'il enlève sa chemise. J'adorais voir ses biceps se tendre lorsqu'il était sur moi.

— Tu n'as pas enlevé ta chemise, protestai-je dans un gémissement de plaisir.

— Tu veux que je l'enlève ? demanda-t-il avec un petit sourire.

Je fis signe que oui, puis enroulai mes jambes autour de sa taille.

— La prochaine fois, bébé, grogna-t-il. Je ne peux plus m'arrêter.

Je remontai mes jambes vers ses épaules et, avec un cri rauque, Woods rejeta la tête en arrière. Je sentis son membre enfler encore en moi et ma vision se troubla à nouveau, tandis que je sentais sa semence chaude se répandre en moi.

Je me laissai retomber en arrière, pantelante. Woods s'affaissa sur moi, la tête contre ma poitrine.

— C'est le meilleur entretien d'embauche que j'aie jamais mené, haleta-t-il.

J'eus un petit rire auquel il répondit, le visage enfoui contre ma peau. J'avais bien l'intention de prouver à cet homme que j'étais digne de lui.

Woods

Un peu à l'écart, j'observai Della qui tentait de calmer les deux cuisiniers furibonds. Je brûlais d'intervenir, tant j'avais du mal à supporter de la voir entre ces deux hommes qui hurlaient. Je ne devais pourtant pas m'en mêler. Elle était si heureuse à son nouveau poste. Au début, j'avais pensé alléger sa charge de travail mais, un jour, elle avait piqué une colère après m'avoir surpris en train de régler un problème concernant le personnel. Puisque travailler la rendait heureuse, j'ai accepté de lui confier plus de responsabilités.

Elle se débrouillait d'ailleurs très bien. Et elle n'avait pas fait une seule crise depuis une semaine. Je l'avais surveillée de près et avais demandé à d'autres de garder un œil sur elle, au cas où elle aurait eu besoin de moi. J'étais toujours plus efficace quand je pouvais m'assurer à tout instant qu'elle allait bien. Et puis elle venait souvent dans mon bureau. On mélangeait très souvent sexe et travail, ce qui n'était pas pour me déplaire. Vince, en revanche, ne s'en réjouissait pas vraiment, même s'il ne se plaignait jamais.

— Comment ça se passe, avec ta nouvelle assistante ? demanda soudain Jace d'une voix amusée.

Je me tournai vers lui et vis qu'il avait enfilé sa tenue de golf.

— Elle est très douée.

Avec un petit rire, Jace porta son regard vers Della qui apaisait les cuisiniers. Tous les deux la regardaient, à présent. Difficile de l'ignorer quand elle était rouge de colère. D'ailleurs, si ce nouveau serveur n'arrêtait pas rapidement de la reluquer comme s'il allait la dévorer, j'allais devoir le virer.

— On déjeune ensemble ? Je voulais manger un morceau avant mon parcours.

J'avais pensé déjeuner avec Della, mais elle avait plusieurs choses de prévues et je savais qu'elle préférerait terminer son travail d'abord.

— Oui, pourquoi pas ?

Nous fîmes le tour jusqu'à l'entrée, où l'hôtesse d'accueil nous gratifia d'un grand sourire et nous laissa rejoindre ma table personnelle. Della entra dans la salle pour échanger quelques mots avec elle, puis se dirigea vers Jimmy. Lorsque Della avait commencé comme serveuse au club, Jimmy et elle étaient devenus amis. Cela ne me posait aucun problème, car je savais que Jimmy était plus intéressé par moi.

— Elle fait très pro, fit remarquer Jace.

Il était en train de regarder sa jupe, ses talons et ce putain de chignon. Cela me rendait dingue. Selon elle, c'était pour avoir l'air crédible dans son travail, mais pour moi elle avait juste l'air d'un fantasme ambulant.

— Arrête de mater, grondai-je d'une voix menaçante.

— Relax, mon vieux, répondit Jace avec bonne humeur. Ta copine ne m'intéresse pas. J'ai déjà trouvé mon bonheur.

Je ne pouvais m'empêcher de me montrer possessif quand elle se promenait habillée ainsi et attirait les regards de tous. Elle griffonnait sur un petit calepin, pendant que Jimmy lui énumérait sans doute une commande de fournitures pour les serveurs. De temps en temps, Della glissait le bout de son crayon dans sa bouche et écoutait d'un air concentré, avant de se remettre à écrire.

— Des nouvelles de cette tarée d'Angelina ? demanda Jace.

Elle avait disparu de la circulation et c'était tant mieux comme ça, même si cela m'obligeait à passer plus souvent voir ma mère. Pas vraiment une partie de plaisir, car elle était furieuse contre moi. Elle croyait encore dur comme fer qu'Angelina était innocente et que c'était moi, une fois de plus, le salaud qui l'avait poussée à partir.

— Aucune, mais si elle a deux sous de cervelle, elle ne s'approchera plus jamais de Della ni de moi.

Le nouveau serveur, celui qui regardait Della d'une façon qui ne me plaisait pas du tout, s'approcha alors d'elle et lui dit quelque chose qui la fit sourire. Levant soudain les yeux, elle m'aperçut en train de l'observer. Son sourire s'élargit un instant, puis son regard retourna à son interlocuteur. Elle répondit quelque chose, avant de revenir à Jimmy, qui avait l'air agacé. La situation était limpide.

Jimmy fit un geste dans ma direction et donna un ordre au serveur, qui se tourna alors vers moi. Jimmy venait de l'envoyer prendre notre commande. Fidèle Jimmy.

— Bonjour, monsieur Kerrington, désirez-vous boire quelque chose ? demanda-t-il en nous servant deux verres d'eau de bienvenue.

— Della est à moi. Garde tes distances. Si tu as besoin de quelque chose, tu demandes à Jimmy. C'est lui qui traite avec Della. Pas toi.

Je me fichais bien d'avoir plus l'air d'un petit ami en rogne que d'un patron. L'air effaré, le serveur bafouilla :

— Oui, monsieur.

— Je vais prendre un thé glacé, demanda Jace.

— Un café, pour moi.

Della attendait un peu plus loin, l'air hésitant.

— Hé, bébé ! lançai-je en me levant.

Elle me sourit, puis jeta un coup d'œil au serveur qui s'éloignait.

— Qu'est-ce que tu as raconté à Ken ?

— Qu'il n'avait pas à te reluquer comme ça et à venir faire la causette. Tout ce qu'on lui demande, c'est de bosser.

— O.K., répondit-elle, les lèvres pincées. Mais il est nouveau. Tu l'as embauché la semaine dernière.

Je glissai un bras autour de sa taille.

— C'est vrai, je comprends. Il aurait donc dû s'inquiéter davantage de son patron qui venait de s'asseoir en salle et attendait qu'on vienne prendre sa commande, plutôt que de la jeune femme incroyablement sexy en train de parler avec Jimmy.

— Bon, d'accord, je vois, dit-elle en riant. Mais sois gentil. Jimmy a besoin de renfort.

— Viens déjeuner avec nous, proposai-je.

— Impossible. Je dois passer une commande pour de nouveaux tabliers et il y a un souci avec le bouton d'eau chaude de la machine à café. Il faut que je fasse venir le dépanneur.

— Il faut que tu manges.

— Je déjeune tout à l'heure avec Blaire, m'informat-elle avec un grand sourire. Maintenant, patron, laissez-moi travailler.

— Continue à m'appeler comme ça, lui chuchotai-je à l'oreille, et on va finir dans un placard à balai en moins de deux minutes.

Della me repoussa en riant, puis s'éloigna.

J'adorais cette fille.

Della

Blaire m'avait appelée pour me proposer de déjeuner avec elle. Je l'avais croisée une ou deux fois au club, en compagnie de Rush, mais je ne lui avais pas reparlé depuis l'incident avec Angelina. Bizarrement, je sentais une sorte de lien entre nous depuis. Elle m'avait sauvé la vie, ce soir-là. Elle m'avait donné envie d'être forte. J'étais loin du compte, mais je voulais tellement lui ressembler.

En sortant de l'ancien bureau de Woods, qu'il m'avait laissé avec la permission de le décorer à ma convenance, j'aperçus Blaire qui venait à ma rencontre.

— Tu as même ton propre bureau, maintenant! s'exclama-t-elle avec un sourire radieux.

Je devais admettre que j'adorais avoir mon propre bureau. Surtout celui-là, dans lequel j'avais de si bons souvenirs. Je n'avais pas l'intention d'y changer quoi que ce soit.

— Oui, ça fait très officiel, n'est-ce pas?

— Tant mieux. Woods a de la chance. Tu es parfaite pour lui.

Je ne partageais pas cet avis. Woods méritait mieux, tellement mieux, mais je faisais tout mon possible pour être à la hauteur. Pour être assez bien, assez forte, assez solide pour lui.

— On va déjeuner? demandai-je soudain, préférant changer de sujet.

— Je meurs de faim. Nate ne dort plus autant qu'au début et je n'ai pas une minute à moi. C'est merveilleux, mais l'inconvénient, c'est que je suis toujours obligée de manger sur le pouce. Quand Rush est à la maison, il m'aide beaucoup. Mais j'avoue que je me réjouis à l'avance de ce déjeuner sans enfants !

Nate était le petit garçon de Rush et Blaire, un adorable mélange de ses deux parents. En général, les gars avec des piercings et un look de rockeur ne m'attiraient pas particulièrement, mais Rush Finlay tenant un bébé dans ses bras n'était pas un spectacle désagréable.

— C'est Rush qui garde Nate? demandai-je en me dirigeant vers la salle du restaurant.

— Oui, ils vont à la pêche. En gros, ça veut dire que Nate va rester assis sur une couverture et boulotter du sable dès qu'il aura réussi à atteindre le bord, et que Rush va pêcher pendant environ cinq minutes avant de comprendre qu'il ne peut pas surveiller Nate en même temps. Ensuite, il rangera son matériel et ils s'assiéront tous les deux au bord de l'eau pour se tremper les pieds.

Le bonheur était évident dans sa voix. Rush Finlay la rendait heureuse et elle le rendait heureux. Comme Woods et moi, à une seule différence : Rush pouvait laisser Blaire seule avec leur bébé sans craindre qu'elle ne pète un câble ou que leur fils n'hérite d'une maladie mentale. Leur amour était facile. Une relation apte à durer. Pas comme Woods et moi.

Chaque fois que je voyais Rush avec son fils, je voulais que Woods vive la même chose. Malheureusement, il ne connaîtrait jamais cette fierté heureuse avec moi.

— Ça va? demanda soudain Blaire, m'arrachant à mes pensées.

Je lui souris.

— Pardon, je pensais au boulot. Je te promets de me surveiller et d'être de bonne compagnie pendant le déjeuner.

— Si c'est vraiment le boulot qui a causé cet air perdu…, répondit Blaire, visiblement peu convaincue.

Je n'avais pas eu le courage d'en parler avec ma meilleure amie, Braden, qui m'aimait tellement qu'elle refusait d'envisager que je puisse causer le moindre mal. Elle pensait aussi que j'étais capable d'être une mère et une épouse stable. Elle vivait dans un conte de fées dans lequel je ne m'autorisais pas à entrer. Blaire serait-elle du même avis, ou bien serait-elle capable de voir mon point de vue et de comprendre mes scrupules ?

En me voyant arriver, l'hôtesse bondit et nous dirigea aussitôt vers la table de Woods. Celui-ci avait expliqué au personnel que je pouvais l'utiliser comme bon me semblait.

— Oh oh ! On a droit à la meilleure table, fit remarquer Blaire, ravie. On dirait que c'est toi aussi, la patronne, maintenant.

— Woods insiste toujours pour qu'on m'installe ici, répondis-je en rougissant, ce qui fit rire Blaire.

— C'est adorable !

Je ne sus pas trop quoi répondre. Oui, c'était adorable. Woods était toujours adorable. Impossible d'être fâchée contre lui, même lorsqu'il le méritait. Comme lorsque Ken, le nouveau serveur, avait failli mouiller son slip quand Woods lui avait reproché de m'avoir parlé. Jimmy sortit de la cuisine et s'approcha de nous, l'air très content de lui.

— On dirait bien qu'on va aussi avoir droit à un serveur personnel, annonçai-je.

— Bien le bonjour, gentes demoiselles ! lança Jimmy d'un ton qui faisait en général fondre toutes les clientes. Je ne savais pas que c'était mon jour de chance...

— Salut, Jimmy, dit Blaire.

— Alors ? Je vois qu'on a réussi à esquiver la corvée de bébé ? la taquina-t-il.

— Ce n'est jamais une corvée, répondit-elle.

— Un thé glacé pour vous deux ? demanda-t-il.

— Une eau pétillante pour moi, corrigea Blaire.

Jimmy leva les yeux au ciel, l'air faussement agacé.

— Voyez-vous ça ! Miss Alabama fait bien la difficile ! Pas à moi, le coup de la jeune mère ! Je me souviens encore de l'époque où tu buvais de la bière à même le fût !

Blaire éclata de rire.

— C'est juste que c'est meilleur pour le bébé qu'un soda ou du thé sucré.

— C'est ce qu'elles disent toutes, et ensuite, ça se met à commander des sushis pleins de poisson cru ! reprocha-t-il en agitant son index.

Il nous adressa un clin d'œil appuyé, puis s'éloigna en direction des cuisines.

— Il est impayable, soupira Blaire avec affection.

— Oui, mais quelle efficacité. Je ne sais pas ce que nous ferions sans lui.

— Vous le supplieriez de revenir, évidemment ! répondit Blaire en croisant les jambes.

Elle avait parfaitement conscience de l'importance de Jimmy, car elle-même avait été serveuse au club. Jimmy avait été la première personne avec qui elle s'était liée d'amitié à Rosemary. Selon les rumeurs, elle était venue ici pour chercher son père mais, à la place, elle avait trouvé le fils de la nouvelle femme de celui-ci. Rush, qui n'était pas un grand fan de beau-papa, avait tout de suite pris Blaire en grippe. Il avait pourtant accepté qu'elle s'installe dans une chambre de bonne et qu'elle commence à travailler pour Woods pour gagner sa vie, en attendant que leurs parents respectifs rentrent d'un voyage en France.

Au début, Rush l'avait un peu rudoyée, mais il avait fini par tomber amoureux d'elle, malgré lui. Après une épreuve douloureuse à cause d'un mensonge qui les avait séparés, ils avaient fini par se retrouver. Difficile à croire quand on les voyait ensemble. Pourtant, Bethy m'avait tout raconté, car elle avait été la confidente de Blaire pendant le drame.

— Est-ce que mon flingue a vraiment suffi à faire fuir la méchante sorcière ou bien est-ce que Woods a dû intervenir ? demanda Blaire.

— Je crois que c'est ton arme et aussi la peur de ce que Woods lui ferait quand il apprendrait la vérité. Elle est partie le soir même et on n'a plus entendu parler d'elle depuis. Mme Kerrington n'est pas vraiment ravie, en revanche. Elle accuse Woods de ce départ.

— Si ça peut aider, vous pouvez lui expliquer que tout est ma faute.

— Merci, mais je crois que ça ne changerait pas grand-chose. Elle ne m'aime pas. Elle pense qu'Angelina est la femme idéale pour Woods.

— Je comprends, soupira-t-elle. J'ai une belle-mère qui me déteste à un tel point qu'elle n'a même pas encore vu son petit-fils.

Blaire était une femme belle et sûre d'elle, qui n'avait pas de problème psychologique. On aurait donc pu penser que sa belle-mère l'adorerait. Cependant, pour la mère de Rush, Blaire représentait quelque chose qu'elle ne pouvait oublier et qui était lié au sombre passé qu'elle partageait avec le père de Rush.

— J'ai entendu dire que Nate avait vu son grand-père, la semaine dernière.

Le club tout entier n'avait parlé que de ça : le batteur de Slacker Demon était en ville. C'était une véritable légende, tout comme le groupe dont il faisait partie.

— Oui, Dean est un grand-père super. C'est un peu surréaliste de le voir faire des papouilles à Nate et lui chanter des chansons. Nate est en adoration devant lui. Si tu voyais la tête de Rush chaque fois que son propre père prend son fils sur ses genoux. J'en ai les larmes aux yeux.

— J'imagine…

Mes parents ne prendraient jamais mes enfants sur leurs genoux. Même si je me sentais un jour assez sûre de moi pour avoir un enfant.

Woods

Ma mère me rendait dingue. Elle se sentait isolée, d'accord. Depuis le départ d'Angelina, elle passait le plus clair de son temps toute seule, ce qui ne lui avait jamais réussi. Un peu plus tôt dans la semaine, je l'avais croisée au club, où elle était venue jouer au tennis avec quelques amis. Elle avait fait bonne figure en se comportant comme si elle était fière de moi, mais je savais qu'elle était encore furieuse. Je connaissais son petit numéro par cœur.

J'avais envoyé Della dans mon bureau pour trier des dossiers qui n'avaient pas vraiment besoin d'être triés. Je voulais juste m'assurer qu'elles ne se croiseraient pas. Je doutais que ma mère soit capable de faire semblant d'apprécier Della et je refusais que celle-ci soit blessée ou mal à l'aise.

Le reste du personnel adorait Della. Dès qu'elle arrivait, les employés se montraient aussitôt plus gentils et joyeux. Aucun n'avait envie de la décevoir et tout le monde faisait des efforts pour régler les problèmes. Cela m'enlevait une sacrée épine du pied. J'avais plus de mal avec le fait que la gent masculine du club se mettait en quatre pour essayer de la faire sourire mais, après tout, qui n'aurait pas envie de rendre Della heureuse ? Je ne pouvais pas leur en vouloir. Du moment qu'ils n'approchaient pas leurs sales pattes d'elle.

— Vous avez vu Della ? demanda Marco, le moniteur de golf, en entrant dans le club.

— Qu'est-ce que vous lui voulez, à Della ? demandai-je, avant de me souvenir qu'il était heureux en ménage.

— Elle cherchait quelqu'un pour me remplacer la semaine prochaine. Ils vont provoquer l'accouchement de Jill lundi et je veux être présent pour la naissance et les premiers jours.

— Je l'ai envoyée travailler sur autre chose, mais je vais vérifier qu'elle a trouvé quelqu'un. Vous devez être au côté de votre femme et de votre bébé.

— Merci, monsieur Kerrington.

Il se dirigeait vers la fontaine d'eau pour boire, lorsque la porte de service s'ouvrit. Vince apparut, l'air effaré.

— Monsieur Kerrington, je crois que vous feriez mieux de venir rapidement...

Je connaissais ce regard. C'était Della. Elle avait encore fait une crise. Merde !

— Où est-elle ? demandai-je en me précipitant vers la porte.

— Dans votre bureau, monsieur. Elle vous cherchait et puis votre mère est passée par là. J'ai tenté de vous joindre, mais je suis tombé directement sur votre messagerie. Votre mère est entrée dans le bureau pour lui parler et, après son départ, j'ai entendu Della qui gémissait. J'ai d'abord frappé, monsieur, mais comme elle ne répondait pas je me suis permis d'entrer.

— C'est bon, je connais la suite. Pas un mot à quiconque, compris ?

J'attendis sa réponse, puis traversai le parking en courant pour rejoindre les bureaux. Ma mère avait encore fait des siennes, putain ! Jamais je n'aurais dû laisser Della seule si longtemps.

Ignorant les personnes qui me hélaient au passage, je me précipitai vers l'escalier sans attendre ce foutu ascenseur. Je montai les marches quatre à quatre et atteignis le troisième étage en moins d'une minute. La porte de mon bureau était fermée et je remerciai Vince de ne pas avoir laissé Della au vu et au su de tous.

J'ouvris la porte et parcourus la pièce du regard jusqu'à la trouver assise contre le mur du fond. Elle serrait ses jambes contre elle et se balançait doucement d'avant en arrière en gémissant. Ce fut un choc. Elle se portait si bien, depuis quelque temps. Ses terreurs nocturnes avaient presque cessé ; la dernière remontait à plus d'un mois.

— Della, appelai-je en m'approchant d'elle, espérant que ma voix la sortirait de sa transe.

Je m'agenouillai à côté d'elle pour la prendre dans mes bras. Son corps était rigide et froid.

— Non, non, non, non, psalmodiait-elle sans fin.

— Je suis là, ma chérie. Tu es dans mes bras. Je suis là, Della. Chuut, tout va bien. Je suis là, tu ne crains rien.

Je lui chuchotai ensuite à l'oreille combien je l'aimais, refusant de la lâcher tant que son corps ne se serait pas un peu détendu. Lentement, ses bras desserrèrent leur étreinte autour de ses jambes et vinrent s'enrouler autour de moi, puis elle enfouit son visage contre mon cou. Elle était revenue. Je continuai à lui répéter qu'elle était merveilleuse, que je l'aimais et que j'allais prendre soin d'elle. La rassurer me rassurait aussi, en me permettant de savoir qu'elle était bien là, avec moi, et que je pouvais m'occuper d'elle. Je l'avais laissée prendre trop de responsabilités, parce qu'elle était douée. J'avais commencé à la laisser travailler plus longtemps, en m'assurant de moins en moins souvent que tout allait bien. C'était ma faute. Ma mère n'aurait jamais pu l'atteindre de la sorte si je m'étais montré plus vigilant.

— Je suis désolée, bredouilla Della d'une voix pleine de larmes.
— Ne dis pas ça, répondis-je en lui caressant les cheveux et le dos. Je t'en prie, bébé, ne dis pas ça. Je ne veux pas que tu te sentes obligée de t'excuser.
— Je dois être plus forte, reprit-elle en reniflant. Je veux être plus forte. Je veux être une vraie dure.

Ne se rendait-elle donc pas compte de la force qui était la sienne ? Pendant seize ans, sa vie avait été une véritable histoire d'horreur qui s'était terminée de façon encore plus atroce. Cela ne l'empêchait pourtant pas de rire et de trouver des raisons de sourire. Elle avait trouvé en elle le courage de continuer à vivre, malgré les monstres qui s'entêtaient à la terroriser dans sa chambre, quand elle était enfant. Et je ne parle pas de monstres de contes de fées. Ceux qu'elle avait affrontés étaient bien réels et elle avait survécu. Personne au monde n'était aussi fort que cette femme.

— Della, tu es plus solide que tous les gens que je connais. Ce n'est pas parce que tu dois de temps en temps te protéger en te réfugiant en toi, loin de moi, que tu es faible. Tu es une survivante. Tu es ma raison de vivre et je t'aime. Peu importe ce qui arrive, je t'aime.

Nous restâmes assis en silence, Della me laissant la serrer tout contre moi, lui embrasser les cheveux et les mains, et caresser ses bras et son dos. J'avais besoin de me rassurer moi-même.

Un coup frappé à la porte vint briser cet instant de paix. Della commença à se relever, mais je la retins, bien décidé à ignorer ce gêneur. Vince avait dû reprendre son poste.

— Tout va bien, monsieur ? demanda la voix de Vince, à travers la porte.
— Oui, ça va.

Della leva ses grands yeux vers moi.

— Il m'a vue ?

Je hochai la tête. Je ne voulais pas lui mentir, même si je savais qu'elle détestait qu'on la voie dans cet état.

— Il va me prendre pour une folle, soupira-t-elle, défaite.

Je lui pris le menton pour la forcer à me regarder.

— Non, certainement pas. Tu n'es pas folle. Tu es intelligente, adorable et belle. Mais tu n'es pas folle. Tu as traversé l'enfer et tu t'en es sortie, Della. La plupart des gens ne surmontent pas le genre de traumatismes que tu as connu. Tu es étonnante, au bas mot, et je t'interdis de penser le contraire.

Un sourire vint étirer ses lèvres.

— Tu dis juste ça parce que tu m'aimes…

— Plus que ma propre vie, répondis-je avant de l'embrasser.

Della

Depuis ma crise de la veille, Woods ne m'avait pas lâchée d'une semelle. Je savais pourtant qu'il avait du travail. Moi aussi, d'ailleurs. Pourtant, il insistait pour que je reste à la maison avec lui. Chaque fois que j'avais abordé le sujet, il avait trouvé un moyen de détourner la conversation. Sa première tactique avait été de m'offrir un cunnilingus sur l'îlot de la cuisine. Très efficace. J'avais tout oublié pour ne plus penser qu'aux sensations qu'il suscitait en moi.

Plus tard, j'avais tenté de m'éclipser en douce pour me doucher pendant qu'il était au téléphone pour son travail, mais il m'avait surprise. Quand j'avais expliqué qu'il fallait se préparer pour partir au club, il m'avait prise contre le mur de la douche, puis m'avait portée jusqu'au lit, où nous avions de nouveau fait l'amour.

À présent, il était ressorti pour téléphoner, s'efforçant de traiter toutes ses affaires depuis la maison. Cela me confortait dans l'idée que j'étais un poids pour lui. Ma faiblesse l'entravait quand j'aurais au contraire voulu l'aider. Lorsqu'il revint, je commençai à lui expliquer que nous allions finir par être en retard au travail, bien décidée à repousser ses avances sexuelles.

— C'était Vince, annonça-t-il soudain. Il y a deux membres du conseil d'administration qui m'attendent dans mon bureau. C'est ma mère qui les a contactés, à propos de détails dont elle ignore tout. Je dois régler ça. Ça ne devrait pas me prendre plus de deux heures.

Il n'allait pas me laisser venir avec lui.

— Je pourrais t'accompagner. J'ai deux ou trois choses que je n'ai pas eu le temps de finir, hier.

— Non. Je vais avoir besoin de toute ma concentration pour cette réunion et ta présence risquerait de me distraire. Je vais m'inquiéter pour toi. Reste ici et je te promets que je ne serai pas long.

Il déposa un baiser sur mes lèvres, puis s'éloigna vers la chambre pour s'habiller, tandis que je restai là, à méditer ses paroles. Il me privait de mon travail. Il voulait de nouveau me laisser enfermée ici. Il avait peur que je ne fasse une nouvelle crise au club.

Malgré tous mes efforts pour être forte et apaiser ses craintes, il avait suffi d'une journée difficile pour qu'il me laisse encore dans cette cage dorée. Ce n'était pas juste. Je voulais vivre. J'aimais être près de lui et avoir un but, savoir que je l'aidais. Je ne supportais pas de me retrouver une nouvelle fois seule ici.

Woods ressortit de la chambre vêtu d'un costume.

— On pourrait aller dîner dans ce petit restaurant italien que tu aimes tant à Seaside, ce soir, proposa-t-il en souriant, comme si cela suffisait à tout arranger.

Au lieu de lui expliquer ce que je ressentais, je me contentai de hocher la tête et de l'embrasser, avant de le regarder sortir. Je ne me défendis pas. Je le laissai simplement décider à ma place. Moi qui voulais me montrer forte... Blair n'aurait jamais laissé Rush s'en tirer comme ça. Elle se serait affirmée. Elle aurait joué les dures à cuire et aurait obtenu gain de cause.

Je devais prouver à Woods de quoi j'étais capable. Oui, j'avais fait un faux pas hier, mais j'étais plus forte que ça. Je pouvais continuer à travailler. Il avait besoin de moi. Je l'aidais. Et je faisais bien mon travail.

Je me dirigeai vers la chambre, bien décidée à retourner au bureau.

Affronter Woods alors qu'il était en pleine réunion n'était pas la meilleure approche. Je préférai donc terminer ce que je n'avais pas eu le temps de faire la veille. Je parvins à trouver un remplaçant pour le moniteur de golf, commandai des chariots pour remplacer deux de nos anciens, puis discutai un moment avec Darla, la responsable du terrain de golf, pour installer de nouveaux distributeurs de boissons et proposer de nouvelles marques de bière.

Trois heures plus tard, Woods ne m'avait toujours pas appelée. Sans doute ne s'était-il pas rendu compte de l'heure. Soit il était encore en réunion, soit il était à ce point débordé qu'il avait perdu la notion du temps.

Vince m'adressa un sourire soulagé lorsque je sortis de l'ascenseur.

— Mademoiselle Della, je suis tellement content de vous revoir si vite. Vous nous avez manqué.

Je devais régler cette question au plus vite avec lui.

— Merci, répondis-je en m'arrêtant devant son bureau. À propos de ce qui s'est passé hier, Vince... je suis désolée que vous ayez eu à me voir dans cet état. Je vous remercie d'être allé tout de suite chercher Woods. Ce genre de crises m'arrive de temps en temps et je fais tout mon possible pour les prévenir... même si ça n'a pas vraiment marché hier.

Il leva une main pour m'interrompre.

— Vous n'avez pas besoin de vous justifier. Je suis là si vous avez besoin de moi. Et ne vous inquiétez pas de ce que j'ai vu. Cela restera entre vous et moi.

Les larmes aux yeux, je parvins seulement à hocher la tête, puis je jetai un œil vers la porte du bureau de Woods.

— Il est là ?

— Non, il est sorti il y a un quart d'heure. Il a dit qu'il serait rentré dans trente minutes pour une visioconférence.

Merde. On n'allait quand même pas se rater ?

— D'accord, merci Vince.

Je me tournai vers l'ascenseur, puis me ravisai. Woods prenait en général l'escalier et je risquais de le rater. Dès que la porte du palier se referma, j'entendis la voix de Woods résonner dans la cage. J'envisageai un instant de faire demi-tour, afin de ne pas me montrer indiscrète.

— Je ne sais pas comment tu fais pour supporter cette folle depuis tout ce temps...

La voix de Jace me retint et je me figeai, la main sur la poignée.

— Je n'avais pas le choix. Je ne pouvais pas la laisser toute seule, quand même. Mais cela commence à peser sur mon travail. Au moins, quand Angelina était là, elle se rendait utile.

Les paroles de Woods me firent l'effet d'une douche froide.

— Il faut vraiment que tu arrêtes de tolérer son comportement dément. Tu as une entreprise à diriger. Tu ne peux pas tout laisser en plan chaque fois qu'elle pète un plomb. Ce n'est pas bon. Il faut que tu règles ce problème.

La voix de Jace résonna en moi et je sentis l'engourdissement me gagner.

— Impossible. Comment veux-tu que je m'y prenne ? demanda Woods avec un soupir agacé.

J'en avais assez entendu. Je devais partir. Fuir. Je n'arrivais plus à respirer. Les ténèbres se refermaient de nouveau sur moi et, cette fois, je ne laisserais personne assister au spectacle.

Avec un sourire forcé, je ressortis sur le palier et me dirigeai vers l'ascenseur. Vince ne posa aucune question et je n'offris aucune explication. Lorsque les portes s'ouvrirent, je montai, m'efforçant de tenir les ténèbres à distance en inspirant profondément. Je refusais de sombrer ici. Ma folie commençait à peser sur son travail. Non. *Non!* Je devais rester concentrée.

Lorsque les portes de l'ascenseur se rouvrirent, je me dirigeai droit vers le parking. Une fois dans ma voiture, je sortis mon téléphone portable de mon sac.

— Tripp ?

— Ouais ?

— Il faut que tu viennes me chercher. Il est temps pour moi de partir.

Silence.

— Fais-moi confiance. Je t'expliquerai quand tu seras là. Pas un mot à Woods. Viens me chercher, c'est tout. Il est plus que temps.

— Qu'est-ce qu'il a fait ?

Avec un profond soupir, je puisai dans la force que j'espérais encore avoir en moi.

— Il cherche une porte de sortie. Mes problèmes... c'est trop pour lui. Il ne sait simplement pas comment me le dire. Je t'en prie, il est temps que je parte. Je veux vivre ma vie, maintenant.

— Je serai là demain midi. Je n'ai que ma moto.

— Je voyagerai léger.

— Tu n'auras qu'à expédier le reste. Je vais t'envoyer mon adresse par texto.
— D'accord.
— Tu es sûre de ton coup ?
— Oui.

Woods

Ma mère avait appelé deux membres du conseil d'administration, des proches de mon père, pour leur annoncer que j'employais Della au club, avant de préciser que celle-ci était mentalement instable et dangereuse. Elle était même allée jusqu'à inventer des conneries sur elle, rien que pour lui faire du mal. Ma mère avait perdu la tête.

La réunion avait été longue et j'avais perdu la bataille : ils exigeaient une enquête sur Della. Sachant ce qu'ils risquaient de découvrir, j'avais refusé. Cela n'allait certainement pas lui plaire.

— Tu as l'air mûr pour assassiner un village entier à mains nues, mon vieux, lança Jace en entrant dans mon bureau. Qu'est-ce qu'il se passe ?

Je passai devant lui sans m'arrêter pour me diriger vers l'escalier. J'avais besoin de hurler et de frapper un mur, et c'était l'endroit le plus sûr pour le faire. Je descendis deux volées de marches avant de m'arrêter pour abattre mon poing sur le ciment en maudissant tous les responsables de cette situation. Della n'avait vraiment pas besoin de ça maintenant. Elle allait tellement mieux. Comment allais-je lui annoncer la nouvelle ?

— C'est quoi le problème ? demanda Jace, qui m'avait suivi sans que je m'en rende compte.

— Ma putain de mère, voilà le problème ! Elle et Angelina. Ce sont de perfides vicieuses. Comment ma mère peut-elle être névrosée à ce point ? Qu'est-ce qui a bien pu arriver à mon père et elle pour qu'ils deviennent aussi malsains ? Pour qu'ils se croient autorisés à contrôler des vies ? Ils n'ont pas le droit ! Ce club m'appartient et je peux virer tout ce putain de conseil que mon père a mis en place, si je veux ! De toute façon, il est temps de faire quelques changements.

Je m'efforçai de me calmer.

— Je ne sais pas comment tu fais pour supporter cette folle depuis tout ce temps..., dit Jace en s'asseyant sur les marches pour me regarder faire les cent pas.

— Je n'avais pas le choix. Je ne pouvais pas la laisser toute seule, quand même. Mais cela commence à peser sur mon travail. Au moins, quand Angelina était là, elle se rendait utile.

— Il faut vraiment que tu arrêtes de tolérer son comportement dément. Tu as une entreprise à diriger. Tu ne peux pas tout laisser en plan chaque fois qu'elle pète un plomb. Ce n'est pas bon. Il faut que tu règles ce problème.

Il disait ça comme si c'était la chose la plus évidente du monde. Comment pouvais-je envisager de prendre mes distances avec ma mère ? Elle n'avait plus que moi.

— Impossible. Comment veux-tu que je m'y prenne, putain ? demandai-je en m'adossant au mur.

Si je devais choisir entre Della et ma mère, ce serait Della. Si elle tentait de me forcer la main, j'allais bien être obligé de couper les ponts. Mais, d'abord, je devais prendre une décision en ce qui concernait le conseil. J'avais besoin d'un avocat. Le mien, pas celui de mon père. J'en avais assez d'avoir recours aux hommes qu'il avait mis en place. La situation avait changé et je n'avais pas besoin que ma mère s'amuse à appeler les membres du conseil d'administration tous les quatre matins pour qu'ils viennent me mettre des bâtons dans les roues.

Il était temps de leur faire comprendre qui était le patron. Mon nouveau comité serait composé de proches en qui j'avais confiance. Il était temps de faire place à une nouvelle génération.

— Jace ?
— Oui ?
— Tu te sens prêt à siéger au conseil d'administration ?
— Quoi ?
— Je vais prendre un avocat. Je vais aussi dissoudre l'ancien conseil pour en constituer un nouveau.

Un large sourire apparut sur le visage de Jace.
— J'ai hâte de voir ça...

Pour la première fois depuis le début de la journée, je me sentis plus léger. Je refusais de laisser ma mère me contrôler. C'était moi qui étais aux commandes. Mon grand-père m'avait tout laissé. Même la maison de ma mère m'appartenait, à présent. Si elle avait l'intention de foutre la merde dans ma vie, j'avais suffisamment de quoi chambouler la sienne pour l'en décourager. Elle était peut-être ma mère, mais Della, c'était toute ma vie.

Ça faisait quatre heures que j'avais quitté Della. Bon sang, je n'avais pas vu le temps passer. Je me dirigeai droit vers ma voiture tout en composant son numéro, mais tombai directement sur son répondeur. Merde !

La voiture de Della était garée dans l'allée. Elle était à la maison. Peut-être était-elle sur le balcon quand j'avais essayé de l'appeler. Je lui avais promis que nous dînerions à Seaside ce soir, mais j'avais deux heures de retard. Ce n'était pas juste. Je ne pouvais pas la garder enfermée ici en permanence. Elle devait revenir travailler avec moi. J'avais besoin de son aide et de son efficacité.

Lorsque j'ouvris la porte, un délicieux parfum d'ails rôtis et de tomates me chatouilla les narines. Je suivis l'odeur jusqu'à la cuisine, où je découvris Della en train de mélanger quelque chose dans une casserole, un tablier noir du club autour de la taille.

— Salut, dis-je doucement pour ne pas l'effrayer.

Elle fit volte-face avec un grand sourire, sans pourtant parvenir à dissimuler une pointe de peine dans son regard. Elle était triste parce que je l'avais laissée seule ici. Elle aurait voulu retourner travailler. J'avais pourtant bien l'intention de tout lui expliquer ce soir.

— J'ai décidé de nous mitonner un bon petit plat plutôt que de sortir, annonça-t-elle.

Je m'approchai d'elle pour la prendre par la taille.

— Ça sent divinement bon.

— Tant mieux. Ça fait longtemps que je n'ai pas préparé de lasagnes et cette sauce n'est pas évidente.

Quelque chose clochait dans sa voix. Je n'aimais pas la savoir contrariée.

— Je suis désolé, pour aujourd'hui.

— Ne t'excuse pas, je t'en prie. Tu dois travailler, je le sais, et ça ne me pose aucun problème.

Elle n'avait que faire de mes excuses. Qu'est-ce qui pouvait bien la tracasser ?

— Tu pourras revenir travailler demain, ajoutai-je.

— Je ne suis pas sûre d'être prête pour ça.

Pas prête ? Ce matin, elle avait pourtant tout fait pour retourner au club. Qu'est-ce qui avait changé ?

— Qu'est-ce qui te fait croire ça ? As-tu eu une nouvelle crise, aujourd'hui ?

— Non, mais je crois que ça fait trop pour moi, pour l'instant. Je dois d'abord apprendre à me maîtriser. Elle ajouta en se tournant vers moi : Mais ne parlons plus de ça ce soir, d'accord ? Je veux te faire la cuisine et profiter de la soirée.

— D'accord, répondis-je en enfouissant mon visage dans son cou.

Nous pourrions toujours en reparler le lendemain.

— Que puis-je faire pour t'aider ? demandai-je alors.

— Tu peux couper la baguette en deux, la beurrer et la saupoudrer d'ail séché, dit-elle après avoir déposé un rapide baiser sur ma tempe. Ensuite, je la passerai au gril.

— À vos ordres, m'dame.

Della

Au fond, j'avais toujours su que cela ne durerait pas. J'avais pensé que, lorsque Woods aurait compris l'impossibilité d'une vie ensemble, il mettrait un terme à notre relation. Mais je m'étais trompée. Il en avait déjà assez de supporter ma « folie », sans pourtant jamais rien laisser paraître, faisant au contraire tout pour que je me sente aimée. Si je n'avais pas surpris sa conversation avec Jace, je serais encore persuadée que nous étions capables de tout surmonter.

Ces années que j'avais passées coupée du monde avaient entravé ma capacité à comprendre les gens. Jace, lui, avait tout de suite senti que Woods se lassait de moi. Mais moi, je n'avais rien vu venir. À présent, je savais. Cette soirée serait la nôtre. Je lui avais préparé un bon petit plat et profité du simple fait de le regarder et de l'écouter parler. Je voulais graver chaque instant dans ma mémoire.

Lorsque je partirais le lendemain, ce serait terminé. Je ne reviendrais pas et, pour Woods, ce serait un soulagement. Bien sûr, il serait triste, au début, car je savais qu'il m'aimait sincèrement. J'étais simplement un peu trop difficile à gérer pour lui. Lorsqu'il comprendrait que je m'étais éclipsée pour son bien, sa vie deviendrait plus facile. Il serait débarrassé des tracas que je lui causais.

Ce soir-là, cependant, il était encore à moi. Je pouvais le tenir contre moi et croire en notre amour. Rien qu'une fois encore.

Nous étions en train de débarrasser la vaisselle tous les deux. En temps normal, nous bavardions en riant mais, ce soir-là, je ne trouvais aucun sujet de plaisanterie. J'avais le cœur bien trop lourd.

— Ça va ? me demanda Woods en rangeant la dernière assiette dans le lave-vaisselle, avant de refermer la porte.

J'acquiesçai avec un sourire. Ses doigts vinrent enlacer les miens.

— Tu es sûre ? Si tu me disais ce qui n'allait pas, je pourrais t'aider, insista-t-il en m'attirant doucement contre lui.

Woods voulait toujours tout réparer. C'était dans sa nature. Malheureusement, il ne pouvait réparer ma vie. En guise de réponse, je me hissai sur la pointe des pieds pour l'embrasser dans le cou.

— J'ai envie de toi, chuchotai-je contre la tiédeur de sa peau. Pour l'instant, tout ce que je veux, c'est toi.

Woods me laissa l'embrasser encore puis, lorsque je fis mine de soulever le bord de son T-shirt, il leva docilement les bras. Je laissai mes doigts se promener sur la peau magnifique et bronzée de son torse parfaitement dessiné, fascinée par ses abdominaux fermes. Tout ça avait été à moi un temps. Ce serait un chapitre de ma vie auquel j'aurais du mal à repenser, même s'il resterait mon préféré.

Je posai les lèvres sur sa peau lisse, juste en dessous de son nombril, puis commençai à déboutonner son jean. Debout devant moi, il se laissa faire. J'étais heureuse qu'il n'offre aucune résistance et ne pose aucune question. Si je devais clore ce chapitre ce soir, je voulais que tout soit parfait. Son pantalon glissa, suivi de son boxer.

— Della…, chuchota-t-il lorsque ma langue vint lécher l'extrémité de son sexe.

Ses deux mains étaient à présent enfouies dans mes cheveux. Je m'agenouillai devant lui. Je voulais qu'il sache à quel point je l'aimais. Après mon départ, je voulais qu'il se souvienne qu'il faisait partie de moi. Qu'il sache que notre histoire avait compté pour moi.

— Oh putain…, marmonna-t-il en prenant appui sur l'îlot de la cuisine, tandis que j'accueillais toute la longueur de son sexe dans ma bouche, jusque dans ma gorge.

J'adorais l'effet que cela provoquait sur lui. Je trouvais merveilleux de me savoir à l'origine de ce tremblement dans ces jambes. Lui me faisait frémir tout le temps. J'aimais le faire vaciller à mon tour.

— Putain que c'est bon, bébé. Ta petite bouche est tellement parfaite.

Sa voix était chaude et rauque. Lorsque je pris ses testicules dans une main, il laissa échapper un grondement sourd et je sentis soudain qu'il m'aidait à me relever.

— Je ne veux pas jouir dans ta bouche. Pas ce soir. Je veux être en toi.

Il poussa du pied son jean et me prit dans ses bras pour me porter jusqu'au lit. Il retira mon short d'un geste sec. Je levai les bras pour le laisser me débarrasser de mon débardeur. Mon soutien-gorge et ma culotte disparurent tout aussi rapidement.

— Tu es belle, chuchota-t-il en se penchant sur moi pour contempler mon corps.

Lorsque j'étais avec lui, je me sentais belle.

— Fais-moi l'amour, demandai-je en écartant les cuisses et en l'attirant vers moi.

— Je veux te goûter, dit-il en arrêtant mon geste.

— Viens en moi.

— Rien à faire. Je veux d'abord goûter ton sexe, répondit-il avec un sourire moqueur qui me réchauffa le cœur.

J'étais prête à tout lui céder.

— D'accord…

Sa tête disparut entre mes jambes et ses lèvres vinrent effleurer l'intérieur de mes cuisses, remontant en une longue kyrielle de baisers jusqu'à ce que son haleine brûlante atteigne ma chair secrète. Avec un frisson, j'empoignai le drap et sentis bientôt sa langue se glisser en moi pour remonter jusqu'à mon clitoris. Je criai son nom plusieurs fois avant de jouir sous l'effet de cette caresse qui m'emportait toujours plus loin dans le plaisir.

Je cherchai encore à reprendre mon souffle que déjà il me pénétrait d'un mouvement fluide. Je remontai mes genoux pour les presser contre son torse.

— Je t'aime, Della, dit-il d'une voix nouée par l'émotion. Je t'aime tellement. Tellement.

C'était comme s'il avait su que c'était la fin. Qu'il n'y aurait jamais plus de lendemains. Que tout était terminé pour nous. Retenant les larmes qui me tenaillaient la gorge, je pris son visage à deux mains pour l'embrasser, sans oser la moindre parole, préférant lui montrer avec ma bouche combien je l'aimais.

À chacun de ses mouvements, je me dressais vers lui avec un cri, tandis qu'il me répétait sans cesse qu'il m'aimait. Bercés par cette psalmodie, nous approchions tous deux de l'orgasme.

— Woods ! m'écriai-je avec extase lorsque le monde se troubla devant mes yeux.

Me tenant contre lui, il plongea une dernière fois en moi en articulant mon prénom dans un cri étranglé. Son corps frémit contre le mien.

Notre chapitre était clos. Le plus beau de ma vie. J'avais connu mon *happy end* avant l'heure et il me restait à présent à vivre tout le reste de l'histoire sans lui. Ce n'était pas comme ça que les choses étaient censées se passer, mais telle était ma vie. Tout ce qui comptait, c'était que Woods l'avait traversée. Cela suffisait à tout arranger.

Woods vint déposer un baiser sur mes cheveux en me murmurant de dormir encore. Il avait une réunion tôt ce matin-là et je pouvais venir travailler quand je serais prête. Feignant le sommeil, je me contentai d'un grognement, la tête enfouie dans les oreillers pour dissimuler mes larmes. Lorsque j'entendis la porte d'entrée se refermer, je me retournai pour contempler le plafond.

Cet homme venait d'emporter mon cœur avec lui.

Je pris ma douche et m'habillai machinalement, puis je commençai à emballer les affaires que j'allais envoyer à l'adresse transmise par Tripp. Ensuite, je préparai un léger sac de voyage. Je n'étais pas sûre de notre destination, ni de quand nous atteindrions la Caroline du Sud, où partait le reste de mes affaires.

Woods m'appela vers 10 heures pour me proposer de déjeuner avec lui. Je ne voulais pas lui mentir, mais je ne pouvais pas non plus lui avouer la vérité, si bien que je prétextai du travail en retard. Il ne protesta pas. Lorsque j'ajoutai que je l'aimais, une larme coula sur ma joue. J'étais heureuse qu'il ne puisse pas me voir.

Ensuite, j'écrivis une note sur une feuille de papier :

Jamais je ne t'oublierai. Merci pour tout, mais il est temps d'avancer. Je veux voir le monde. Cette vie n'est pas pour moi. Elle ne me convient pas. Ce n'est pas ce dont j'ai rêvé. Ne

cherche pas à me retrouver. Laisse-moi reprendre ma route. J'espère que tu trouveras le bonheur que tu mérites.
   Je suis désolée,
   Della.

Woods

Je raccrochai et contemplai mon portable pendant quelques secondes. C'était le coup de téléphone le plus bizarre que j'aie jamais eu avec Tripp. La conversation n'avait eu ni queue ni tête. Il m'avait demandé des nouvelles de ma vie et j'avais expliqué que tout allait bien. Selon lui, il fallait viser mieux que bien. Quand j'avais précisé que tout était parfait, il était resté un long moment silencieux, avant de répondre : « Parfois, ce que nous pensons parfait est en réalité royalement merdique. » Je lui avais demandé ce qu'il entendait par là, mais il avait esquivé en répétant qu'il voulait juste prendre de mes nouvelles et espérait que j'allais bientôt comprendre le sens de la vie.

Qu'est-ce que c'était que ce coup de fil à la con ? Il commençait à boire dès le matin ou quoi ? Un rapide coup d'œil à ma montre m'indiqua qu'il était temps de rejoindre Jace pour un golf. Lorsque Della avait décliné mon invitation à déjeuner, je n'avais pas protesté, car je savais qu'elle voulait travailler. Je ne pouvais pas lui donner en permanence l'impression de ne pas apprécier l'importance de son travail. Pour m'empêcher de la harceler jusqu'à ce qu'elle accepte, j'avais donc appelé Jace pour savoir s'il voulait faire un parcours avec moi.

J'avais rendez-vous avec mon nouvel avocat à 15 heures, après quoi, je partirais à la recherche de Della, qui serait sans doute prête à faire une pause. Avec un sourire, j'oubliai l'appel étrange de Tripp et me dirigeai vers le terrain de golf.

Jace m'attendait près de la voiturette de golf de Bethy. Les mains sur le capot, il était penché vers elle et lui faisait du charme. Jamais je n'aurais cru que ces deux-là tiendraient aussi longtemps. Bethy, qui habitait la ville voisine, était la fille du coin un peu déchaînée. Elle couchait avec les riches fils de famille, qui faisaient ensuite semblant de ne pas la reconnaître. Jace, lui, avait pris la peine de creuser plus loin que la surface et avait décidé qu'elle en valait la peine.

— Quand tu auras fini de draguer mes employées, on pourra peut-être commencer ce parcours? lançai-je en m'approchant.

Jace leva la tête vers moi avec un grand sourire, son majeur tendu bien haut.

— Ta gueule, Kerrington.

— Vous avez besoin que je vous appelle un caddy, les gars? demanda Bethy.

— On est des vrais hommes, ma jolie, répondit Jace avec un clin d'œil. On n'a pas besoin de caddy.

— Allons-y, Jace. J'ai un rendez-vous à 15 heures.

La voiturette que j'avais réservée fut avancée avec mes clubs. Après avoir dit au revoir à Bethy, Jace chargea les siens à l'arrière.

— Ça fait un bail qu'on n'a pas joué ensemble, fit-il remarquer. Le grand patron n'a plus vraiment le temps...

— Della m'aide beaucoup. Il faut que je pense à l'augmenter.

Avec un petit rire, Jace posa ses pieds sur le tableau de bord.

— As-tu parlé à ta maman chérie de cette idée d'un nouveau conseil ?

— Je ne vais rien lui dire du tout. Ce ne sont pas ses oignons. Je vois l'avocat tout à l'heure pour être sûr de gérer tout ça correctement. C'est lui qui fera savoir aux membres du conseil d'administration qu'ils ont été virés.

— Tu sais, j'ai toujours cru que le club appartenait en partie au conseil.

— Mon grand-père l'a interdit dans son testament. Il voulait que le club reste toujours au nom des Kerrington. Il n'a jamais accepté d'investisseurs, sauf s'ils faisaient partie de la famille. C'est notamment pour cette raison que mon père voulait que j'épouse Angelina. Elle serait devenue une Kerrington et il avait l'intention de fusionner le club de son père avec le nôtre. Cela n'aurait pas été du goût de mon grand-père. J'ai étudié son projet de départ, je sais ce dont il rêvait pour ce club. Mon père avait d'autres idées en tête et il voulait se servir de moi pour les réaliser.

— Oh là là ! s'écria Jace, tandis que nous arrivions au premier trou. Pas étonnant que ton père ait été prêt à te faire épouser cette dingue. Donc, tout est vraiment à toi, maintenant. C'est toi qui prends les décisions. Ton père avait simplement composé ce conseil pour être sûr qu'il abonde dans son sens.

— Je crois qu'il avait promis une part du gâteau à tous les membres, une fois que le club aurait fait partie de l'empire Greystone. Tout aurait alors été différent. Il les payait aussi grassement. J'ai jeté un œil aux salaires.

Jace sortit d'un bond de la voiturette et prit son *driver* avant de se diriger vers le *tee*.

— Tu veux dire que je vais toucher un bon gros chèque tous les mois pour siéger au conseil ? demanda-t-il avec un sourire malin.

— Exactement, répondis-je en le rejoignant avec mon propre *driver*.

— Tant mieux. Parce que j'ai l'intention de demander Bethy en mariage et ma famille va en chier une pendule. Je peux dire adieu à mon allocation mensuelle. Il faut que ces belles études chèrement payées par mon gentil papa servent enfin à quelque chose.

Je m'arrêtai. Avais-je bien entendu ?

— Je rêve ou tu viens de parler de mariage ?

Jace hocha simplement la tête.

— Wouah !

Je ne trouvais rien d'autre à dire. Je m'attendais à tout sauf à ça.

— Je l'aime. C'est la femme de ma vie.

En silence, je regardai Jace frapper la balle. Il recula ensuite d'un pas et se tourna vers moi.

— Elle ne se doute encore de rien. J'essaie de trouver une occasion romantique.

Ce parcours de golf venait de prendre un tour bien plus intéressant.

J'envoyai un texto à Della avant l'arrivée de l'avocat, mais ne reçus aucune réponse. Toujours rien après le rendez-vous. Je ne l'avais pas vue de la journée. Les autres employés non plus. Quelque chose n'allait pas. Je composai son numéro. « Le numéro que vous avez demandé n'est pas attribué… » Je raccrochai aussitôt pour vérifier que je ne m'étais pas trompé. Aucune erreur.

Je pris mes clés et passai devant Vince sans un mot, l'esprit en ébullition. Pourquoi la ligne de Della avait-elle été coupée ? Avait-elle oublié de payer son forfait ? Est-ce que tout allait bien ?

En me rendant chez moi, j'échafaudais déjà les pires scénarios. La voiture que j'avais donnée à Della à son retour à Rosemary était garée dans l'allée. Elle n'avait pas quitté la maison de la journée. Le cœur battant, je montai les marches et ouvris la porte d'entrée.

Tout était calme. Trop calme.

— Della ? Bébé ? Ça va ? appelai-je en m'engageant dans le couloir qui menait au salon.

Je jetai un coup d'œil dans la cuisine en passant, notant au passage un détail étrange : une feuille de papier était posée sur l'îlot, à côté d'un crayon. Ce n'était pas là ce matin quand j'étais parti.

— Della ? appelai-je encore en entrant dans le salon pour jeter un œil au balcon.

La chambre à coucher était vide aussi. Plus que vide. Aucun escarpin par terre, aucun bijou sur la commode. Debout sur le pas de la porte, je n'osai pas aller vérifier le dressing. Je repartis vers la cuisine. Le petit mot devait tout expliquer. Peut-être avait-elle entrepris un grand ménage avant d'aller faire du shopping avec Blair. Oui, ce devait être ça.

Je m'emparai de la note et commençai à la lire. À chaque mot, un pan de mon univers s'effondra lentement. Cette petite feuille de papier arrachée à un carnet contenait les seuls mots capables de me détruire complètement.

Figé, je laissai la lettre me tomber des mains. Je ne voulais plus la toucher. Je ne voulais pas la voir. Le message était déjà gravé dans mon esprit. Jamais je ne serais capable de l'oublier. Je ne pouvais plus bouger. Je ne pouvais même plus respirer.

Della

Tripp n'avait pas dit grand-chose en venant me chercher. Il m'avait simplement de nouveau demandé si j'étais sûre de moi et, lorsque j'avais acquiescé, il s'était emparé de mon sac pour le ranger dans le top-case de sa moto. Puis il m'avait tendu un casque et une veste en cuir que j'avais enfilés.

Nous roulions depuis deux heures environ lorsqu'il s'arrêta dans une station-service. J'avais les jambes un peu engourdies et n'étais pas certaine de tenir debout. Tripp descendit de moto et me retira mon casque pour l'accrocher au guidon. Je ne lui demandai pas pourquoi lui-même n'en portait pas, mais j'étais contente qu'il ait pensé à moi. Il m'aida ensuite à descendre. Je parvins à passer ma jambe par-dessus l'engin et m'agrippai à lui pour me lever.

— Aïe…, marmonnai-je avec un pauvre sourire.

— Tu vas t'habituer, répondit-il en riant. Va à l'intérieur. Il y a des toilettes et de quoi manger et boire. On va faire une petite pause avant de repartir.

Jusque-là, je m'étais concentrée sur la route et les autres voitures, ce qui m'avait permis de ne pas trop gamberger. Pourtant, je connaissais les sombres idées qui me narguaient, prêtes à me hanter, à me briser. Bientôt, Woods saurait que j'étais partie.

— Où est-ce qu'on va ? demandai-je pour essayer de penser à autre chose.

— Je ne sais pas trop. On roule. Je me suis dit que c'était ce qu'il te fallait, pour l'instant. Je vais vers le nord. On trouvera bien un endroit intéressant d'ici ce soir pour s'arrêter.

Exactement ce dont j'avais besoin, en effet.

— Ça me va.

— Faut que je fasse le plein, annonça Tripp, tandis que je me dirigeais vers la boutique.

Je devais penser à appeler Braden. Je ne lui avais pas encore annoncé que je quittais Woods et je savais qu'elle n'envisagerait pas la situation comme moi. Toutefois, dès que Woods aurait compris que j'étais partie, c'était elle qu'il risquait de contacter en premier. Elle allait s'inquiéter. Je devais la préparer. Je sortis mon téléphone de ma poche, mais me rappelai soudain que j'avais fait couper la ligne. Je ne voulais pas qu'on puisse me retrouver. Je le réactiverais dans la prochaine grande ville. Avec un nouveau numéro. Un numéro que personne ne connaissait.

Une fois passée aux toilettes, j'achetai une bouteille d'eau et des chips, puis ressortis m'asseoir à une des tables sur la pelouse de l'aire de pique-nique.

Tripp me jeta un coup d'œil avant de disparaître à son tour dans la boutique. Quand il en ressortit, j'avais fini mes chips. Il jeta sur la table une barre chocolatée, un sachet de cacahuètes, un paquet de mini-saucissons et un autre de bonbons.

— Mange encore quelque chose, lança-t-il en ouvrant le paquet de saucissons.

Je m'emparai de la barre chocolatée que je coupai en deux. Nous mangeâmes en silence. J'avais peur de lui parler. Il voulait savoir pourquoi j'avais pris cette décision. Il pensait que j'avais tort.

— Il ne savait pas que tu partais. Pas la moindre idée. Ça craint, Della. Vraiment. Le pauvre va se prendre ça en pleine tronche.

Je reposai ma barre et me levai.

— Je ne peux pas réfléchir à tout ça maintenant, d'accord ? Je dois penser à autre chose. J'ai fait ce qui était bon pour lui. C'est tout ce que je peux te dire. Maintenant, je t'en prie, parlons d'autre chose.

Tripp poussa un long soupir fatigué, puis hocha la tête.

— O.K. On n'en reparlera plus. Pas tout de suite, en tout cas. Mange quelques bonbons, c'est bon pour ce que tu as, ajouta-t-il avec un pauvre sourire en poussant le paquet de sucreries dans ma direction.

— Je n'ai pas faim

J'avais envie de vomir.

— Bon. Je les emporte. Tu auras faim bien assez vite. Tu n'as presque rien mangé.

— Tu me prêtes ton téléphone pour que j'appelle mon amie Braden ?

Sans un mot, il sortit son portable de sa poche.

— Merci.

Je m'éloignai de la table pour plus de discrétion, car j'allais devoir mentir un peu à Braden, ne serait-ce que pour l'empêcher d'avouer la vérité à Woods.

Je composai le numéro en retenant mon souffle, à la recherche d'une histoire plausible. Si Braden apprenait où j'étais réellement et les vraies raisons de mon départ, elle irait tout droit trouver Woods.

— Allô ? fit la voix de Braden, un peu hésitante.

Elle n'avait pas reconnu le numéro.

— C'est moi.

— Della ? Où es-tu ?

— Je découvre le monde. Je vis ma vie. La vie de Woods, ce n'était pas pour moi. J'ai besoin d'aventure.

Braden ne répondit rien. Elle réfléchissait. J'imaginais d'ici la tête qu'elle faisait.

— Que s'est-il passé ? Arrête tes conneries et dis-moi où tu es et ce qui ne va pas.

Je mentais très mal et Braden était bien placée pour le savoir.

— Je fais un petit voyage. Je ne suis pas seule et tout va bien. J'ai juste besoin d'un peu de temps. Je t'appellerai quand je pourrai, mais j'ai besoin de temps pour oublier certaines choses. C'est pour ça que je t'ai emprunté ta voiture, tu te souviens ? Woods a changé la donne, mais ce n'était que temporaire. Je dois le faire… pour moi.

— Ça sent encore la connerie à plein nez. Je ne te crois pas, mais je ne vais pas te forcer. Appelle-moi dès que tu peux et sois prudente. La personne qui t'accompagne est-elle digne de confiance ?

— Oui.

— Tu ne veux pas me dire qui c'est ?

— Non. Je ne veux pas que tu dises à Woods que tu m'as parlé. Tu ne dois rien lui dire. Il va chercher à me retrouver et c'est justement ce que je veux éviter.

Elle poussa un grognement agacé.

— Il t'aime, Della.

— Et je l'aime aussi. Mais il est temps que je vive ma vie. Je ne peux pas rester enfermée dans cette petite ville.

— J'espère que tu n'es pas en train de commettre la plus grosse bourde de ta vie, c'est tout.

— C'était le meilleur chapitre. Mais il y en aura d'autres.

— Je t'aime, Della.

— Moi aussi, je t'aime.

— Appelle-moi.

— Promis.

Je raccrochai et revins vers Tripp qui me regardait.

— Merci, répétai-je en lui rendant son téléphone.
— Tu as fait couper ta ligne pour qu'il ne puisse pas te retrouver ?

Je fis signe que oui.

— Bon sang, Della. Tu ne lui as laissé aucune chance, hein ?

— On peut repartir ? Je veux rouler.

— Ouais, allons-y, répondit-il en se levant pour rejoindre la Harley garée près de la table.

Woods

Elle avait emporté toutes ses affaires, ne me laissant rien d'autre que cette note. J'enfouis mon visage dans l'oreiller sur lequel elle avait posé sa tête la nuit précédente. Son odeur s'y trouvait encore. Le parfum doux et sexy de Della.

Comment pouvais-je renoncer à elle ? Elle ne voulait pas que je parte à sa recherche. Elle voulait vivre sa vie. Celle que nous menions ici ne lui convenait pas. Elle avait entamé un voyage pour découvrir le monde et m'avait rencontré. À présent, elle attendait davantage.

Je l'avais étouffée. En cherchant à la protéger, je l'avais empêchée de faire ce qu'elle voulait. J'avais surveillé de près son travail et tout ce qu'elle faisait. Elle qui voulait prendre son envol, je lui avais coupé les ailes.

J'avais la poitrine si serrée que chaque respiration était douloureuse. Je n'avais appelé personne. Je n'avais pas quitté la maison depuis plusieurs heures. Serrant l'oreiller contre moi, je jetai un coup d'œil au réveil. Il était 21 heures passées. Cela faisait cinq heures que j'étais rentré. Depuis combien de temps était-elle partie ? Savait-elle hier soir qu'elle allait me quitter ?

Je repensai à cette lueur dans son regard lorsqu'on avait fait l'amour. Une lueur différente qui m'avait troublé. Mais Della s'était montrée si passionnée que j'avais tout oublié pour ne plus penser qu'au plaisir. Si seulement j'avais pris la peine de chercher plus loin et de lui parler... Mais non, je n'avais pensé qu'au sexe. En la voyant tomber à genoux sur le carrelage de la cuisine, j'avais perdu toute lucidité et ignoré son message.

Si seulement j'avais cherché à voir plus loin.

Comment avait-elle organisé sa fuite ?

Petit à petit, une idée se forma dans ma tête et je me redressai. Le coup de téléphone de Tripp. Je n'avais rien compris, sur le coup, mais il avait essayé de m'avertir. Putain de merde ! Elle était partie avec Tripp. Elle l'avait appelé et il était venu la chercher.

Ma douleur se mua lentement en une colère grondante, puis en une fureur qui menaçait de me consumer. Elle était partie avec Tripp. C'était lui le responsable. Son appel n'aurait eu de sens pour personne. C'était juste sa façon de m'avertir, alors qu'il savait très bien que je ne comprenais rien.

Je saisis la lampe de chevet et la projetai contre le mur, puis j'arrachai les draps du lit et renversai la table de nuit. Je décrochai le miroir et le brisai en mille morceaux. Malgré cela, la colère persistait. Je me mis à frapper le mur jusqu'à ce que mon poing traverse la cloison. J'avais beau hurler, ma voix me paraissait venir de très loin. J'avais quitté mon corps, le laissant se soumettre à la rage. Puis je jetai l'oreiller que je tenais toujours à la main et m'immobilisai. Son oreiller. C'était tout ce qui me restait. Je me précipitai vers la pile de verre brisé et de meubles cassés pour le récupérer et le serrer contre moi avec une tendresse respectueuse.

Son parfum m'enveloppa et, l'espace d'une seconde, ma fureur s'apaisa. L'espace d'une seconde, je cessai d'être ce fou hystérique bien décidé à tout détruire chez lui. Elle était là. Je la serrais contre moi. Della était avec moi.

— Qu'est-ce que c'est que ce bordel ?

La voix de Jace me fit sursauter. Près de la porte de la chambre, il contemplait l'étendue des dégâts, l'air horrifié. Lorsqu'il se tourna enfin vers moi, ma rage se ranima.

— Calme-toi, mon vieux, commença-t-il, les deux mains levées en signe d'apaisement.

Il ne comprenait rien. Il ne venait pas de perdre sa raison de vivre. La femme de sa vie ne l'avait pas plaqué en ne lui laissant qu'une note et un oreiller. La note... merde.

Je me ruai vers la porte, manquant de bousculer Jace. Je devais retrouver cette note. C'était tout ce qui me restait. Un souvenir d'elle que je voulais garder, même si ces mots me déchiraient en deux.

La feuille chiffonnée traînait toujours sur le sol de la cuisine et je me précipitai pour la ramasser. Je ne pouvais pas la relire, c'était trop tôt. Je la pliai avec soin et la glissai dans ma poche. Je voulais la garder sur moi. C'était son écriture. Ses mots.

— Tu me fous les jetons, dit Jace, qui m'avait suivi.

— J'ai besoin d'être seul, répondis-je sans me tourner.

— Non, je ne crois pas.

— Sors de chez moi, bordel !

— J'ai appelé Rush et Thad. Ils arrivent. Pas question que je te laisse tout seul.

Je ne voulais pas d'eux chez moi. Je voulais hurler et tout casser, trouver un moyen d'atténuer cette douleur.

— Non ! Et puis d'abord, qu'est-ce que tu fous ici ?

— C'est Tripp qui m'a appelé.

Le simple fait d'entendre le nom de celui qui m'avait enlevé Della suffit à faire resurgir la bête en moi. Je m'emparai d'un verre posé dans l'évier et l'envoyai contre un mur, où il brisa un cadre.

— Il me l'a prise ! hurlai-je en m'emparant cette fois d'une assiette. Ce salaud me l'a prise !

L'assiette vola en éclats.

— C'est elle qui l'a appelé. Elle voulait partir avec lui, Woods. Il faut que tu te calmes. Elle est partie de son plein gré.

J'avais beau entendre la peur dans la voix de Jace, je m'en foutais complètement. Je saisis un tabouret de bar et commençai à le cogner avec force contre l'îlot central, jusqu'à ce que le bois cède et forme un petit tas sur le sol.

— Bon sang !

J'entendis vaguement la voix de Rush, mais mon cerveau ne fonctionnait plus. Je ne voulais pas de lui ici.

— Il faut l'arrêter, les gars ! s'écria Thad. Il est devenu malade !

Des bras me saisirent par-derrière, mais, plus je luttais, plus leur étau se resserrait.

— Calme-toi, putain. Respire, Woods. Voilà, respire profondément. Elle n'est pas morte. Elle est partie. Elle est quelque part et tout n'est pas fini. Alors calme-toi.

La voix de Rush était ferme et grave. Il ne me lâchait pas. Il avait raison. J'inspirai plusieurs fois profondément. Elle était vivante. Elle était simplement partie. Partie.

— Elle m'a quitté..., commençai-je d'une voix brisée.

— Oui, on sait. Mais pas la peine de te venger sur le mobilier. Cela ne la ramènera pas et tu deviens ingérable. Reprends-toi. Je sais ce que tu ressens. J'ai déjà vécu ça. Mais péter un câble ne la fera pas revenir.

Rush savait de quoi il parlait. Il avait traversé la même épreuve quand Blaire l'avait quitté. Pourtant, elle avait été trahie et avait eu toutes les raisons de partir. Moi, je n'avais fait aucun mal à Della. Je n'avais fait que l'aimer.

— Je ne l'ai pas laissée vivre, repris-je doucement en levant les yeux pour regarder Jace et Thad, qui se tenaient à une distance prudente.

— Elle a besoin de prendre du recul, expliqua Rush. Laisse-la faire.

— Et moi ? Comment je fais pour continuer sans elle ? Comment je fais, hein ?

Rush poussa un soupir et me relâcha doucement.

— Tu te lèves chaque matin et tu vas au boulot. Tu souris quand on te demande de sourire. Tu passes tout ton temps libre à penser à elle. À ce que tu vas lui dire quand tu la reverras. Le soir, tu vas te coucher en espérant dormir un peu. Et, le lendemain, tu recommences tout.

Je m'adossai au mur, tête baissée.

— Et si elle ne revient jamais ?

Rush ne répondit rien. C'était ma plus grande crainte : devoir trouver une raison de vivre si Della ne revenait plus jamais.

— C'était mon ticket gagnant, murmurai-je en contemplant les restes du tabouret de bar.

— Quoi ? demanda Jace.

— Della était mon ticket gagnant. Ma carte chance, mon atout. Impossible de continuer. C'est terminé pour moi.

— N'importe quoi, m'interrompit Rush. C'est loin d'être terminé.

J'espérais qu'il avait raison.

Deux semaines plus tard

Della

— On est où, maintenant ? demandai-je à Tripp en descendant de la moto, sans son aide, cette fois.
— Qu'est-ce que tu fichais, à l'arrière ? Tu dormais ? On a passé plusieurs panneaux annonçant notre arrivée dans la ville du King.

Tripp s'empara de nos sacs et se dirigea vers la réception de l'hôtel.

— Le King ? répétai-je en lui emboîtant le pas.
— Oui, tu sais... *One for the money, two for the show !* chantonna-t-il.
— Elvis ? Tu veux dire qu'on est à Memphis ?
— Bingo ! répondit Tripp en me tenant la porte de l'hôtel.

La première nuit, j'avais bien tenté de dormir dans ma propre chambre, mais les terreurs nocturnes étaient revenues. Depuis, nous prenions une seule chambre avec deux lits et Tripp m'aidait quand les cauchemars survenaient, c'est-à-dire toutes les nuits depuis mon départ. Nous étions à présent si fatigués tous les deux que, une fois mon cauchemar passé, nous finissions souvent par nous rendormir dans le même lit.

— Une chambre à lits jumeaux, demanda Tripp à la fille de l'accueil.

Celle-ci me jeta un rapide coup d'œil, avant de revenir à Tripp avec un sourire charmeur. C'était fréquent. Lorsque les femmes se rendaient compte que nous n'étions pas ensemble, elles se jetaient toutes au cou de Tripp, qui les ignorait, la plupart du temps. Toutefois, il lui arrivait de croiser une fille difficile à ignorer et il finissait alors par obtenir son numéro. J'avais beau lui répéter que c'était inutile, étant donné que nous ne faisions que passer, il affirmait que c'était « au cas où ».

Lorsque Tripp eut récupéré la clé de notre chambre, nous nous dirigeâmes vers l'ascenseur. Je ne me sentais pas d'humeur bavarde. Un peu plus tôt dans l'après-midi, j'avais appelé Braden qui n'avait toujours aucune nouvelle de Woods. Cela me rendait perplexe. J'aurais pourtant dû en ressentir un certain soulagement. Plus le temps passait sans qu'il cherche à contacter soit Tripp, soit Braden, plus je me rendais compte que mon départ l'arrangeait. Finalement, je lui avais offert une porte de sortie. Je ne voulais pas imaginer qu'il puisse souffrir. Il m'était plus facile de fonctionner chaque jour en sachant que j'étais la seule de nous deux à ressentir cette douleur infinie qui me broyait le cœur.

— Tu es bien silencieuse, aujourd'hui, fit remarquer Tripp lorsque les portes de l'ascenseur s'ouvrirent sur le palier.

Dans un hôtel, Tripp refusait de dormir plus haut que le deuxième étage, car, en cas d'incendie, il voulait être sûr de ne pas avoir trop d'escaliers à descendre. Je n'avais jamais réfléchi à la question avant, mais lui, si, apparemment.

— Pas très envie de parler, c'est tout, marmonnai-je.
— Comment ça s'est passé avec Braden ?

Bien sûr. Comme sur des roulettes. Elle n'avait même pas évoqué Woods, se contentant de me demander quelles villes nous avions traversées et ce que nous faisions. Rien de plus.

— Bien.

Tripp ouvrit la porte de la chambre, puis s'écarta.

— Ça t'ennuie si je sors boire un verre, ce soir ?

Traduction : « Ça t'ennuie si je sors m'envoyer en l'air ce soir ? » Il ne se doutait pas que j'avais percé à jour son petit code secret et c'était très bien comme ça. Chaque fois qu'il sortait « boire un verre », il rentrait vers 2 heures du matin, empestant le parfum. Il aurait fait un épouvantable mari infidèle.

— J'ai envie de commander une pizza et de regarder la télé, répondis-je en entrant dans la chambre. Fais comme tu veux.

— C'est sympa, me remercia-t-il en entrant à son tour.
— Pas de problème. J'ai besoin d'une douche. Tu pars tout de suite ? demandai-je en lui prenant mon sac des mains avant de me diriger vers la salle de bains.
— Oui, je ne vais pas tarder.
— Alors, à demain !

Après avoir refermé la porte de la salle de bains derrière moi, j'attendis d'entendre celle de la chambre claquer, puis laissai à Tripp le temps de s'éloigner avant de laisser des larmes jaillir que je retenais depuis des heures. Pleurer n'apaisait pas la douleur, mais me permettait de me perdre un instant dans mon chagrin. Plus besoin de me cacher. Je pouvais tout laisser sortir au grand jour.

Au fond de moi, je savais que ma décision était la bonne. J'avais libéré Woods. La crainte de l'avoir blessé ne me taraudait plus. Il allait bien. Il vivait sa vie et finirait par trouver quelqu'un qui lui conviendrait parfaitement. Notre histoire n'aurait jamais pu atteindre cette perfection. L'amour devait être simple. Et moi, j'étais tout sauf simple.

Woods méritait quelqu'un comme Blaire Finlay. Il avait besoin à ses côtés d'une femme capable de sortir un flingue pour se défendre. Une femme capable de donner naissance à des enfants qu'il pouvait aimer sans craindre pour leur santé mentale. Sans le risque de voir leur mère péter un plomb d'un instant à l'autre.

J'avais beau le vouloir de toutes mes forces, jamais je ne serais comme Blaire. Jamais. Je n'étais pas la perfection absolue dont Woods avait besoin. Il l'atteindrait un jour avec une autre. Un jour peut-être, je trouverais le moyen d'être de nouveau heureuse. Peut-être parcourir le monde m'aiderait-il à trouver ma place.

Je refusais de croire que j'allais finir comme ma mère. Je n'étais peut-être pas l'épouse ni la mère idéale, mais j'étais quelqu'un. Je pouvais faire quelque chose de ma vie. Je pouvais changer le monde. Il me restait juste à trouver comment. À quoi bon penser à Woods qui ne semblait pas pressé de me retrouver ? Pleurer ne m'aidait pas à panser mes plaies.

Il était temps que je règle mes problèmes. Je n'avais pas besoin d'un homme pour me tenir la main et me protéger. Je devais y arriver seule. Woods avait voulu m'aider et, moi, j'avais cherché une bouée de sauvetage.

Tripp et moi avions mis nos ressources en commun et cela avait suffi jusqu'ici, mais je savais que ça ne durerait pas. Il était temps que Tripp rentre chez lui en Caroline du Sud et que je suive ma propre route. Seule. Pour mener une vie où je ne dépendrais que de moi-même.

Je me redressai, ouvris le robinet de la douche et me déshabillai. Une fois ces larmes lavées, j'étais bien décidée à ne plus m'autoriser ce genre d'épanchement. Je savais qu'il existait en moi un certain courage, que je devais trouver et nourrir.

Woods

J'étais assis sur mon balcon, une bière dans une main, mon téléphone dans l'autre. Tripp m'appelait tous les soirs à 21 heures. La seule chose qui m'empêchait de devenir dingue, c'était de l'écouter me raconter ce qu'elle faisait, ce qu'elle disait et même ce qu'elle portait ce jour-là. Je parvenais alors à retenir les dernières bribes de santé mentale qui me restaient.

Dès que je vis le nom de Tripp apparaître sur l'écran, je décrochai :

— Comment va-t-elle ?

Au diable les politesses. J'avais fini par décider de ne pas pourchasser Tripp pour briser tous les os de son corps, après qu'il m'eut appelé le premier soir en me promettant de me tenir au courant. Selon lui, Della avait besoin de temps pour y voir clair et je devais le lui accorder. Cependant, j'avais un mal de chien à ne pas aller la retrouver. Chaque fois que Tripp mentionnait le nom de la ville dans laquelle ils se trouvaient, je devais me retenir de ne pas sauter dans le premier avion.

— Elle a été très calme, aujourd'hui. On a à peine échangé quelques mots et je crois qu'elle avait hâte de se débarrasser de moi. Elle est déprimée, mais ce n'est qu'une phase.

— Où êtes-vous ?

— À Memphis.
— Dans un hôtel ?
— Ouais. Elle est dans la chambre. Je sors, ce soir, pour la laisser tranquille.

La laisser tranquille ? Seule ? Dans une ville inconnue ?

— Mais tu as perdu la tête ? Tu ne peux pas la laisser seule ! Si elle était silencieuse, aujourd'hui, c'est peut-être parce qu'elle est en train de se renfermer sur elle-même. Tu ne peux pas la laisser seule. Elle aura besoin de quelqu'un pour revenir à la surface. Elle ne peut pas...

— Woods ! m'interrompit Tripp d'une voix autoritaire. Du calme, vieux. Du calme.

— Elle ne peut pas rester seule, répétai-je, la voix soudain pleine d'émotion.

Cela ne me plaisait pas du tout.

— Il faut qu'elle reste un peu seule. Elle a besoin de pleurer. Elle doit décider si elle est capable de t'accorder cette liberté dont elle pense que tu as besoin. C'est pour toi qu'elle est partie, Woods. Elle ne voulait pas te quitter, je te l'ai déjà expliqué. Elle t'aime tellement qu'elle est partie pour que tu puisses mener la vie qu'elle pense que tu veux mener. Une vie sans avoir à supporter ses délires. Maintenant qu'elle a pris cette décision, il faut qu'elle l'assume. Laisse-lui du temps. Elle reviendra.

Je posai ma canette de bière et me levai. Agrippé à la rambarde, je fermai les yeux pour chasser la douleur. Je voulais Della. Juste elle. Peu importaient les conditions. Sans elle, ma vie irait toujours de travers. Je ne voulais pas qu'elle reste seule. Il fallait quelqu'un à son côté.

— Tu veux bien la serrer dans tes bras pour moi ? Serre-la fort. Ne la laisse pas se sentir seule. Ne la laisse pas en souffrance. S'il te plaît.

— Je ferai ce qu'elle m'autorisera à faire. Mais ce ne sont pas mes bras qu'elle cherche.

— Putain...

De nouveau, la douleur me saisit à la gorge.

— Laisse-lui encore du temps, me conseilla Tripp.

Je pris plusieurs longues inspirations. Il devait retourner la voir. Il ne pouvait pas la laisser seule ainsi.

— Dès qu'on aura raccroché, tu vas la rejoindre.

— D'accord, soupira Tripp. Mais j'avais d'autres projets pour ce soir. Il y a cette jolie petite serveuse qui me fait les yeux doux...

— As-tu besoin de plus d'argent ? demandai-je.

Je virais de l'argent sur son compte depuis son premier appel, car je voulais que Della dorme dans de bons hôtels et se nourrisse correctement.

— Elle ne va pas tarder à trouver ça louche, que nous ayons encore de l'argent. Tous les soirs, je m'attends à une remarque, parce que nous logeons toujours dans les beaux quartiers et dînons dans des restaurants chics au lieu de fast-food. Elle n'est pas stupide.

— Je suis à deux doigts de péter un câble, Tripp. Tout ce qui me retient, ce sont tes appels et le fait de savoir qu'elle bénéficie d'un minimum de confort.

— Je vais essayer de la convaincre de rentrer en Caroline du Sud avec moi. J'ai un appart sympa, là-bas. C'est calme et il y a un boulot qui m'attend. Je peux lui en trouver un aussi.

Je voulais juste qu'elle rentre.

— Fais ce qui te semble le mieux, du moment qu'elle est en sécurité.

— Je veille sur elle. Je te le promets.

— C'est toi qui me l'as prise, lui rappelai-je, incapable de le remercier.

— C'est elle qui me l'a demandé. Je suis son ami, aussi.

— Elle a besoin de moi.

— Non, mon gars. Pour l'instant, elle a surtout besoin de trouver la force qui est en elle. Une force dont elle ignore complètement les ressources. Lorsqu'elle aura compris qu'elle n'est un poids pour personne, elle reviendra.

— Il le faut.

Je raccrochai avant que Tripp n'entende les larmes dans ma voix.

Della

J'attendais encore la pizza lorsque Tripp refit irruption dans la chambre. J'étais pourtant sûre qu'il allait prendre du bon temps avec une inconnue.

— Déjà ?

— Ouais... J'ai décidé que je préférais la pizza à la bière.

Il y avait anguille sous roche. Jamais il n'aurait renoncé à une partie de jambes en l'air pour une pizza. J'avais rapidement compris que Tripp était un peu un mec facile. Les femmes craquaient pour lui et il le leur rendait bien... pendant deux ou trois heures. Ensuite, il tirait sa révérence.

— Pourquoi es-tu revenu, vraiment ? Tu n'as jamais préféré la pizza à... la bière.

Il leva les yeux vers moi avec un petit sourire en coin.

— À t'entendre, j'ai l'impression que tu as compris ce que je partais faire quand je sortais boire un verre.

— Sans blague..., rétorquai-je en levant les yeux au ciel.

Tripp se laissa tomber sur le bord de son lit.

— Eh bien, disons que, ce soir, j'ai pensé qu'il était peut-être plus important que nous bavardions que de sortir boire un verre.

Ne sachant pas trop quoi répondre, je préférai rester silencieuse. Soudain, on frappa à la porte et la conversation s'interrompit.

— C'est la pizza ! lança-t-il en se levant d'un bond pour accueillir le livreur.

J'avais également commandé une grande bouteille de soda. On était loin de la bière, mais c'était compris dans la formule. Tandis que Tripp posait le carton sur mon lit, je pris deux gobelets en plastique près du seau à glace et nous servis à boire. Je pensais moi aussi qu'il était temps que nous ayons une petite discussion et c'était l'occasion rêvée. Je voulais demander à Tripp de rentrer en Caroline du Sud, avant de nous être trop éloignés.

— Mmh, une « spécial barbecue ». Tu sentais que j'allais revenir, ma parole...

— Non. C'était juste l'offre spéciale de ce soir : une grande « barbecue » avec deux litres de soda pour quinze dollars. Je me suis laissé tenter.

— Tu m'en vois ravi.

— Accouche, Tripp. Je veux savoir ce qu'il peut bien y avoir de plus important que la bière.

Tripp eut un petit rire et but une gorgée de soda, puis il me regarda droit dans les yeux.

— Impatiente, mmh ?

Sans répondre, je fis mine de prendre mon mal en patience.

— Il faut que nous rentrions en Caroline du Sud. Je dois reprendre mon boulot et je peux t'en trouver un, si tu veux. Je peux même te loger, là-bas. Je pense que tu as besoin de rester plus d'une journée au même endroit pour réfléchir un peu.

Pas vraiment ce à quoi je m'étais attendue.

— D'accord, répondis-je simplement.

Tripp se figea, la bouche pleine.

— D'accord ? Comme ça ?
— Oui, comme ça.
Il termina sa bouchée.
— Pourquoi faut-il toujours que tu me surprennes ? Tu me fais le coup à chaque fois. Je devrais pourtant commencer à être habitué.

Je mordis dans ma pizza sans répondre. Je n'avais moi-même pas prévu de me montrer aussi conciliante. Je savais que je ne resterais pas chez lui pour toujours, bien sûr, mais au moins je pourrais travailler un peu, le temps de mettre de l'argent de côté. Ensuite, je reprendrais la route.

— Il y a une chose que je veux faire d'abord, demandai-je enfin.
— Quoi ?
— Je veux aller en Georgie chez Braden et son mari Kent. Ça fait longtemps que je ne les ai pas vus et j'aimerais passer quelques jours avec eux.
— Ça me va. Je n'aurai qu'à me trouver une chambre d'hôtel pendant quelques jours.
— Ils seraient ravis de t'accueillir aussi, tu sais.

Tripp sourit.
— Hum, c'est vraiment gentil, mais, franchement, je crois que je vais profiter de ces quelques soirées en solo pour… aller boire quelques verres.

Un petit rire s'échappa de ma bouche comme une bulle. Un grand sourire se dessina alors sur le visage ravi de Tripp et j'éclatai de rire pour la première fois depuis que j'avais quitté Rosemary.

Plus tard dans la soirée, alors que je commençais juste à m'endormir, j'entendis Tripp se lever pour se rendre dans la salle de bains. Je pensai d'abord qu'il allait prendre une douche, mais je l'entendis parler avec quelqu'un. Qui pouvait-il bien appeler en pleine nuit ? Soudain, je l'entendis prononcer mon prénom. Je sortis de mon lit et m'approchai sur la pointe des pieds pour mieux entendre.

— Elle veut s'arrêter chez sa copine en Georgie, d'abord... Ouais... J'ai dit oui. Bon sang... Près de Myrtle Beach. C'est sans danger. Je te jure... Ouais, un peu plus, sans doute... Je t'appelle... J'ai dit que je t'appellerais. Va dormir.

Je retournai à la hâte vers mon lit et me glissai sous les couvertures. À qui parlait-il ? Y avait-il une fille là où il vivait ? Avait-il laissé une copine pour venir à mon secours ? Non. Impossible. Il couchait avec trop de femmes. Peut-être s'agissait-il juste d'une amie.

— Della ?

La voix de Tripp me surprit et je faillis répondre, avant de comprendre qu'il ne faisait que vérifier si je dormais. Je restai donc silencieuse.

C'était sans doute une amie à lui qui se demandait quand il rentrerait. Pourtant, cette histoire de « sans danger »... c'était bizarre. Je fermai les yeux, préférant laisser l'épuisement m'emporter. J'aurais bien le temps de réfléchir à tout ça le lendemain.

Woods

Je contemplai la liste de rendez-vous que Vince avait déposée sur mon bureau, ce matin-là. En deux semaines, j'avais accumulé un retard monstrueux, à force de repousser des impératifs parce que j'étais incapable de me concentrer. C'était le lendemain que mon avocat devait envoyer un courrier aux membres du conseil d'administration pour leur annoncer que nous allions nous passer de leurs services. Ça allait sans doute faire un foin pas possible, mais je laissai mon avocat gérer les conséquences. Je n'étais pas d'humeur à m'occuper de ça.

— M. Finlay est arrivé, monsieur, annonça la voix de Vince dans l'interphone.

— Faites-le entrer.

Avant le départ de Della, j'avais appelé le père de Rush, Dean Finlay, en pensant qu'avoir une célébrité dans mon conseil me serait bien utile pour apaiser les craintes des membres du club et des habitants de la ville. Et puis Dean avait beau avoir dépensé beaucoup d'argent au Kerrington Club, mon père ne l'avait jamais apprécié. Oh, bien sûr, il s'était toujours montré poli, car il n'était pas complètement stupide, mais je savais qu'il ne l'aimait pas.

— Je dois dire, Woods, que tu as une sacrée allure, assis dans ce fauteuil ! lança Dean de sa voix traînante en entrant dans le bureau avec sa nonchalance habituelle.

C'était l'archétype même de la rock-star, avec ses cheveux longs et son corps couvert de tatouages et de piercings. Il portait même de l'eye-liner. Ce type était une légende mais, pour moi, il était surtout le père d'un de mes amis d'enfance.

— Merci, Dean, répondis-je en lui tendant la main par-dessus le bureau.

— Je t'accorde à peu près une demi-heure, ensuite, je retourne auprès de mon petit-fils. Il rigolait tout ce qu'il savait quand je suis parti et j'ai eu un mal fou à ne pas te poser un lapin. Ce gosse est adorable.

— Entendu, monsieur, je ne serai pas long, assurai-je en l'invitant à prendre place.

Dean s'assit dans le Chesterfield en cuir et posa les pieds sur le coin de mon bureau.

— Que puis-je faire pour toi, gamin ?

— Je vais remplacer les membres du conseil d'administration. C'étaient les hommes de confiance de mon père, mais nous n'avons pas la même vision des choses. Je n'ai que faire d'une équipe avec laquelle je ne peux pas échanger et des opinions desquels je me méfie. Je veux des gens que j'ai choisis pour participer à l'avenir du Kerrington Club.

Dean m'interrompit d'un geste, l'air surpris.

— Tu veux dire que tu as viré tous ces coincés ?

J'acquiesçai. Dean rejeta la tête en arrière et éclata de rire.

— Alors ça ! C'est la meilleure de la semaine !

J'aurais volontiers partagé sa joie, si seulement j'avais encore été capable de sourire.

— Je veux que vous entriez au conseil, monsieur. Je vais aussi le demander à Rush, bien sûr.

Dean retira ses pieds de mon bureau. Il se pencha vers moi, les coudes sur ses genoux, pour m'étudier un moment.

— Tu veux que, moi, je siège à ton conseil d'administration ?

— C'est ça. Mes amis sont tous jeunes. Nous avons besoin d'un peu de sagesse et vous êtes le seul dont je sois prêt à accepter les conseils.

Un sourire se dessina lentement sur le visage de Dean.

— Ah ah ! Si on m'avait dit... Allez, d'accord ! J'accepte ta proposition. Mon petit-fils va grandir dans cette ville et le Kerrington Club et ses membres vont occuper une place importante dans sa vie. Je veux m'assurer qu'il ait le meilleur.

C'était exactement ce que j'avais espéré.

— Merci, monsieur. Vraiment. C'est un honneur de savoir que vous jouerez un rôle dans l'avenir du club.

— Pour moi aussi, répondit-il en se calant dans son fauteuil. Mais Woods... Si on doit travailler ensemble, il va falloir que tu arrêtes de me donner du « monsieur ». Je me prends dix ans dans la tronche à chaque fois. Je me tape des filles plus jeunes que toi, fiston.

Malgré mon humeur maussade, je me sentis amusé.

— Je n'en doute pas une seconde.

— Allez, c'était carrément drôle ! Qu'est-ce que tu as, gamin ? Pas moyen de te dérider, aujourd'hui.

Je n'avais pas envie de discuter de Della avec Dean. Il ne comprendrait jamais : il changeait de fille chaque soir et ne s'en cachait pas.

— C'est personnel. J'y travaille.

Dean se frotta le menton, puis inclina la tête sur le côté pour m'observer.

— C'est une femme. Ce genre de mine de deux pieds de long, c'est toujours à cause d'une femme. Ne prétends pas le contraire ! C'est pratiquement écrit sur ton front.

Sans répondre, je baissai les yeux vers mon bureau pour fouiller parmi des papiers. J'avais préparé un contrat à signer, puis nous devions aborder la question de son salaire mensuel, dont je savais qu'il n'avait pas besoin pour vivre.

— C'est qui ? Qu'est-ce qu'elle t'a fait ? Elle te tape sur les nerfs et tu voudrais mettre les voiles ? Ou bien tu es déjà mordu, mais c'est elle qui veut te remettre à l'eau ?

Je fis glisser le contrat vers lui.

— Ni l'un ni l'autre, répondis-je en lui présentant un crayon. Il faut que vous signiez ce contrat stipulant que tout ce dont nous discutons concernant le club est confidentiel. Le montant de votre salaire apparaît également.

Dean me scrutait toujours avec attention. Il n'avait même pas jeté un coup d'œil au contrat. Soudain, il laissa échapper un long sifflement.

— Woods Kerrington est amoureux. Qui l'eût cru ? Ça doit être une épidémie, ce n'est pas possible autrement. Tous ces jeunes gars qui deviennent dingues à cause d'une jolie fille. Ce n'est pourtant pas le choix qui manque ! Ça court les rues, les jolies filles ! Pourquoi s'arrêter à une seule quand on peut les avoir toutes ? Une brune le lundi, une rousse le mardi, des jumelles le mercredi, une blonde avec de bons gros nichons le jeudi, une beauté asiatique le vendredi, sa frangine le samedi, et le dimanche, tu reprends une de chaque pour faire une grande fiesta toute la journée. Tu vois, pas besoin de se limiter à une seule !

C'était le même genre de discours qu'il nous avait tenu, un été, lorsque Rush nous avait emmenés voir Slacker Demon à Atlanta. Évidemment, nous avions eu des entrées en *back stage* pour passer la soirée avec le groupe. C'était la vie que menait Dean. À l'époque déjà je l'avais trouvée bien solitaire à mon goût. À présent que j'avais rencontré Della, c'était une certitude : ce genre de vie ne m'intéressait pas.

— Je n'en veux qu'une, répondis-je.

— Elle doit être spéciale, alors, marmonna-t-il en s'emparant du crayon. Je ne suis pas en train de te vendre mon âme ou de t'ajouter à mon testament, hein ?

— Non, vous acceptez de ne rien divulguer des affaires du club, c'est tout.

— Je me fous de l'argent. Tu n'as qu'à le mettre sur un compte pour Nate. Je te laisse régler les détails avec Rush.

Je m'étais douté qu'il refuserait d'être payé.

— Bien, monsieur... euh, je veux dire : O.K., Dean, ajoutai-je en voyant qu'il me fusillait du regard.

— Je préfère ça.

Il se leva et tapota de la main le bureau.

— Ça te va comme un gant, gamin. Vraiment comme un gant.

Il sortit. Dean était avec moi. À présent, je devais passer à l'étape suivante.

Della

Braden ouvrit brusquement la porte et se jeta sur moi pour me prendre dans ses bras. Je lâchai mon sac pour l'étreindre à mon tour avec force.

— Enfin ! s'écria-t-elle sans me lâcher. Tu m'as tellement manqué !

Elle se recula ensuite pour jeter un coup d'œil à Tripp par-dessus mon épaule. En me retournant, je surpris la lueur admirative dans le regard de celui-ci, tandis qu'il dévisageait ma meilleure amie avec un aplomb sans gêne. Il fallait dire que Braden avait de grands yeux bleu pervenche, avec de longs cils bruns et recourbés et des boucles brunes cent pour cent naturelles qui me faisaient rêver depuis des années.

— Braden, voici mon ami Tripp. Tripp, je te présente ma meilleure amie, Braden Fredrick.

— Et son mari, Kent, annonça Kent, en sortant à son tour de la maison.

J'avais presque envie de m'excuser à cause de Tripp et je fus soudain soulagée de savoir qu'il passerait les quelques jours suivants à l'hôtel. Braden était folle amoureuse de son mari, mais Tripp était passé maître dans l'art de la séduction.

— C'est un vrai plaisir de faire votre connaissance à tous les deux, déclara Tripp avec un petit sourire.

Je crois que j'aurais dû le pincer discrètement.

— Allez, rentrons, suggéra Braden, en s'écartant pour nous laisser passer.

— J'ai quelque chose de prévu ce soir et je dois filer, me rappela Tripp avec un petit clin d'œil. Mais je reviendrai quand tu seras prête à reprendre la route, Della.

— C'est ça. Va boire un verre. Tu en as bien besoin.

Il se tourna vers sa moto en éclatant de rire.

— C'est une Harley ? demanda Braden en le regardant s'éloigner.

— Arrête tout de suite avant que Kent ne se sente obligé de lui casser la gueule, chuchotai-je en la poussant à l'intérieur.

La porte se referma derrière nous.

— Quoi ? Mais Kent sait que je l'aime. Et puis, il n'y a pas de mal à regarder. Je suis curieuse de savoir avec qui tu as passé ces deux dernières semaines sur la route, c'est tout.

— Mais bien sûr ! se moqua Kent en posant une main sur ses fesses pour l'attirer vers lui et l'embrasser à pleine bouche. Je vais nous faire du café.

Il s'éloigna en direction de la cuisine. Lorsqu'il eut disparu, Braden me prit par le bras pour me tirer vers le salon.

— Bon, comment ça va ? Tu as encore des terreurs nocturnes ? Tripp et toi, vous vous entendez bien ?

— Alors, dans l'ordre : aussi bien que possible, c'est pareil et oui.

— Il va me falloir plus de détails que ça, ma jolie.

Avec un soupir, je me laissai tomber sur le canapé.

— Il me manque. Il me manque terriblement, mais c'est mieux comme ça. Même lui le sait.

— Et toi ? Qu'en sais-tu ? Tu lui as parlé ?

— Non, mais il n'a pas cherché à me retrouver. Tu m'as dit toi-même qu'il ne t'avait pas appelée et il n'a pas contacté Tripp non plus. Rien. Mon départ l'arrange. Au fond, c'était ce qu'il voulait et il l'a eu. Maintenant, il me reste juste à trouver comment vivre. C'était mon but ultime, de toute façon.

Braden s'assit à côté de moi et remonta ses jambes sous elle.

— Tu t'es trouvé un *biker* sacrément sexy pour t'aider, en tout cas.

— Je ne suis pas encore sourd ! rappela Kent depuis le couloir.

Braden éclata de rire.

— Sérieusement, il a l'air gentil. Le courant ne passe pas ? Vous êtes quand même ensemble jour et nuit.

— J'ai donné mon âme à Woods. Pour toujours.

— Oui, je comprends, approuva-t-elle avec un soupir.

— Heureusement que j'ai réussi à charmer la tienne, d'âme, Braden, intervint Kent en entrant dans la pièce avec deux tasses de café. Parce que je ne suis pas certain de pouvoir battre ce motard. Il est grand et mince, mais il faut toujours se méfier de ce genre de gabarit : il y a toujours des tonnes de muscles cachées sous les vêtements qu'on ne voit pas venir.

Braden rit de nouveau et je parvins à esquisser un sourire. Je pouvais attester de la qualité des muscles de Tripp, car j'avais passé mes journées la poitrine pressée contre son dos et les bras autour de sa taille. Il ne manquait pas de muscles, au contraire. Il avait aussi quelques tatouages, ce qui n'avait pas manqué de me surprendre. Il avait beau s'efforcer de cacher sa bonne éducation et son milieu aisé sous des airs de voyou arrogant, Rosemary finissait toujours par pointer le bout de son nez et le trahir.

— Ne fais pas ton jaloux. Je ne connais rien de plus sexy que toi vêtu d'un costume trois-pièces. Ces cheveux blonds coupés court et cette peau bronzée... Grrr... Je connais mon bonhomme et je n'en veux pas d'autre.

Kent se pencha vers elle pour l'embrasser, puis lui tendit sa tasse. Je n'avais pas très envie d'assister à ce genre d'effusion. Au moins, avec Tripp, je savais qu'il allait simplement s'envoyer en l'air. Le romantisme, c'était encore un peu tôt pour moi. Braden semblait avoir lu dans mes pensées, une fois de plus.

— Allez! lança-t-elle à son mari avec un regard appuyé. Laisse-nous entre filles. On a des trucs à se dire.

Je ne la contredis pas. Au moins, je n'aurais plus à assister à des mamours.

— Désolée, chuchota Braden tandis que Kent quittait la pièce. Je n'ai pas réfléchi.

— Ce n'est rien. Il faudra bien que j'apprenne à vivre avec ça, de toute façon. Autant m'y habituer tout de suite. Il y a des couples partout.

Braden me prit la main.

— Tu trouveras le bonheur. Au risque de me répéter, je pense que tu te trompes sur le compte de Woods. Il t'aime, j'en suis sûre. Je me souviens encore de ce dingue qui a débarqué chez nous pour te retrouver, il y a quelques mois à peine. Ça me ferait de la peine que tu y renonces.

Mais comment faire autrement?

— Je ne pouvais plus rester. Il en avait assez de supporter ma folie. Je l'ai entendu de sa propre bouche. Il ne sait pas que je l'ai entendu, mais c'est la vérité. Il racontait à Jace à quel point c'était dur à vivre. Il en avait marre.

— Quoi? Je n'en crois pas un mot. Tu as dû mal comprendre. Je n'imagine pas Woods dire une chose pareille. Et d'ailleurs, s'il osait, il entendrait parler de moi, crois-moi. Je lui en ferais voir de toutes les couleurs, tu m'entends ?

Elle commençait déjà à s'échauffer. J'aurais mieux fait de garder ce détail pour moi, car j'aurais dû me douter que cela la mettrait en rogne.

— Qu'est-ce qu'il a dit, exactement ? demanda-t-elle en posant sa tasse pour scruter la moindre trace de mensonge sur mon visage.

— Ce n'était pas vraiment une conversation. Je ne me souviens plus très bien.

— Pipeau. Ça s'est gravé dans ton cerveau et tu sais exactement ce qu'il a dit, mot pour mot. Alors, vide ton sac.

Elle ne me lâcherait pas tant que je n'aurais pas parlé.

— J'étais au club et je cherchais Woods. Plutôt que l'ascenseur, j'ai décidé de prendre l'escalier et c'est là que j'ai entendu sa voix. Je ne voulais pas me montrer indiscrète, mais j'ai entendu Jace lui demander comment il faisait pour « supporter cette folle ».

— Et qu'a fait Woods ? Je t'en prie, dis-moi qu'il lui a balancé son poing dans la figure.

Je fis signe que non, laissant l'engourdissement me gagner. Je ne voulais pas réfléchir à ce que j'étais en train de dire.

— Il a répondu qu'il n'avait pas le choix, qu'il ne pouvait pas me laisser seule, mais que cela commençait à peser sur son travail.

Je contemplai mes mains en silence, plutôt que de regarder Braden.

— Il a ajouté qu'Angelina, elle, savait au moins se rendre utile.

C'était le plus douloureux : l'entendre dire qu'Angelina était plus facile, que c'était de quelqu'un comme elle qu'il avait besoin. Pas d'une folle comme moi.

— Peut-être ne parlait-il pas de toi ? Sa mère n'est pas foldingue, d'après ce que tu m'as dit ?

— Non, elle est juste mauvaise.

Ce n'était pas tout.

— Ensuite, Jace a dit que Woods devait vraiment penser à sauver ses fesses de cette folie. Qu'il avait une entreprise à diriger. Puis, il a ajouté que... que Woods ne pouvait pas tout laisser en plan chaque fois que je pétais un plomb. Ce n'était pas juste. Il fallait qu'il règle le problème.

— J'espère que Woods lui a botté le cul, gronda Braden, rouge de colère.

J'aurais dû détourner la conversation pour lui laisser le temps de se calmer, mais j'avais besoin qu'elle comprenne que c'était pour le bien de Woods que je l'avais quitté. C'était ce qu'il voulait. Il n'avait simplement pas su le demander.

— Woods a répondu que c'était impossible, qu'il ne voyait pas comment il pourrait faire une chose pareille.

Braden secoua la tête, incrédule.

— Il y a quelque chose qui cloche. Ce n'est pas le même homme à qui j'ai parlé... quand il est venu te chercher, voilà quelques mois.

— Non. C'est l'homme qui a vu la responsabilité d'un country club et de sa mère lui tomber sur les épaules du jour au lendemain. Il a de véritables problèmes. Je suis trop difficile à gérer pour lui, à présent.

Braden secouait toujours la tête, l'air de ne pas y croire. Il lui faudrait sans doute du temps pour digérer tout ça. Je n'avais même pas parlé à Tripp de cette conversation. Je n'en avais pas eu l'envie et il ne m'avait pas non plus tiré les vers du nez, contrairement à Braden.

— Tu n'es pas folle.

— Je sais que tu le crois. Mais j'ai ça dans le sang, Braden.

— C'est faux, assura-t-elle avec un sourire. J'ai quelque chose à te montrer et pas mal de trucs à te dire. Pendant que tu te baladais à moto derrière un bel étalon ces deux dernières semaines, j'ai mené ma petite enquête.
— Quoi ? Comment ça, une enquête ? Sur quoi ?
— Della Sloane, tu as été adoptée.

Woods

Darla Lowry, la responsable de mon terrain de golf, était à présent elle aussi membre du conseil. Elle était une des rares employées pour lesquelles mon père ne s'était pas trompé. J'aurais mis ma vie entre les mains de Darla. Et puis, comme Jace prévoyait d'épouser Bethy, qui était sa nièce, cela ne faisait que renforcer les liens familiaux. Darla était également pleine de sagesse. Plus âgée que moi, elle avait vu ce club s'épanouir pendant plus de vingt-cinq ans. Elle méritait sa place au conseil d'administration, ainsi que le salaire qui allait avec cette responsabilité.

Mon téléphone sonna et je vis le numéro de Braden s'afficher. Cela faisait plusieurs jours que je ne lui avais pas parlé, mais elle me contactait toujours lorsqu'elle avait la moindre information nouvelle sur Della. Je priai pour que ce ne soit pas une mauvaise nouvelle.

— Salut, Braden !

— Je sais pourquoi elle est partie. C'est plus compliqué que ce qu'on croyait, comme je le soupçonnais. Mais avant que je t'explique, je veux que tu me promettes deux ou trois choses et que tu écoutes attentivement tout ce que j'ai à te dire. Parce que tu ne m'impressionnes pas, Woods Kerrington, et ton argent non plus. S'il le faut, je n'hésiterai pas à te pourchasser comme un chien pour te faire la peau. Me suis-je bien fait comprendre ?

Elle semblait remontée à bloc et prête à mordre.

— Si tu peux m'aider à faire revenir Della, je suis prêt à marcher sur l'eau.

— Parfait. C'est bien ce qu'il me semblait. Della, en revanche, n'est pas du même avis. Elle semble persuadée qu'elle t'a rendu service en partant, que tu voulais être débarrassé d'elle, sans trop savoir comment t'y prendre. À ses yeux, tu es maintenant soulagé de pouvoir mener la belle vie.

— Quoi ? Mais pourquoi ? Qui a bien pu lui mettre une idée pareille en tête ? C'est Tripp ? Parce que je te jure que je vais le tuer...

— Assieds-toi et respire un grand coup. Tu es le seul responsable, alors arrête d'accuser les autres à tort et à travers. Pour commencer, il faut que je te parle d'une certaine conversation que Della a surprise, la veille de son départ. Et tu as intérêt à m'expliquer ce qui s'est réellement passé, parce que si ce qu'elle m'a raconté est vrai, ça va chauffer pour ton petit cul et le *biker* sexy s'en tirera sans dommage. *Capisce ?*

— Je t'en prie, explique-moi ce qu'elle a bien pu entendre, parce que je n'en ai pas la moindre idée.

— As-tu eu une conversation dans la cage d'escalier avec ton ami Jace, la veille du départ de Della ?

La cage d'escalier ? Je m'assis pour réfléchir. Oui, j'avais bien discuté avec Jace, la veille de cette journée maudite où Della avait déchiré mon univers en deux. Nous avions parlé de ma mère.

— Oui, je m'en souviens.

— Et donc ?

Je ne savais pas trop ce qu'elle attendait de moi.

— Et donc quoi ?

Elle poussa un soupir agacé.

— De quoi Jace et toi avez-vous parlé ?

Bon sang, comme si je m'en souvenais ! De ma mère qui me stressait complètement. Du nouveau conseil d'administration que je prévoyais de mettre en place. De Della, que j'étais prêt à laisser reprendre le travail, pour arrêter de l'étouffer. Rien qui puisse l'avoir chamboulée à ce point.

— Je ne vois rien qui ait pu lui donner envie de me quitter.

— Donc Jace ne t'a jamais demandé d'arrêter de « supporter cette folle » ? Et tu ne t'es jamais plaint que cela commençait à peser sur ton travail et qu'il était plus facile de traiter avec Angelina ? Et Jace n'a jamais dit que tu devais arrêter de tolérer son comportement dément, parce que tu avais une entreprise à diriger ?

— Quoi ? rugis-je en bondissant de mon fauteuil.

— Je savais bien que cela ne te ressemblait pas du tout. Si quelqu'un avait traité Della de démente, tu lui aurais cassé la gueule. En revanche, Della a cru que tu en avais assez et elle s'est persuadée qu'il valait mieux partir, dans ton intérêt.

— Mais bordel, je te jure que je n'ai jamais rien dit de tel ! Jace non plus. Je l'aurais massacré, sinon. Nous parlions de… Nous parlions… Oh merde…

Je compris soudain ce qu'elle avait dû entendre, mais ce n'était qu'une partie de la conversation. Malheureusement, hors contexte, c'était aussi la pire.

— Je t'en prie, ne me dis pas que tu viens d'avoir une révélation et que cette conversation a bien eu lieu, grinça Braden d'une voix menaçante.

— Non, bien sûr que non ! Enfin si, mais ce n'était pas de Della que nous parlions. Je te le jure ! Certainement pas d'elle. Nous parlions de ma mère. Elle venait juste de foutre la merde au club et je m'interrogeais avec Jace sur la façon de régler le problème. Je... Bordel! Comment a-t-elle pu penser que nous parlions d'elle? Je viens la chercher. Cela ne peut pas durer plus longtemps. Je dois lui expliquer. Elle doit savoir.

— Non! Ferme-la deux minutes, Kerrington. Je t'ai expliqué au début que tu devais m'obéir au doigt et à l'œil. Je n'en ai pas fini avec toi et il y a encore des choses que tu dois entendre. Alors, calme-toi et repose tes clés de voiture. Quand l'heure sera venue, je te ferai signe mais, cette fois, je crois qu'il est vraiment important que Della revienne à Rosemary de son propre chef. Elle a fui. Elle doit retrouver sa route. La cavalerie va devoir apprendre à rester tranquille et se montrer patiente.

— Je dois la voir, Braden!

— Vas-tu me laisser finir, bon sang? J'ai découvert à propos de Della des informations qu'elle doit d'abord digérer. Elle pense qu'elle risque de perdre la tête parce que sa mère et sa grand-mère étaient folles. Elle pense qu'en restant avec toi elle te prive d'enfants, parce qu'elle risque de péter un plomb à tout moment et qu'elle ne peut pas être mère dans ces conditions. Elle t'aime plus qu'elle-même. C'est pour ça qu'elle a tout fait pour que tu ne subisses pas cette malédiction stupide.

— Nous n'aurons pas d'enfants. Elle me suffit. Si c'est tout ce qui lui fait peur, alors d'accord. Nous n'aurons pas d'enfants. Elle doit savoir que c'est elle que je veux. Le reste importe peu.

— Ouais, ouais, ouais, on le sait, tout ça, rétorqua Braden.

Je serrai les clés de ma voiture avec force, en contemplant le véhicule garé sous ma fenêtre. Je pouvais la rejoindre en cinq heures.

— Della a été adoptée.

Un flot d'émotions diverses me traversa. Je ne savais plus trop si je devais pleurer, rire ou tomber à genoux. Adoptée. Voilà qui changeait la donne.

— Vraiment ? bafouillai-je.

— Oui. Ses parents adoptifs redoutaient de faire des enfants, car ils craignaient que la maladie mentale de la grand-mère ne soit héréditaire. Ils ont donc d'abord adopté un petit garçon âgé de deux ans. Ensuite, quelques années plus tard, ils ont adopté une petite fille, dont la maman, encore adolescente, n'était pas prête à assumer son rôle. Tu connais la suite.

Della était une enfant adoptive. Ses craintes de devenir malade comme sa mère étaient infondées.

— Elle le sait ?

— Je le lui ai annoncé aujourd'hui. Elle est au courant. J'ai organisé une rencontre avec sa mère biologique, qui est institutrice en maternelle. Elle est mariée et a un garçon de dix ans et une fille de huit ans. Ils vivent à Bowling Green, dans le Kentucky. Elle s'appelle Glenda Morgan et veut rencontrer Della. Elle a essayé de retrouver sa trace, après la naissance de son fils, car elle a soudain compris ce à quoi elle avait renoncé. Elle voulait s'assurer que Della allait bien. Mais le dossier avait été classé et employer un détective privé coûtait trop cher. Cette année, son mari a finalement accepté de sacrifier le budget vacances pour qu'elle puisse retrouver sa fille. Lorsque le détective que j'avais mis sur l'affaire a retrouvé sa trace, tu imagines bien qu'elle était aussi heureuse que moi.

J'aurais déjà voulu aimer cette femme, mais sa décision d'abandonner Della était aussi la cause de l'enfer que celle-ci avait enduré. Et où était le type qui l'avait mise enceinte ? Cela ne lui faisait rien d'avoir abandonné un enfant ?

— Et le père biologique ? demandai-je.

— Glenda a repris contact avec lui. Il s'appelle Nile Andrews. Il vit à Phoenix, dans l'Arizona. C'est un dentiste. Marié, également, avec des triplettes. Lui aussi est prêt à rencontrer Della et sa femme le soutient dans cette décision.

Une institutrice et un dentiste.

— J'ai vu une photo de sa mère biologique. La ressemblance est frappante.

— Je t'en prie, laisse-moi venir. Je veux l'accompagner. Elle a besoin de moi.

— Non, Woods. Ce dont elle a besoin, c'est de sentir qu'elle est forte et capable d'affronter cela toute seule. Elle vient d'apprendre qu'elle ne risque pas de devenir folle. C'est énorme. C'est vraiment énorme. Elle a vécu si longtemps avec cette crainte qui l'entravait. Elle doit comprendre la force qui est en elle avant de revenir vers toi, avec la conviction d'être digne de toi.

— Digne de moi ? Qu'est-ce que c'est que ces conneries ? Je suis à elle. Comment pourrait-elle ne pas être digne de moi ?

— Nous le savons parfaitement tous les deux, mais elle doit le comprendre toute seule. Elle a eu une vie de merde, jusqu'ici. Je lui ai tenu la main pendant des années, puis elle est partie et, quelques mois plus tard, c'était toi qui lui tenais la main. À présent, c'est fini. Elle doit avancer seule.

— Je ne veux pas qu'elle soit seule.

— Il n'est pas question de ce que toi tu veux, Woods. Mais de Della.

Le front appuyé contre la fenêtre, je fermai les yeux. Je ne voulais pas admettre qu'elle avait raison. Je ne voulais pas attendre Della. Mais j'allais devoir mettre mes désirs en veilleuse. Della m'aimait plus que tout, assez pour me quitter en pensant que c'était la meilleure solution pour moi. Il était temps que je lui prouve qu'elle était la priorité dans ma vie.

— D'accord. Mais tiens-moi au courant, s'il te plaît.

Braden poussa un soupir de soulagement.

— Je savais que tu prendrais la bonne décision. Et pour information : je pense que tu es digne d'elle et pourtant la barre est haute. Tu as promis de marcher sur l'eau et il se trouve que c'est déjà ce que Della fait tous les jours.

Della

Elle s'appelait Glenda. Son nom de jeune fille, celui qu'elle portait à ma naissance, était James. Elle s'était ensuite mariée à vingt-deux ans, c'est-à-dire l'année de mes six ans, à un jeune homme qu'elle avait rencontré en première année à l'université. Ça avait été le coup de foudre. Ils avaient deux enfants. Ce jour-là, je devais faire sa connaissance et, si tout se passait bien, j'allais même rencontrer sa famille.

La situation était irréelle, comme un rêve dont je ne parvenais pas à me réveiller. La femme démente qui m'avait élevée n'était pas ma mère biologique. Je ne risquais pas de devenir comme elle. La femme qui m'avait donné la vie était institutrice. Une épouse et une mère.

Mon frère aussi avait été adopté. Je ne me souvenais pas de lui, bien qu'il ait tenu un rôle important dans ma vie. Ma mère avait basculé dans la folie après avoir perdu mon frère et mon père… enfin, son mari, plutôt. Il n'était pas mon père biologique et avait à peine eu le temps d'être mon père adoptif avant d'être tué. Ma mère m'avait raconté tant de choses impossibles. Elle avait prétendu avoir allaité et avait parlé d'une dépression, après ma naissance. Alors qu'elle n'avait même jamais été enceinte. Elle n'avait jamais accouché. Tout n'était-il donc que mensonges ? Je ne savais plus distinguer le vrai du faux.

— Tu es bien pensive…, fit remarquer Braden, tandis que nous roulions dans les rues encombrées d'Atlanta, où Glenda devait nous rejoindre.

Nous avions prévu de nous retrouver dans un café que Braden connaissait, car un déjeuner me semblait déjà un peu trop. Je n'étais même pas certaine de ce que j'allais raconter à cette femme. Il y avait tant de détails que je voulais connaître et, en même temps, tant d'autres que je préférais ignorer.

— Elle ne sait rien. Je ne lui ai rien raconté. J'ai beau avoir retrouvé sa trace, j'ai pensé que ce n'était pas à moi de divulguer ton histoire.

Je n'étais pas sûre non plus d'avoir envie de le faire.

— Et si je ne sais pas quoi lui dire ?

— Alors, ne dis rien. Fais comme tu le sens. Si tout ce que tu es prête à dire aujourd'hui, c'est « bonjour », alors cela suffira. Lorsque tu seras prête pour davantage, on reprendra rendez-vous.

Avec Braden, tout semblait toujours si facile. Cette femme venait du Kentucky en voiture avec toute sa famille pour faire ma connaissance. Il allait bien falloir que je trouve autre chose à dire que « bonjour ».

— Tu ne viens pas avec moi ? demandai-je de nouveau.

Braden m'avait déjà expliqué que je devais y aller seule. C'était l'occasion de me prouver à moi-même que j'étais assez forte et que je n'avais pas besoin qu'on me tienne la main. Cela dit, pour l'instant, j'avais justement envie qu'on me tienne la main. J'étais terrifiée.

— Ne me fais pas ce coup-là. J'ai envie d'être à ton côté. L'idée que tu y ailles seule ne me plaît pas, mais c'est pour ton bien, Della. Tu dois le faire pour toi.

Elle avait raison. Braden avait toujours raison.

— Je sais. Merci.

Elle se gara sur le parking d'un café pittoresque, pourvu d'une terrasse. Comme il n'y avait pas grand monde, je reconnus sans peine la femme qui m'avait donné la vie, d'après la photo que Braden m'avait montrée. Elle était assise en terrasse, sur la gauche, et faisait nerveusement tourner une tasse entre ses mains. Elle ne devait pas être à l'aise non plus, pensai-je. Pourtant, elle avait eu le courage de venir seule.

— La voilà ! s'écria Braden en désignant Glenda.

— Oui, j'ai vu, répondis-je, la main sur la poignée.

— Allez, tu peux le faire.

Je jetai un dernier regard à Braden et souris pour la première fois depuis des semaines.

— Je sais.

À peine fus-je sortie de la voiture que son regard se riva au mien. Je la vis se lever, tandis que je m'avançais vers la table du café où elle était installée. Je ne savais toujours pas ce que j'allais bien pouvoir raconter à cette inconnue qui m'avait pourtant donné la vie.

— Della, murmura-t-elle, comme pour s'assurer que c'était bien moi.

Nous avions les mêmes cheveux, la même bouche, le même nez, mais ses yeux étaient bruns.

— Oui, c'est moi.

Elle se tordit les doigts un moment, puis se couvrit la bouche d'une main.

— Je suis désolée. C'est juste que… Je ne sais pas…

Sa main retomba et un sourire chancelant apparut sur son visage.

— J'ai tellement pensé à cette journée. Je l'ai imaginée tant de fois et voilà que je suis vraiment ici, en train de te… de vous regarder.

Elle contempla mon visage, détaillant les traits que je savais déjà venir d'elle.

— Vous avez les yeux de Nile, fit-elle remarquer avec un sourire. Ça va lui plaire. Il a toujours aimé ses yeux. C'était son meilleur atout. Je suis contente pour vous.

Je savais que j'aurais dû répondre quelque chose, mais rien ne sortait. Je décidai alors que je me fichais bien de savoir si elle m'aimait ou non. Je n'étais pas venue pour obtenir son admiration ou son approbation. Je n'étais pas parfaite. J'étais abîmée, mais j'avais survécu et, de ça, je pouvais être fière.

— J'aime bien mes yeux, répondis-je enfin.

Elle eut un petit rire nerveux.

— Ce sont de beaux yeux. J'ai toujours envié ses yeux à Nile. Je lui disais souvent que c'était du gâchis, sur un garçon.

Elle semblait avoir gardé le contact avec mon père biologique. Je voulais en savoir plus là-dessus, aussi.

— Et si on s'asseyait ? proposai-je en tirant une chaise.

Glenda se rassit, délaissant sa tasse de café.

— Votre amie, Braden, elle ne m'en a pas beaucoup dit sur vous. Selon elle, c'était à vous de décider ce que je pouvais savoir ou non. Je veux tout connaître... du moins, ce que vous avez envie de me confier. Que faites-vous ? Vous êtes à l'université ? Elle s'arrêta brusquement et sourit : Excusez-moi. Je vous laisse parler.

Une chose était certaine : Glenda n'allait pas me pousser à lui parler de mon enfance. C'était une histoire difficile à raconter et je n'étais pas sûre d'y parvenir sans faire une crise d'angoisse. C'était une partie de moi que je préférais garder secrète. Si cette femme restait suffisamment longtemps dans ma vie, peut-être alors lui raconterais-je la vérité.

— Je voyage. Je voulais voir le monde et connaître autre chose. Ensuite, j'ai l'intention d'aller à l'université.

— C'est bien. Vous voyagez seule ?

Je pensai soudain à Tripp et me rendis compte qu'il allait rentrer en Caroline du Sud sans moi. J'avais d'abord quelques trucs à régler.

— Je voyageais avec un ami, mais il va rentrer chez lui en Caroline du Sud, cette semaine. Je ne sais pas encore ce que je vais faire ensuite.

— Ce doit être excitant, murmura-t-elle sans me quitter des yeux.

Je voyais bien qu'elle voulait plonger dans ma vie, mais elle ne le méritait pas encore. Je restai silencieuse. En vérité, je n'avais pas grand-chose à lui dire. À présent que je l'avais rencontrée et que je savais qu'elle était ma mère, j'avais l'impression d'avoir fait le tour.

— J'ai failli vous garder, lâcha-t-elle soudain. J'en avais envie. J'étais amoureuse de Nile, à l'époque. C'était le capitaine de l'équipe de basket et personne ne résistait à son charme. Pourtant, c'est moi qu'il a choisie. J'étais sa petite amie et je vénérais le sol qu'il foulait. Lorsque j'ai découvert que j'étais enceinte, j'ai voulu garder le bébé. Je voulais épouser Nile et fonder une famille. Mais j'avais seize ans. Je ne savais rien de l'amour ni de ses blessures. Je ne savais pas ce que payer ses factures signifiait et n'avais pas la moindre idée de ce que coûtait un bébé. Ma mère était infirmière, à l'époque, et mon père, ouvrier dans le bâtiment. Ils gagnaient modestement leur vie et joignaient tout juste les deux bouts. Évidemment, tout cela me dépassait. J'avais la tête dans les nuages et ne voyais que l'aspect romantique de la question.

Elle s'interrompit pour boire une gorgée de café. Je voyais bien qu'elle était mal à l'aise de me raconter ça, mais je me rendis compte que je voulais savoir.

— Nile, lui, venait d'une famille aisée. Très aisée. Son grand-père maternel était membre du Congrès et son père était chirurgien. Ils avaient de grands projets pour Nile et être père à seize ans ne figurait pas sur la liste. Je crois qu'il m'aimait aussi, à l'époque. Vraiment. Je n'en ai jamais douté. Il m'a dit qu'il trouverait de l'argent et que nous pourrions nous enfuir ensemble pour élever notre bébé. On devait se marier à dix-huit ans. J'en étais ivre de bonheur. Et puis, tout a basculé.

Une lueur triste s'était allumée dans son regard, comme si ces souvenirs, pourtant vieux de vingt ans, étaient encore douloureux. Je comprenais mal comment elle pouvait encore éprouver le moindre regret, surtout avec la vie qu'elle menait à présent.

— Nile s'est vu attribuer une bourse d'études complète à l'université de l'Arizona, grâce au basket, et a décidé de l'accepter. Il disait qu'il ne se sentait pas encore prêt à devenir père et qu'il ne me pensait pas encore prête à être mère. Nous étions trop jeunes. Nous ignorions tout de la vie. Je savais qu'il ne faisait que répéter les paroles de ses parents, mais j'étais blessée et en colère. Pendant longtemps, il a essayé de se faire pardonner, mais j'en avais bel et bien fini avec lui. Il m'avait trahie. Il avait préféré sa bourse d'études à notre enfant. Au fil des mois, tandis que mon ventre s'arrondissait, il s'est mis en quatre pour m'aider dans mes devoirs et au lycée, en portant mon plateau à la cantine, par exemple. Moi, j'ai continué à l'ignorer. Il ne comprenait pas ma décision de garder le bébé. Il aurait voulu que je le fasse adopter.

Ses yeux se remplirent de larmes, qu'elle essuya avec un pauvre sourire.

— Vers la fin de ma grossesse, mon père a perdu sa place et ma mère a dû faire une demande pour des bons alimentaires, afin que nous puissions manger. Mes parents se disputaient tout le temps et je savais que c'était surtout parce qu'ils avaient peur, à cause de cette nouvelle bouche à nourrir qui serait bientôt là. Un bébé qui aurait besoin de couches, de lait maternisé et d'une nounou, si je voulais terminer le lycée. Ce n'était pas la vie dont j'avais rêvé pour vous. Je ne voulais pas que vous connaissiez la même misère que moi. J'étais trop jeune pour être mère et je voulais vous offrir de meilleures chances. J'aimais votre père et vous étiez le fruit de cet amour. Ce n'est pourtant que lorsque je vous ai prise pour la première fois dans mes bras que j'ai vraiment compris. Je ne pouvais pas faire une chose pareille. Je ne pouvais pas vous ramener à la maison, car la vie que j'avais à offrir ne suffisait pas.

Elle poussa un long soupir.

— J'ai déposé un baiser sur vos grosses joues rondes, puis je vous ai tendue à la sage-femme en expliquant que je ne pouvais pas vous garder et qu'elle devait vous trouver une bonne famille.

Je la regardai en silence. Son histoire était banale. À seize ans, on est rarement prêt à assumer l'arrivée d'un bébé. J'avais de la peine pour elle, car elle avait cru que l'adoption était la meilleure solution. Si mon père et mon frère d'adoption n'étaient pas morts, peut-être cela aurait-il été vrai. Peut-être ma mère n'aurait-elle pas perdu la tête, s'ils avaient vécu.

— J'aimerais rencontrer votre famille, murmurai-je enfin.

Un grand sourire illumina son visage.

— Très volontiers. Merci, Della.

Woods

Lorsque je m'approchai du bar, Mitch, le barman du club, fit glisser vers moi un verre de bourbon que j'acceptai sans ciller. L'heure de la fermeture était déjà passée depuis longtemps, mais j'attendais de la visite. J'avais reçu un texto une heure plus tôt.

Alors que je trempais les lèvres dans mon verre, Grant franchit la porte. Son regard balaya la salle jusqu'à me trouver, assis au bar. Il s'était absenté de Rosemary plus qu'à son habitude, cette année. En général, l'été, il menait la belle vie dans sa résidence.

— Mitch, la même chose, demanda-t-il en s'accoudant au bar, avant de se tourner vers moi. Je suis de retour. Quoi de neuf ?

— Tu étais parti où ?

Il poussa un bref soupir, les lèvres pincées.

— Ne pose pas de questions…, répondit-il en buvant une longue gorgée de bourbon.

Cela ne pouvait signifier qu'une chose : Nan. Effectivement, je préférais ne pas être mêlé à cette histoire. Grant était le meilleur ami de Rush ; ces deux-là étaient comme des frères. La mère de Rush avait été mariée au père de Grant, alors qu'ils étaient encore enfants. Le mariage n'avait duré que quelques années, mais les garçons s'étaient liés d'amitié. En revanche, ce que personne n'avait anticipé, c'était que Grant et Nan, la demi-sœur de Rush, feraient autre chose que se chamailler. Ils se disputaient déjà étant gamins et cela continuait aujourd'hui. Grant était un type bien. Nan, elle, était la deuxième plus grande garce du monde. Angelina arrivait toujours en première position.

— Nan, dis-je simplement.

Grant vida son verre, qu'il tendit ensuite à Mitch.

— Un autre.

— C'est du Kentucky vingt-trois ans d'âge, fis-je remarquer. C'est censé être dégusté et apprécié, pas englouti comme un shot de tequila bon marché.

— Tu sais ce que tu es, Woods ? Un putain de snob. Parle à ma main. J'ai besoin d'un verre de plus.

— Après avoir passé cinq minutes avec Nan, n'importe qui aurait besoin d'un verre. La question est de savoir pourquoi tu la supportes ?

Grant vida son deuxième verre avant de me regarder.

— Pas envie de parler d'elle ce soir. Pourquoi m'as-tu appelé ? Qu'est-ce qui se passe ?

Tant mieux. Je n'avais pas très envie d'entendre parler de Nan, de toute façon. Si elle revenait en ville, Rush risquait d'être furieux. S'il adorait sa sœur, celle-ci, en revanche, ne supportait pas sa femme. Nan avait fini par le forcer à faire un choix et c'était Blaire que Rush avait choisie. Si Nan revenait à Rosemary, il risquait d'y avoir du vilain. J'espérais qu'elle resterait avec son père à Los Angeles. Elle avait récemment découvert que l'homme qu'elle avait toujours cru être son père ne l'était pas. Son véritable père était le chanteur de Slacker Demon. Apparemment, la mère de Rush aimait bien fricoter avec les gars du groupe, à l'époque.

— J'ai dissous le conseil d'administration pour en reformer un autre. Les hommes de mon père ne sont pas faits pour moi. Je veux que tu sièges au nouveau conseil.

Grant posa son verre pour me regarder.

— Pardon ? Tu veux bien répéter ?

— Le club est dirigé par un conseil d'administration. L'ancien vient d'être dissous. Accepterais-tu de faire partie du nouveau ?

Grant fit signe à Mitch de remplir de nouveau son verre.

— Pas fâché d'être rentré, moi. Il se passe tellement de trucs dingues, ici. Je ne connais aucun endroit aussi passionnant que Rosemary, pas même Los Angeles. Cette ville est un vrai feuilleton.

— Ça veut dire oui ? demandai-je en buvant une gorgée de bourbon.

Grant me gratifia de son plus beau sourire.

— Oh oui, mon vieux. J'accepte.

Je le savais. Cela faisait quatre. Je devais encore discuter avec une ou deux personnes.

— J'ai toute la paperasse prête dans mon bureau mais, pour ce soir, buvons. J'ai besoin de me changer les idées.

Grant tira enfin un tabouret vers lui.

— Où est Della ? demanda-t-il soudain.

Je m'étais préparé à cette question, mais entendre son prénom me fit l'effet d'une décharge électrique. Elle avait rencontré sa mère biologique, ce jour-là, et Braden était censée m'appeler ce soir pour me raconter. J'étais tendu et j'avais besoin de me changer les idées en attendant son appel.

— Elle est partie, répondis-je simplement, incapable d'en expliquer davantage.

— Partie ? Qu'est-ce que tu as encore foutu ?

— J'ai merdé. J'ai raté des signaux que je n'aurais pas dû rater. Trop occupé pour comprendre ce dont elle avait besoin. Je l'ai étouffée.

La liste des charges contre moi était longue comme le bras.

— Eh bien... La dernière fois que je vous ai vus, tu la vénérais comme une déesse. Comment as-tu fait pour que ça parte en sucette aussi vite ?

— Ce n'est pas terminé. J'attends. Elle va revenir. Je la laisse décider par elle-même. Pendant ce temps, je picole pas mal et je ne vis plus que pour les coups de fil de Tripp.

Grant reposa son verre avec un sifflement sourd.

— Oh, dur... Elle est partie avec Tripp ?

Je hochai simplement la tête.

— Putain, mon vieux. C'est vraiment dur. Si l'envie te prend de lui botter son petit cul de play-boy, je suis avec toi.

Quelques semaines plus tôt encore, l'idée ne m'aurait pas déplu. Mais, à présent, je savais que Tripp veillait sur elle. Il était mon unique lien avec Della.

— C'est gentil, mais ça ira. C'est lui qui me tient au jus. Il fait en sorte qu'elle ne manque de rien.

— Attends, si je comprends bien, ta copine se barre avec Tripp et ça ne te pose pas de problème ?

— Elle m'aime.

— Ça, c'est vrai.

— Elle va revenir. La partie n'est pas terminée. C'est impossible. J'ai tout misé sur elle.

Je n'avais pas besoin d'en expliquer davantage à Grant. Il comprenait. Il se redressa sur son tabouret, son verre à la main, avec un petit sourire.

— Tu l'as dit, bouffi.

Je sursautai lorsque mon téléphone sonna. Je le sortis à la hâte mais, en voyant le nom de ma mère s'inscrire sur l'écran, je glissai de nouveau l'appareil dans ma poche. Je refusais de lui parler. Elle avait certainement appris que les anciens membres du conseil avaient été virés et cela ne devait pas beaucoup lui plaire.

— Nan va revenir ? demandai-je à Grant, qui se figea un instant, le verre au bord des lèvres.

Il cherchait à gagner du temps. Je connaissais la tactique. Lorsqu'il reposa enfin son verre, il me jeta un rapide coup d'œil avant de répondre :

— Oui, elle revient. Je dois voir Rush pour lui annoncer la nouvelle. Je ne veux pas le prendre de court.

— C'est toi qui lui as demandé de revenir ?

L'attirance de Grant pour Nan me laissait perplexe. Il savait à quel point elle pouvait être mauvaise et jusqu'où elle pouvait aller. Comment pouvait-il vouloir une chose pareille ?

— Ça va pas, la tête ? Bien sûr que non. Mais elle revient quand même. Kiro lui a acheté une belle et grande villa, la bleu clair sur la colline, à l'extrémité sud de la plage.

Kiro était le chanteur de Slacker Demon et le père biologique de Nan.

— Dur. J'aime bien cette villa. Comment a-t-elle réussi son coup ?

— Il cherche à se débarrasser d'elle. Elle n'a pas été vraiment facile et lui en a fait voir de toutes les couleurs. Il est prêt à tout.

— Je le comprends.

J'aurais moi aussi fait n'importe quoi pour l'éloigner. Nancy savait se montrer dangereuse, quand elle était décidée.

— Mais j'ai de la peine pour elle, tu sais. Elle sait qu'il a acheté la baraque pour l'éloigner le plus possible, alors qu'elle cherche juste à attirer son attention.

— C'est le chanteur du plus grand et du plus légendaire groupe de rock de notre époque. Il l'a ignorée toute sa vie. Ce type n'est vraiment pas le père idéal.

Grant eut l'air soucieux, comme s'il hésitait à me confier quelque chose.

— Il a une autre fille, expliqua-t-il enfin. Et il la traite différemment. Il est très attentif avec elle. Il l'aime, ça saute aux yeux. Mais elle n'est pas comme Nan. Elle n'exige rien et elle est plutôt du genre discret. Je crois que ça arrange Kiro. Une fille gentille et sage. Ce que Nan ne sera jamais.

— Une autre fille ? Rien que ça !

C'était la première fois que j'en entendais parler.

— Oui. Elle vit avec lui, aussi. Elle a tout ce que Nan désire mais n'obtiendra jamais, parce que Nan ne pourra jamais être comme elle. Elle ne pourra jamais coller à l'image de la fille parfaite, selon Kiro. C'est dur pour elle. Tout ce qu'elle demande, c'est qu'on s'occupe un peu d'elle, mais ses deux parents lui ont toujours refusé ça. Rush était tout ce qu'elle avait, mais elle l'a perdu, lui aussi. À présent, il vit pour Blaire et Nate. Alors, c'est plus fort que moi, j'ai de la peine pour elle.

Il but une dernière gorgée, puis se leva.

— Je sais que personne ne comprend ce que je peux bien lui trouver et, pour être honnête, il y a des jours où je me pose la question. C'est une fille à emmerdes, et vicieuse, avec ça.

Je n'allais pas le contredire sur ce point.

Della

— Je n'aurais jamais dû t'avoir. Si tu n'avais pas pleuré toute la nuit, je n'aurais pas eu besoin de faire une sieste. Et mon petit garçon aurait pu rester à la maison, au lieu d'accompagner son père faire des courses. Tout est ta faute, Della. Ta faute. Il le sait, lui aussi. Il voulait rester avec moi, mais j'avais sommeil. Tellement sommeil. Parce que tu ne me laissais pas dormir.

Dans un rugissement, ma mère me gifla avec une telle force que je titubai et attrapai le bord du lit pour ne pas tomber.

— Si seulement tu m'avais laissée dormir la nuit, j'aurais pu être une bonne mère pour mon petit garçon et il serait encore vivant. Mais tu as tout gâché. Je ne voulais pas d'autre bébé, mais ton père désirait une fille. Selon lui, ça compléterait notre famille. Tu n'as rien complété du tout ! Tu nous as détruits !

Je me préparai à recevoir un nouveau coup, m'efforçant de ne pas pleurer ni gémir, car cela la rendait encore plus furieuse. Je devais rester calme. Je devais la laisser hurler. Bientôt, elle se mettrait à pleurer et s'enfermerait dans sa chambre.

— Monte sur ce lit et ne bouge plus, sinon les monstres qui vivent en dessous vont t'attraper. Ils viendront te punir pour avoir été une méchante fille. Ils savent que tout est ta faute. Ils savent ce que tu m'as fait.

Je ne comprenais jamais pourquoi elle m'accusait de la mort de mon frère. J'étais juste un bébé quand c'était arrivé. Mais je la laissais crier et me frapper sans réagir, de crainte de la mettre encore plus en colère. Un jour, elle m'avait frappée au petit déjeuner et je ne m'étais réveillée que la nuit suivante, sur le carrelage de la cuisine. Ma mère avait glissé un oreiller sous ma tête et posé une couverture sur moi. Deux assiettes de nourriture attendaient à côté.

Depuis ce jour, j'avais cessé de me défendre. J'avais bien trop peur.

— *Sur le lit!* hurla-t-elle de nouveau, tandis que je me hâtais d'obéir. *Et n'en bouge plus. Je ne veux plus te voir.*

Elle sortit de la chambre en claquant la porte derrière elle. J'entendis le cliquetis familier et je sus qu'elle m'avait enfermée. Ma porte était toujours fermée à clé de l'extérieur. C'était elle qui contrôlait son ouverture.

— *Bonne nuit, maman,* chuchotai-je en me roulant en boule pour me balancer d'avant en arrière.

Cela me berçait et je pouvais alors rêver à une vie meilleure. Une vie où j'avais le droit de sortir pour aller faire du vélo.

Lorsque j'ouvris les yeux, le ventilateur tournait lentement au plafond, juste au-dessus de moi. Je me trouvais dans la chambre d'ami, chez Braden et Kent. Je ne m'étais pas réveillée en hurlant. Jamais je n'avais rêvé de ma mère sans me réveiller en hurlant, avec du sang imaginaire sur les mains. Quelque chose avait changé. J'avais oublié cet épisode, mais les paroles de ma mère, ce jour-là, étaient lourdes de sens. J'avais rêvé et je n'avais pas crié. Je ne voulais pas nourrir de faux espoirs, mais c'était la première fois que ça se produisait. Je me levai rapidement et sortis de ma chambre sans un bruit, prenant garde à ne pas réveiller Braden. J'avais besoin de réfléchir à tout ça.

En entrant dans la cuisine pour boire un verre d'eau, je découvris Braden, appuyée contre un meuble, un verre de lait à la main. Le regard perdu, elle semblait en pleine réflexion. Elle leva les yeux vers moi.

— Della ? Tout va bien ? Je ne t'ai pas entendue arriver.

La réalité s'ancrait petit à petit en moi : j'avais rêvé de ma mère, sans que cela vire au cauchemar.

— J'ai rêvé d'elle. De ma vie d'avant. Et… et… je me suis réveillée, c'est tout. Pas de sang. Je n'ai pas vu le sang. Je me suis réveillée, c'est tout.

Il fallut quelques secondes à Braden pour mesurer la portée de mes paroles. Elle posa soudain son verre de lait et vint me prendre dans ses bras.

— C'est le début de la guérison, murmura-t-elle d'une voix pleine de larmes. Tu tiens le bon bout.

J'avais envie de pleurer, moi aussi, parce que je venais d'entrevoir la possibilité d'une vie heureuse. Et si j'étais assez forte, finalement ? Et si, sous toute cette peur, j'avais enfoui une Della assez courageuse pour affronter la vie sans avoir besoin du soutien de personne ?

— Je crois que je vais m'en sortir, articulai-je d'une voix claire, parce que j'avais besoin de l'entendre de ma propre bouche.

— Je sais, répondit Braden en me serrant de plus belle.

Nous restâmes dans les bras l'une de l'autre pendant quelques instants encore, puis je me reculai.

— Je ne vais pas devenir folle. Je ne vais pas perdre la tête un jour et devenir comme elle.

— Je sais, répondit Braden en essuyant ses larmes. Je l'ai toujours su.

— Mais pas moi. Je la connaissais. Je savais ce dont elle était capable et je ne voulais pas devenir comme elle.

— C'est la femme qui t'a élevée, mais ce n'était pas ta mère.

Je le savais, à présent. Je savais que j'allais m'en sortir.

— Je veux rencontrer mon... mon père biologique. Je dois le voir. Et sa famille aussi.

— Bien, approuva Braden. C'est une bonne idée.

Je m'apprêtais à retourner dans ma chambre, lorsque Braden me rappela :

— Della ?

— Oui ?

— Appelle-le. Il a besoin d'avoir de tes nouvelles.

Il n'était plus question de mon père biologique. Elle parlait de Woods. J'aurais tout donné pour entendre le son de sa voix, mais c'était impossible. Il avait tourné la page, sans chercher à me retrouver, ni même à me joindre. Mon départ avait été une libération et il s'était empressé de s'éloigner. Je ne pouvais revenir l'embêter avec tout ça.

— Je ne peux pas.

— Tu lui manques, tu sais.

— Non, tu n'en sais rien. Tu es persuadée que notre histoire était faite pour durer, c'est tout. Woods a des projets dont je ne fais pas partie. Je lui ai rendu sa liberté en partant. Je refuse de le déranger de nouveau.

Braden poussa un grognement agacé.

— Della, un coup de fil de ta part ne va pas le déranger.

Elle m'aimait, mais ne comprenait pas.

— Non, Braden. Je veux le laisser vivre sa vie. Bientôt, je vais trouver mon propre chemin, mais d'abord je dois régler mes comptes avec le passé.

Braden resta silencieuse. Je retournai dans ma chambre et attendis une minute derrière la porte, pour être sûre qu'elle ne m'avait pas suivie, puis laissai libre cours à mon chagrin. Je ne voulais pas qu'elle me voie pleurer. Sinon, elle risquait de l'appeler. De vouloir m'aider. Il n'y avait rien à faire, même si elle refusait de le comprendre.

La seule différence, c'était que je savais désormais que j'allais pouvoir panser mes plaies. J'allais m'en sortir. J'avais un avenir. Je devais assumer mes actes, même si la perte de Woods resterait le plus grand regret de ma vie. Jamais je n'aurais dû le quitter. J'aurais dû être plus forte et me battre davantage. J'allais devoir assumer les conséquences de mon départ pour le restant de mes jours.

Woods

Une sonnerie retentissait dans le lointain, sans que je puisse en déterminer la source. Tout était sombre. J'ouvris brusquement les yeux et la sonnerie reprit de plus belle. Merde! Mon téléphone. Je m'assis brusquement dans mon lit. Il était plus de 3 heures du matin. C'était Braden. Della! Mon Dieu, faites qu'il ne lui soit rien arrivé.

— Della va bien? demandai-je aussitôt après avoir décroché.

— Oui et non.

— Comment ça? rétorquai-je en cherchant mon jean du regard, prêt à rejoindre Della en pleine nuit, si besoin.

— Elle a rêvé de sa mère mais ne s'est pas réveillée en hurlant. Elle s'est simplement réveillée.

Je me figeai sur place.

— Quoi?

— Elle a encore rêvé de sa mère, mais ça n'a pas viré au cauchemar. Elle ne s'est pas perdue dans ses terreurs habituelles. Elle s'est réveillée, c'est tout. Elle commence déjà à aller mieux.

— J'arrive. J'en ai assez d'attendre. Je prends la route cette nuit.

— Non! Surtout pas. Tu dois lui laisser le temps. Elle va bientôt rencontrer son père biologique. Elle a déjà fait la connaissance de sa mère et a même dîné avec sa famille, toute seule. Elle a besoin d'agir seule. Elle commence à comprendre qu'elle en est capable et à quel point ses peurs l'ont jusqu'ici limitée. Elle est en train de surmonter tout ça. Si tu viens maintenant, tu vas l'embrouiller. C'est à elle de revenir vers toi, Woods. Elle pense que tu ne veux pas d'elle. Elle doit aussi affronter cette peur toute seule.

Hors de question !

— Tu espères vraiment que je vais rester assis là en la laissant croire une chose pareille ? Ça ne va pas, Braden. Ça ne va pas du tout. Elle ne devrait pas avoir à surmonter une crainte aussi stupide. Comment peut-elle croire que je ne l'aime pas ? Qu'elle n'a pas sa place dans mon cœur, mon âme, mon avenir ? C'est la seule chose dont elle ne devrait jamais douter. Voilà ce qu'elle doit savoir.

— Écoute… Je sais que c'est dur pour toi, mais tu as remarquablement tenu le coup jusqu'ici. Donne-lui encore quelques jours. S'il te plaît. Elle en a besoin. N'oublie pas que c'est pour elle que tu fais ça, pas pour toi.

Je m'apprêtai à frapper le mur du poing mais me retins à la dernière seconde. Cela ne servirait à rien. Je devais me calmer.

— Elle est partie en emportant mon âme. Je serai toujours à elle. Je refuse qu'elle puisse penser autrement, ne serait-ce qu'un instant.

— Je le sais, crois-moi. Mais pas elle. Elle pense que tu n'as pas cherché à me contacter, ni à joindre Tripp, et que tu te fiches bien qu'elle soit partie. Que tu es soulagé, même. Et, avant de te ruer vers ta voiture, prends une profonde inspiration et souviens-toi que tu vas bientôt pouvoir la convaincre du contraire. Accorde-lui encore quelques jours. Elle n'a pas besoin que tu viennes chambouler ses émotions, alors qu'elle est en train d'affronter ses démons. Elle doit constater par elle-même qu'elle n'a aucun problème. Lorsque vous vous reverrez, elle doit envisager qu'elle puisse être ce dont tu as besoin.

— Deux jours. C'est tout. Soit elle revient d'ici deux jours, soit c'est moi qui viens la chercher. Je n'en peux plus. Ce n'est pas pour moi. Je refuse de laisser la femme de ma vie penser que je ne veux plus d'elle. Je suis arrivé au bout de mes limites. Deux jours, je ne peux pas promettre plus.

— C'est entendu. Deux jours.

Je lâchai le téléphone sur le lit et m'assis. Della avait surmonté ses terreurs nocturnes. Elle commençait à aller mieux. Tout irait bien. Je devais encore tenir deux jours.

Ma mère m'avait réveillé ce matin-là en m'appelant et je lui avais promis de la retrouver une heure plus tard chez elle. Elle était furieuse que j'aie ignoré ses coups de téléphone. Il était temps que nous discutions de certaines choses. Elle connaîtrait bientôt le nom des nouveaux membres du conseil d'administration, lors de la réception que je voulais organiser au club pour fêter l'événement. La nouvelle serait rendue publique et cela n'allait pas lui plaire. Sans compter que la présence de Dean Finlay risquait de la rendre folle de rage. Je devais la préparer.

Lorsque j'arrivai à sa maison, Harry, le chauffeur, était en train de charger des valises dans le coffre de la Mercedes. Apparemment, ma mère partait en voyage. Cela valait sans doute mieux.

Je saluai Harry en passant. Je l'avais engagé après avoir viré Leo, l'homme de mon père, qui avait laissé Della menottée pendant cinq heures sur la banquette arrière de la voiture, sans même lui permettre d'aller aux toilettes.

— Je vois qu'elle est sur le départ.
— Oui, monsieur. Je l'emmène à l'aéroport à 9 heures.
— Merci, Harry.

Je montai les marches du perron et entrai sans frapper par la porte déjà ouverte. Martha, la femme de ménage, m'accueillit dans le vestibule en se tordant nerveusement les mains. De toute évidence, elle avait subi la colère de ma mère récemment. Je lui adressai un sourire rassurant et m'avançai au pied de l'escalier.

— Mère ? appelai-je. Je suis là. (Je me tournai ensuite vers Martha :) C'est bon, Martha, merci. Vous pouvez retourner à vos occupations. Elle ne va pas me tuer, contrairement à ce qu'elle a pu raconter.

Martha n'en semblait pas aussi certaine, mais elle s'éloigna rapidement. Ma mère apparut alors en haut des marches, son sac à main en bandoulière.

— Je pars, annonça-t-elle, comme si je ne l'avais pas encore compris.

— Oui, je vois ça.

— Tu as décidé de défier la mémoire de ton père, de jeter aux orties tout ce qu'il a bâti de ses mains, commença-t-elle en descendant lentement les marches. Ces hommes que tu as renvoyés faisaient partie du Kerrington Club depuis plus de trente ans. C'étaient des personnes de confiance, mais tu t'en moques bien. Tu n'es qu'un enfant capricieux. Je refuse de rester ici à te regarder détruire l'œuvre de ton père. Ton grand-père était un idiot. Il n'aurait jamais rien dû te laisser. Un garçon de vingt-cinq ans n'a pas la maturité nécessaire pour diriger une affaire comme celle-ci. Tu n'y connais rien.

Je la laissais vider son sac. Elle bouillait de rage et avait besoin de verbaliser sa colère. Lorsqu'elle arriva à ma hauteur, je décidai en revanche que c'était mon tour de parler.

— Il s'agissait des hommes de confiance de mon père. Pas des miens. Il est normal que je les remplace par des proches que je sais loyaux. Il est temps aussi que les choses changent et que ce club soit dirigé différemment. Je ne suis pas comme Père, mais je m'efforce chaque jour de ressembler à l'homme qui a fondé ce club. J'admire mon grand-père et j'espère me montrer un jour digne de son héritage. Je te souhaite un bon voyage et j'espère que tu me donneras de tes nouvelles. Je t'aime, Mère. Peut-être ne me crois-tu pas, peut-être même ne t'en soucies-tu pas, mais c'est la vérité. Tu es ma mère. Cela ne changera jamais.

Elle ouvrit la bouche, mais se ravisa et pinça les lèvres. Au fond d'elle, elle devait bien m'aimer aussi mais, pour l'instant, sa fierté était trop forte pour qu'elle le reconnaisse. Elle rajusta la bandoulière de son sac à main et regarda vers la porte.

— Je vais dans notre appartement de Manhattan. J'y ai des amis et je préfère vivre là-bas pour l'instant. Rosemary a bien changé.

Et encore, elle n'avait pas tout vu.

— Je te souhaite beaucoup de bonheur, Mère.

Sans un regard de plus, elle sortit, faisant résonner ses talons sur les dalles de l'entrée. Un jour, elle reviendrait. Un jour, elle m'aimerait. Pour l'instant, en revanche, il fallait qu'elle parte. Elle avait besoin d'être en colère. J'étais prêt à lui accorder ça.

Della

Nile Andrew avait les mêmes yeux que moi. Ou plutôt, j'avais les mêmes que lui. Lorsque j'entrai dans le restaurant et que nos regards se croisèrent, je vis que lui aussi le remarqua aussitôt.

Cette rencontre me rendait plus nerveuse que celle avec Glenda, car je n'avais jamais eu de père. Je ne savais pas ce que ça faisait. Comment imaginer la rencontre avec l'homme qui m'avait donné la vie ? Ma première question avait été de demander s'il avait vraiment envie de me voir. La réponse avait été claire : oui. Quelques heures après mon appel, ce matin-là, il avait pris un avion pour Atlanta, me donnant rendez-vous à 19 heures dans ce restaurant. Je devais bien avouer qu'il m'avait un peu prise de court. Je pensais qu'il chercherait un prétexte pour ne pas venir.

— Bonjour, Della, lança-t-il en se levant pour me serrer la main.

— Bonjour, Nile.

Il était grand. Glenda avait mentionné qu'il avait été joueur de basket. Il avait les cheveux très bruns, qui contrastaient fortement avec le bleu de ses yeux. C'était un bel homme. Je comprenais parfaitement ce que le cœur adolescent de Glenda avait pu lui trouver.

— Je suis tellement heureux que tu aies accepté de me rencontrer. J'attendais ton appel avec impatience depuis que Glenda m'avait annoncé t'avoir retrouvée.

Cet homme n'avait pas voulu de moi. Cependant, il avait dix-sept ans à l'époque et je ne pouvais lui tenir rigueur d'une décision qu'il n'était pas encore en âge d'assumer.

— J'aime bien Glenda, fis-je simplement remarquer.

Nile m'adressa un grand sourire, avant de se rasseoir.

— Oui, c'est vraiment quelqu'un de bien.

J'aperçus dans ses yeux un éclair de tendresse qui ne manqua pas de me surprendre. Il avait aimé Glenda, autrefois. Un amour jeune, certes, mais bien réel. Quelque part au fond de lui, cet amour ne s'était jamais vraiment éteint. Glenda n'avait pas ce regard doux et lointain lorsqu'elle parlait de Nile. Elle admirait l'homme qu'il était devenu et parlait de la beauté de sa femme, qui était parfaite pour lui. Nile, lui, réagissait différemment.

— J'imagine qu'elle t'a raconté...

— Oui. Et je comprends. Vous étiez tous les deux très jeunes.

Il me regarda un moment, puis secoua la tête.

— Tu lui ressembles tellement. C'est hallucinant. Tu as mes yeux, en revanche. Mes autres filles n'ont pas mes yeux. Elles ont ceux de leur mère. Mais toi, il n'y a pas photo.

Ses autres filles. Il n'avait pas simplement dit « ses filles » en m'excluant. Il avait bien évoqué « ses autres filles ». Je sentis quelque chose en moi se réchauffer. Dans son esprit, j'étais une de ses enfants. Pourtant, je ne le connaissais pas. J'avais même appris son existence quelques jours plus tôt, à peine. Lui, en revanche, avait toujours su que j'existais quelque part.

— Est-ce que vous saviez que j'étais une fille... avant d'avoir des nouvelles de Glenda ?

Un pli soucieux barra un instant son front, puis un léger sourire apparut sur ses lèvres.

— Oui. Elle me l'avait dit. Après ta naissance, elle m'a raconté qu'elle t'avait prise dans ses bras. Que tu étais parfaite et qu'elle t'avait abandonnée. Je me suis saoulé, ce soir-là. Une affreuse biture. J'ai planté la voiture de mon père et j'ai failli perdre ma bourse d'études. J'ai eu un comportement un peu destructeur, pendant quelque temps. Je n'étais encore qu'un gosse moi-même, mais je n'arrêtais pas de voir ce petit bébé dont je ne connaissais même pas le visage, mais qui était mon enfant. Je ne l'avais jamais prise dans mes bras. Je n'avais jamais pu l'embrasser.

Il soupira.

— C'est l'expérience la plus dure que j'aie jamais vécue. Ensuite, Glenda a déménagé. Sans un mot d'explication, elle est partie, et je n'ai plus eu de nouvelles pendant treize ans. Et puis, un jour, voilà qu'elle m'appelle. Elle voulait te retrouver. Moi pas. Pas parce que je n'avais pas envie de te voir, au contraire. C'était surtout Glenda que je redoutais de revoir. Elle... comment dire...

Il se racla la gorge et desserra sa cravate d'un geste nerveux.

— Glenda, c'était mon premier amour. Celui dont on ne se remet jamais vraiment.

Je me retins de lui rappeler que c'était lui qui avait mis un terme à cette relation. À quoi bon ? C'était le passé. Ils étaient tous les deux mariés et avaient des enfants.

— Elles sont comment, vos filles ? demandai-je.

Je n'avais jamais eu de frères et sœurs. Aucun dont je me souvienne, en tout cas. C'était un concept que j'avais du mal à appréhender. J'étais curieuse de ces nouveaux demi-frères et sœurs. Je voulais savoir s'ils me ressemblaient.

La fille de Glenda était jeune, mais intrépide. Elle avait trouvé que je ressemblais à une princesse, mais m'avait également demandé si je savais piloter un avion, en précisant qu'un jour elle serait pilote de ligne. Elle m'avait fascinée, avec ses cheveux aussi blonds que ceux de son père. Elle s'appelait Samantha, mais tout le monde la surnommait Sammy. L'idée qu'elle puisse être ma sœur ne me déplaisait pas. J'aurais pu être une enfant comme elle, aussi libre et hardie. Savoir qu'elle était entourée d'une famille aimante et avait une bonne chance de réaliser ses rêves me rendait heureuse. C'était comme un poids en moins sur mes épaules.

— Trois d'un coup, c'est du travail, mais c'est aussi beaucoup de bonheur. Jasmine est l'aînée, d'une minute et cinquante-six secondes, et ne perd jamais une occasion de le rappeler aux deux autres. Jocelyne, la cadette, est celle qui me ressemble le plus. Elle veut devenir basketteuse professionnelle. Ensuite, il y a mon bébé, July, parce que c'est au mois de juillet que j'ai rencontré leur mère. Ce nom lui va comme un gant. Elle me réchauffe quand j'en ai le plus besoin. Elle est aussi la plus douce et la plus conciliante des trois.

— Elles ont toutes un prénom qui commence par un J, fis-je remarquer en souriant.

— Leur maman s'appelle Jillian.

Le concept me plaisait.

— J'aimerais bien les rencontrer.

Le sourire de Nile s'élargit.

— C'est une très bonne idée. Elles aussi, je crois. Je leur ai parlé de toi, après avoir reçu cet appel de Glenda. Jillian était déjà au courant pour le bébé... enfin, pour toi. Elle trouve tout à fait normal que je veuille te rencontrer et me soutient dans mon choix. Elle aussi aimerait faire ta connaissance.

— D'accord.

Le serveur s'approcha pour prendre nos commandes. Nile me demanda si je voulais manger quelque chose avec les boissons, mais je n'avais pas très faim. Le serveur s'éloigna.

— Alors, quel genre d'enfance as-tu eu, Della ? me demanda soudain Nile.

Glenda ne m'avait pas posé la question. Je m'étais préparée à cette éventualité avec elle, mais elle n'avait rien demandé. C'était pour cela que j'avais baissé ma garde. Nile, lui, était différent : il voulait savoir et n'avait pas peur de la réponse. Contrairement à Glenda, que la vérité effrayait.

— Ce n'était pas facile. Je voulais vous rencontrer, parce que j'ai besoin de savoir à quoi ressemblent ceux qui m'ont donné la vie. Je voulais m'assurer que tout irait bien. Cependant… je ne suis pas encore prête à partager mon passé avec vous. Et franchement je ne suis pas sûre que vous ayez envie de connaître les détails. À votre place, je préférerais ne pas savoir.

Nile pâlit et sa mâchoire se crispa convulsivement plusieurs fois. Je bus une gorgée d'eau. Je m'étais montrée plus directe avec lui que prévu, m'exprimant sans fard.

— Non, tu te trompes, murmura-t-il au bout de quelques secondes. J'ai envie de savoir.

— Non. Je sais que vous êtes sincère, mais il ne vaut vraiment mieux pas. Et puis, ce n'est pas un sujet dont j'aime parler. C'est un processus qui est encore en cours. La rencontre avec vous et Glenda, le fait de constater de mes propres yeux que vous avez des enfants normaux et heureux, c'est ce dont j'ai besoin pour l'instant. Ça apaise des craintes qui me hantent depuis longtemps.

Les coudes sur la table, Nile ne me quittait pas des yeux.

— Tu commences vraiment à me faire peur...

Si seulement il savait !

— Nile... J'ai envie d'apprendre à vous connaître, mais je préfère y aller étape par étape, selon ce que je suis capable de supporter. Un jour, j'en suis sûre, je serai prête à vous raconter ma vie. Mais, d'ici là, je préfère ne plus aborder la question.

Il poussa un long soupir, puis acquiesça.

— Entendu. D'accord. Mais le père en moi a envie de t'aider.

Il n'était pas mon père. Un père, peut-être, celui de quelqu'un d'autre, mais pas le mien. Il avait juste fourni le spermatozoïde nécessaire pour me créer.

— Non, c'est l'homme en vous qui veut m'aider. Pas le père.

Il s'apprêtait à répondre, mais se ravisa et un sourire se dessina sur son visage. Il se cala dans sa chaise.

— Comment s'appelle-t-il, cet homme qui veut absolument t'aider ?

— Je n'ai pas envie de parler de ça non plus, marmonnai-je en jouant avec ma serviette en papier.

— Pourquoi ? Il t'a fait du mal ?

— Non. Jamais.

Woods

Debout dans la salle de réunion, je regardais par la grande baie vitrée, en attendant l'arrivée des nouveaux membres de mon conseil d'administration. Tous ceux que j'avais contactés avaient accepté. Enfin, presque tous. Le dernier finirait pourtant bien par entendre raison. C'était une question de temps.

Mes pensées revinrent à Della, que je devais retrouver d'ici vingt-quatre heures maximum. Soit elle revenait d'elle-même, soit je partais pour la Géorgie. Braden pourrait râler autant qu'elle voulait. J'avais été d'accord avec elle au début, mais c'était fini. Cela n'avait que trop duré. Chaque jour que Della passait loin de moi la convainquait davantage que je ne voulais plus d'elle.

Soudain, la voix de Jace retentit derrière moi :

— Comme j'ai l'impression de me la péter !

Il se tenait près de la porte, une tasse de café à la main, l'air ravi.

— Quand est-ce qu'on est devenus aussi vieux ? demanda-t-il, hilare.

— On n'est pas vieux.

— Qui est vieux ? demanda soudain Thad, en entrant à son tour. C'est moi que tu traites de vieux ? Fais gaffe à ce que tu dis !

J'avais longuement hésité à proposer à Thad de nous rejoindre. Il ne prenait jamais rien au sérieux et se comportait encore la plupart du temps comme s'il avait dix-sept ans. Cependant, il était l'un d'entre nous. Son père avait été membre du conseil. Il était donc normal qu'il le devienne à son tour.

— Moi, je suis vieille, si vous voulez savoir, annonça Darla en entrant, sans cesser de pianoter sur son iPad.

Elle ne s'arrêtait jamais de travailler. C'était pour ça qu'elle était la meilleure.

— Mais non, tu n'es pas vieille, la rassurai-je. Tu es sage.

Elle pouffa, levant à peine les yeux de son écran pour choisir son siège.

— Putain, on dirait les chevaliers de la Table ronde ! s'exclama Grant en s'approchant avec sa démarche de cow-boy. Enfin, ovale, plutôt.

Il souriait de toutes ses dents, tenant à la main un verre d'un breuvage qui ressemblait à du bourbon. Il buvait vraiment beaucoup plus, ces derniers temps. Je me demandais si Rush en avait conscience.

Ce dernier arriva à son tour, suivi de Dean.

— Bon, on ne traîne pas, hein ? Nate voit la pédiatre dans deux heures et il faut que je sois présent. Elle va le peser et tout, je ne veux pas rater ça.

— Moi non plus, renchérit Dean, en sortant un paquet de cigarettes de sa poche.

— Interdit de fumer dans les locaux du club, Dean…, lui rappelai-je.

— Bande de coincés, maugréa-t-il. Plus personne ne me laisse fumer nulle part. C'est fou. Il est temps que je rentre chez moi où je peux fumer un joint dans la rue quand j'en ai envie.

Je préférais ignorer son caprice de star. Nous étions tous réunis ou, du moins, tous ceux qui vivaient à Rosemary. Il manquait deux personnes. La première viendrait bientôt prendre sa place. Quant à la seconde, elle avait encore quelques trucs à régler dans sa tête.

— Tu attaques le bourbon à cette heure ? demanda soudain Rush, en regardant Grant d'un air sévère.

Celui-ci leva les yeux au ciel et posa les pieds sur la table.

— Et ouais…

— Vraiment ? insista Rush. Tu bois avant le déjeuner, maintenant ?

Rush n'allait pas lâcher l'affaire et je n'avais pas envie de les voir se disputer à ce sujet avant la réunion.

— Il couche avec ta sœur, glissa Dean d'une voix lasse. N'importe qui d'assez stupide pour faire une chose pareille a bien le droit de devenir alcoolique.

De pire en pire.

— On en reste là, tous les deux, intervins-je d'une voix ferme, en prenant place en bout de table.

— Il n'y a que la vérité qui blesse, répondit Grant en levant son verre avec un sourire crispé.

Rush jura dans sa barbe.

— Harlow est trop bien pour toi, reprit Dean. Mais tu en as conscience, hein ? Elle n'a pas besoin de passer après Nan. Elle vaut mieux que ça. C'est le genre de filles qu'on touche avec les yeux seulement. Inaccessible pour des gars comme nous. Seuls ceux capables de grimper sur leur piédestal ont le droit d'y mettre les mains.

— Harlow ? demanda Rush en se tournant vers son père sans trop comprendre. Qu'est-ce que Harlow vient faire là-dedans ?

Dean lui adressa un grand sourire.

— Ce qui se passe à L.A reste à L.A. Pas vrai, gamin ? ajouta-t-il avec un clin d'œil dans la direction de Grant.

Visiblement, mes informations n'étaient pas très à jour. À vrai dire, je n'étais pas certain de vouloir connaître le fin mot de l'histoire.

— Bien ! Laissons de côté la vie privée de Grant pour nous concentrer sur cette réunion, voulez-vous ? Comme vous le savez tous, vous êtes maintenant les nouveaux membres de mon conseil d'administration. Je ne prends aucune décision sans vous réunir pour en discuter avec vous. Vous êtes mes conseillers. Il est temps qu'une nouvelle génération prenne la tête du Kerrington Club. C'est ce que nous allons nous attacher à faire ensemble.

Le sourire satisfait de Darla lorsqu'elle se redressa pour m'écouter valait tout l'or du monde. Elle était fière de moi et j'avais bien besoin de ça.

— Est-ce que ça veut dire qu'on peut arrêter d'organiser ce putain de bal des débutantes ? demanda Jace. On n'est plus à l'âge de pierre.

— Hé ! On ne touche pas au bal des débutantes ! protesta Thad. Ça rend les filles sentimentales et, du coup, elles ont le feu aux fesses.

— Tu veux bien surveiller ton langage, Thad ? Il y a une dame parmi nous et une autre va bientôt nous rejoindre.

— Pardon, Miss Darla, murmura Thad, l'air contrit.

— Pas de ça entre nous, Thad, le rassura Darla. Après tout, ce n'est pas comme si tu t'étais tapé toutes mes employées, les unes après les autres.

Il y eut un long silence, puis tout le monde éclata de rire. C'était une bonne équipe. Mon grand-père aurait été fier.

Della

J'ouvris la porte avant que Tripp n'ait le temps de frapper. Je l'avais appelé une heure plus tôt et j'attendais sa visite. Nous devions parler de certaines choses.

— Tu as l'air en forme, Della, constata-t-il avant d'entrer. Bien plus que la fille que j'ai déposée ici voilà quelques jours.

— Merci. Pas mal de choses ont changé, expliquai-je en l'invitant à passer au salon.

— Apparemment. Tu as presque l'air heureuse.

C'était un peu exagéré. Je n'étais pas heureuse. Woods me manquait. Il me manquait tellement que ça me faisait mal.

— Je ne suis pas sûre de connaître un jour le bonheur, mais j'y travaille.

Tripp s'assit dans le premier fauteuil et étendit les jambes devant lui.

— Parle, Della. Je t'écoute.

— Je ne t'accompagnerai pas en Caroline du Sud. Je ne sais pas trop ce que je vais faire ensuite, mais je ne repars pas avec toi. Merci pour tout. Merci de m'avoir supportée ces deux dernières semaines et de m'avoir aidée quand j'en avais besoin. Ce que tu as fait pour moi... ça va au-delà des mots. Je promets de te rembourser jusqu'au dernier centime. Dès que j'aurai trouvé un boulot, je commencerai à t'envoyer de l'argent. J'ai ton adresse.

Tripp fronça les sourcils.

— Pas besoin de m'envoyer de l'argent. Garde tes sous. C'était sympa d'avoir un compagnon de route pendant deux semaines.

Il ne s'en tirerait pas à si bon compte. J'avais pris deux semaines de sa vie sur la route et il venait encore de passer une semaine à Atlanta à m'attendre.

— Non. J'insiste pour te rembourser.

— On en reparlera plus tard, répondit Tripp avec un petit sourire.

— J'ai découvert autre chose, cette semaine. Je n'ai plus de terreurs nocturnes. Je fais des rêves et ce sont toujours de mauvais souvenirs, mais je n'ai plus peur. La peur a disparu. Je me réveille, c'est tout.

Les yeux écarquillés, Tripp me gratifia d'un grand sourire.

— C'est fantastique, Della !

Oui, c'était étonnant. Une grande étape.

— Tu vas retourner à Rosemary ? demanda-t-il soudain.

Je n'en étais pas sûre. Chaque minute qui passait sans que je fasse une crise d'angoisse ou que je doive combattre une vieille peur, j'avais envie de rentrer. Je voulais prouver à Woods que tout allait bien. Que je n'étais plus brisée. Au contraire. Il pouvait m'aimer. Mais n'était-il pas trop tard ?

— Je ne sais pas...

Tripp se mordit la lèvre inférieure, ce qu'il faisait toujours quand il réfléchissait.

— Écoute... Je ne veux pas trop m'avancer, parce que ce n'est pas mon rôle, mais tu devrais y retourner. Si tu en as envie. Sois forte et retourne à Rosemary.

Si seulement c'était aussi simple.

— Et s'il ne veut pas de moi ?

— Impossible. Fais-moi confiance.

— Je l'ai quitté en ne laissant qu'un mot derrière moi. Il n'a pas cherché à me retrouver. Il doit me haïr.

Tripp se leva brusquement et se mit à faire les cent pas devant la cheminée, mordillant de plus belle sa lèvre inférieure. Qu'est-ce qui pouvait bien le tracasser ainsi ? Enfin, il s'arrêta et se passa la main dans les cheveux, tirant un peu sur ses mèches, comme s'il avait du mal à se décider.

— Tripp, que se passe-t-il ?

Il me regarda droit dans les yeux. Il savait quelque chose. Woods avait-il déjà une autre copine ? Probablement pas. *Oh non ! Je crois que je vais vomir.* Pouvait-il déjà avoir tourné la page ?

— Della, cet argent, il venait de...

— Il venait d'un bon copain qui avait envie de t'aider, pas vrai, Tripp ? interrompit la voix de Braden, me faisant sursauter.

Tripp sembla hésiter une demi-seconde, puis hocha la tête.

— Oui, c'est ça.

Ce n'était pas ce qu'il s'apprêtait à dire. Braden le savait et l'avait interrompu. Elle me cachait quelque chose. De quoi s'agissait-il ? Je fis volte-face.

— Il a quelqu'un d'autre ?

Prononcer ces mots suffisait à me déchirer le cœur. Si Braden le confirmait, je risquais de m'effondrer. Jamais je ne serais capable d'affronter cela.

Une lueur déterminée brillait dans les yeux de Braden, trahissant qu'elle avait envie de parler, mais qu'elle n'en ferait rien.

— Je crois qu'il faut que tu retournes à Rosemary pour retrouver ton homme, si c'est ce que tu veux. Je pense que si tu aimes Woods Kerrington, tu dois trouver le courage de mettre ton cœur en danger. Tu dois arrêter d'avoir peur de tout, Della. C'est ton dernier obstacle. (Sa voix se brisa.) Je t'en supplie, Della. Va le retrouver. Si tu veux toujours de lui, tu dois y aller.

Il avait tourné la page. Je me laissai retomber sur le canapé.

— Oh non..., chuchotai-je en sentant la douleur se glisser dans les moindres interstices de mon corps.

— Non, Della...

— La ferme, Tripp ! interrompit Braden.

Elle voulait que je sache la vérité. Tripp tentait d'apaiser ma douleur, parce que c'était un type gentil, mais Braden m'aimait assez pour être honnête.

— Que puis-je faire s'il ne veut plus de moi ? demandai-je dans un murmure.

Braden vint s'agenouiller devant moi.

— Tu es belle, intelligente, douce et dévouée. Tu es la meilleure amie que j'aie jamais eue. Je t'aime comme une sœur. Tu es ma famille. Je t'ai vue souffrir et je t'ai vue reculer devant tes peurs, comme si les monstres avec lesquels ta mère te menaçait existaient vraiment sous ton lit. Cependant, depuis deux jours, je te vois affronter la vie avec une détermination que je savais dormir en toi. Si tu veux Woods Kerrington, si tu le veux pour toujours, alors tu dois te battre pour lui. Ne doute pas de toi. Ne doute pas de ton importance. Il est impossible de t'oublier quand on t'a aimée, Della. Tu es inoubliable.

Une main sur ma bouche, je tentai de retenir un sanglot. Cette fois, Braden ne me prit pas dans ses bras et ne chercha pas à me réconforter. Elle resta agenouillée devant moi en me regardant. Elle attendait que je prenne ma décision. Elle avait confiance. Quand le reste du monde pensait mon cas désespéré, elle croyait toujours en moi.

Woods aussi.

— Je peux encore profiter de ta moto ? demandai-je à Tripp.

— Évidemment.

Braden me prit enfin dans ses bras.

— Je suis si fière de toi. Tu as réussi, Della. Tu as réussi !

Elle fondit en larmes en me caressant les cheveux. Je jetai un petit regard amusé à Tripp, qui commençait lui aussi à avoir les yeux brillants. Le pouce levé, il me fit un grand sourire et sortit de la pièce.

Woods

À peine rentré chez moi, je sortis ma valise du placard. Il restait quatre heures à Della pour revenir. Mieux valait me tenir prêt à prendre la route, car j'étais bien décidé à la retrouver. Je savais qu'elle ne reviendrait pas d'elle-même. Elle avait peur et je refusais de la laisser plus longtemps croire que je ne voulais plus d'elle. Braden pouvait bien aller se faire voir avec ses théories à la con. Je voulais retrouver la femme de ma vie et lui faire comprendre pour de bon à quel point je l'aimais.

La sonnerie de mon téléphone me tira de mes réflexions. C'était peut-être elle. Était-elle sur le chemin du retour ? J'avais presque peur d'espérer. Je pris mon téléphone d'une main tremblante. C'était Tripp. Je cessai de respirer.

— Allô ?

— Prépare-toi, vieux. Elle arrive.

Je soupirai avec soulagement. La tête rejetée en arrière, je sentis mon cœur se remettre à battre pour la première fois depuis que Della était sortie de ma vie. Della revenait.

— Tu es sûr ?

— Elle est en train de rassembler ses affaires et de faire ses adieux à Braden. Je ne vais pas te mentir, mon vieux, mais ça n'a pas été de tout repos, par ici. J'étais à deux doigts de tout lui raconter, mais Braden est une dure à cuire. Elle a insisté pour que la décision vienne de Della. Lorsque celle-ci a fini par accepter de revenir, alors même qu'elle croyait que tu avais tourné la page, on avait tous les yeux qui piquaient un peu.

— De quoi tu parles ? Pourquoi pense-t-elle que j'ai tourné la page ? Ça veut dire quoi, ces conneries ?

Braden lui avait-elle menti ?

— Elle est convaincue que tu es avec quelqu'un d'autre. Elle sent bien que Braden et moi lui cachons quelque chose et croit que c'est parce que tu as une nouvelle copine. Donc, elle veut rentrer à Rosemary pour regagner ton cœur. Elle ne revient pas simplement pour toi. Elle rentre en pensant qu'elle va devoir se battre pour garder son homme.

Que Della puisse imaginer que j'aie envie d'une autre femme m'était insupportable. En revanche, l'idée qu'elle soit prête à se battre pour moi me fit sourire.

— C'est toi qui la ramènes ?

— Oui.

— Tu la déposes chez moi et ensuite tu files. Je ne bouge pas.

Tripp eut un petit rire.

— Comment ça ? Tu veux dire que je n'ai pas le droit de rester pour assister aux retrouvailles torrides ?

— Fais attention à ce que tu dis, grondai-je.

Je commençai déjà à échafauder des plans dans mon esprit. J'avais beaucoup à faire.

— Pour commencer, tu vas louer une voiture avec l'argent que je viens de virer sur ton compte. Je refuse qu'elle fasse le trajet du retour à l'arrière de ta moto.

— Je suis un très bon conducteur, protesta Tripp.

— M'en fous. Je ne veux pas passer les prochaines heures à penser à ses bras serrés autour de ta taille, sinon je vais partir en vrille. Hors de question qu'elle remonte sur ta moto. Plus jamais.

— Entendu, soupira Tripp. Je vais la louer, ta bagnole.

— Ramène-la-moi. Fais attention. Et fais vite.

— À vos ordres ! Je dois y aller, elle arrive.

Je raccrochai et contemplai un instant mon salon. Il était temps de se préparer. Della revenait et je voulais tout faire pour qu'elle ne le regrette jamais. Je commençai par composer le numéro de Jace. J'allais avoir besoin de l'aide de Bethy.

— Salut, Woods.

— Bethy est avec toi ? demandai-je en commençant à ranger la cuisine.

— Oui, pourquoi ?

— J'ai besoin de son aide. Passe-la-moi.

— Heu... d'accord.

Je l'entendis appeler Bethy, puis lui expliquer de quoi il s'agissait.

— Salut, Woods ! lança Bethy en prenant le téléphone. Qu'est-ce qui se passe ?

— Della revient aujourd'hui. J'ai besoin de pétales de roses. Où est-ce que je peux trouver beaucoup de pétales de roses à une heure pareille ?

— Elle revient ! s'écria Bethy, ravie. C'est génial. Je suis tellement heureuse pour toi !

— Concentre-toi, Bethy. Des pétales de roses, lui rappelai-je en glissant une dernière assiette dans le lave-vaisselle, avant de mettre en route l'appareil.

— Je vais te les trouver, tes pétales. Ne t'inquiète pas. Je passe chez toi dans une heure.

— Merci.

Je raccrochai. Après un bref coup d'œil à l'emplacement du cadre que j'avais réduit en miettes, je composai un nouveau numéro. J'avais exactement ce qu'il fallait pour le remplacer.

— Rob ? Salut, c'est Woods. Je sais qu'il est tard, mais j'ai besoin de cette photo que je t'ai apportée. Il me la faut encadrée pour ce soir.

— Je n'ai pas fini et je ferme dans une heure.

— Mille dollars pour toi si tu parviens à me la livrer dans deux heures.

— Merde. Bon, d'accord. Je m'y mets.

— Merci.

Je me dirigeai ensuite vers la chambre pour enlever les draps, que je n'avais pas changés depuis son départ afin de conserver son odeur. À présent, elle méritait des draps propres. Une fois la chambre à coucher terminée, je dégainai une fois de plus mon téléphone.

— Patron ?

— Jimmy, j'ai besoin de ton aide. Tu vas fermer le restaurant plus tôt. Tu n'as qu'à prétexter une soirée privée ou un truc dans le genre. Mais tu fermes le restau. J'ai besoin de l'aide de ton équipe en cuisine.

Della

— Tu n'étais pas obligé de louer une voiture, répétai-je à Tripp, tandis que nous quittions le parking de l'agence de location. La moto ne me dérangeait pas.

— Mais si, mais si, répondit-il avec un sourire. Fais-moi confiance.

C'était peine perdue. Et puis, maintenant c'était trop tard, la voiture était louée. Je me calai dans mon siège pour regarder par la fenêtre. Je serais à Rosemary dans cinq heures. Je n'avais pas encore décidé si je devais me rendre directement chez Woods ou prendre une chambre d'hôtel. Peut-être valait-il mieux appeler Bethy ? Ou bien demander un dernier service à Tripp et loger dans son appartement ? Il avait déjà tant fait pour moi.

— Est-ce qu'on va directement chez Woods ? demanda Tripp.

— Euh... Je ne sais pas trop, en fait. Il ne vaut mieux pas que je le prenne par surprise. Je pourrais aller le voir demain, à son bureau. Comme ça, je ne risque pas de me pointer chez lui, au cas où...

Je ne parvins pas à finir ma phrase. Au cas où il aurait de la compagnie.

— Quoi ? Tu ne vas pas te dégonfler maintenant, quand même ! Si tu veux récupérer ton homme, il va falloir y aller !

— Je ne suis pas sûre que ce soit la bonne façon de procéder...

Tripp s'agita sur son siège et s'éclaircit la voix.

— Bon, d'accord. Alors, imagine un peu : Woods est chez lui avec une autre. Une femme qu'il ne peut pas aimer autant que toi, parce que ça ne fait pas suffisamment longtemps que tu es partie. Elle va être dans son lit, ce soir... à moins que tu n'ailles chez Woods pour reprendre ta place.

L'idée de cette femme anonyme dans le lit de Woods, en train de le toucher, me rendait malade. Il était à moi. Elle n'avait aucun droit sur lui. J'étais là la première.

— Ça t'énerve, hein ? Tu es prête à revendiquer ton homme ? À te battre pour lui ? Bien ! Ce serait dommage de le laisser dormir entre les bras d'une autre alors qu'il préférerait que ce soit toi. Cette fille ne fait que l'intérim.

Il avait raison. Woods ne pouvait l'aimer, car c'est de moi qu'il était amoureux. Et tout pouvait recommencer. Je pouvais lui prouver que je n'étais pas faible. Que j'étais digne de son amour. J'allais me battre pour lui. Personne d'autre que moi ne dormirait chez lui ce soir. J'allais chasser cette fille.

— On va chez Woods, s'il te plaît.

Tripp laissa échapper un cri de joie et me tapota la cuisse.

— Ah ! Je préfère ça ! Fonce, ma grande !

J'espérais seulement ne pas me tromper. Sinon, je risquais de me couvrir de ridicule.

Nous n'étions plus qu'à dix minutes et je commençais à avoir des scrupules.

— Je devrais peut-être loger chez toi, ce soir...

— Euh... oui, mais non, bafouilla Tripp avec un petit rire nerveux. Woods a déjà assez envie de me faire la peau comme ça. Pas question que tu passes ta première nuit à Rosemary chez moi.

— Mais s'il est avec une autre, je...

— Della, est-ce que je dois te convaincre encore une fois ? Parce que je suis prêt. Tu peux y arriver. Tu es revenue. Tu aimes assez ce type pour affronter tes craintes. Tu dois aller jusqu'au bout, ma belle.

Il avait raison, mais j'avais peur de voir Woods avec une autre. Je craignais ma propre réaction. J'avais surmonté tellement de choses, cette semaine. Je ne voulais pas me transformer en une geignarde échevelée devant lui. Je voulais qu'il voie la nouvelle Della, version améliorée. Pas la fille dont il avait réussi à se débarrasser.

— Il veut te voir. Je sais que tu en doutes, mais c'est la vérité. Je suis un mec. Je sais de quoi je parle.

— Peut-être, mais pas alors qu'il est avec une autre...

— N'oublie pas : pas question de laisser cette fille dormir avec ton Woods ce soir. C'est ton mec.

J'acquiesçai. D'accord. Je venais revendiquer ma place. Même si elle était prise. J'allais me battre jusqu'au bout.

— D'accord. Dépêche-toi, avant que je change encore d'avis.

— On arrive dans deux minutes, répondit Tripp avec un sourire.

Deux minutes qui me parurent aussi longues que des heures. Lorsque la voiture s'engagea enfin dans l'allée, je pleurai presque de soulagement en constatant que les deux seuls véhicules garés étaient le pick-up de Woods et ma propre voiture. Ce qui ne voulait pas dire pour autant qu'il était seul. « Elle » s'était peut-être fait conduire.

— Allez, vas-y, chuchota Tripp en me serrant la main.

J'étais trop nerveuse pour répondre. Après un dernier regard à Tripp, je sortis de la voiture. Je ne lui avais même pas demandé s'il avait l'intention de m'attendre un moment ou s'il repartait directement à Macon pour récupérer sa moto. Il était trop tard, à présent.

Je claquai la portière et me dirigeai vers le perron. Lorsque le moteur de la voiture retentit, je me retournai juste à temps pour voir Tripp faire demi-tour et s'éloigner dans la rue. Il passa une main par la fenêtre pour me faire signe, puis disparut. J'étais toute seule.

Je levai les yeux vers la porte d'entrée et pris une profonde inspiration. Woods était là. J'étais prête à le supplier de me donner une seconde chance, si nécessaire. Je devais tout faire pour que ce soit moi, la femme dans son lit, ce soir.

Tout semblait éteint, à part une faible lueur qui brillait à travers la fenêtre de la chambre à coucher. On aurait dit une bougie. *Pitié, pas une bougie.* Tenant fermement la rambarde, je grimpai les marches. Woods ne se couchait jamais aussi tôt. *Peut-être qu'il n'est pas là. Peut-être qu'il est sorti avec Jace.*

Arrivée en haut des marches, je contemplai la fenêtre de sa chambre. J'étais presque sûre que cette lumière vacillante provenait d'une bougie. C'était une très mauvaise idée.

Non.

Au contraire.

Woods était à moi et je refusais de laisser une autre femme prendre ma place. J'étais prête à lui enfoncer cette bougie au fond du gosier, à celle-là.

D'un pas décidé, je m'approchai de la porte, frappai plusieurs fois, puis reculai d'un pas pour attendre. S'il tardait, cela signifiait qu'il avait dû se rhabiller.

La porte s'ouvrit sur Woods. Il était vêtu d'un bermuda kaki et d'une chemise blanche, dont les manches étaient roulées jusqu'aux coudes. J'adorais quand il portait du blanc. Sa peau hâlée n'en était que plus fascinante. Il était si beau que j'en oubliai un instant de respirer.

Il se tenait parfaitement immobile. Nous étions face à face, à nous regarder. Cela faisait presque trois semaines que j'étais partie. J'avais l'impression de ne pas avoir vu son visage depuis une éternité.

— Salut, parvins-je enfin à articuler d'une voix rauque.

— Salut, répondit-il.

Il avait l'air d'un ange. Pour qui s'était-il fait beau ? Soudain, je perçus un agréable parfum émanant de l'intérieur. Qui pouvait bien faire la cuisine dans le noir ?

— Est-ce que je peux entrer ? demandai-je.

Il s'écarta pour me laisser passer. Je ne vis personne, mais cela sentait divinement bon. Peut-être n'était-elle pas encore arrivée ?

— Tu attends quelqu'un ? demandai-je sans le regarder.

— Oui, répondit-il d'une voix grave.

Au moins, c'était honnête.

— Oh, je n'en ai pas...

Je m'arrêtai. J'avais failli dire que je n'en avais pas pour longtemps. J'avais failli m'excuser. Hors de question. J'étais là pour me battre. Pas pour me dégonfler et laisser une autre femme partir avec Woods.

— Je pense qu'il vaudrait mieux que tu l'appelles pour lui expliquer qu'il y a un petit changement de programme, repris-je en me tournant enfin vers lui.

Une lueur s'alluma dans son regard, mais, dans cette maudite pénombre, impossible d'être sûre.

— Pourquoi, Della ? demanda-t-il en faisant un pas vers moi.

Je ne cédai pas. Il était blessé. Je l'avais blessé, mais j'étais revenue, bon sang ! J'étais revenue.

— Parce que si elle met un pied dans cette maison, je vais me trouver dans l'obligation de lui botter le cul, à cette pétasse.

Je fermai brusquement la bouche. Était-ce bien moi qui venais de parler ? L'ombre d'un sourire flotta dans le regard de Woods lorsqu'il fit de nouveau un pas vers moi. Je ne reculai pas. Je voulais qu'il s'approche. Pas question de fuir.

— Hum, on dirait bien qu'il y a de la jalousie dans l'air, murmura-t-il en tendant une main pour caresser le contour de ma mâchoire.

Je frissonnai.

— Parfaitement.

Je n'avais pas honte de l'admettre. J'étais verte de rage.

— Pourquoi es-tu jalouse, Della? demanda-t-il, en s'approchant jusqu'à me pousser contre le mur.

Ses deux mains vinrent se poser de chaque côté de mon visage.

— De qui pourrais-tu bien être jalouse ?

J'avais soudain beaucoup de mal à respirer. Il sentait si bon. La peau hâlée de sa gorge était là, juste sous mon nez. J'aurais voulu la goûter. La lécher.

— De toute personne que tu touches, articulai-je dans un souffle.

— Alors, je ne vois qu'une seule personne, poursuivit-il en commençant à me mordiller le cou.

Tremblante, je posai les mains sur ses épaules pour ne pas perdre pied. Il y avait quelqu'un d'autre. Il venait de l'avouer. J'avais envie de le frapper en hurlant. J'avais aussi envie de lui arracher sa chemise et de l'embrasser. De revendiquer ce qui m'appartenait.

— C'est toi qui es partie, Della, chuchota-t-il en suivant de sa langue la courbe de mon cou jusqu'à mon oreille. Toi. Tu m'as brisé.

— Comment s'appelle-t-elle ?

Je devais rester concentrée sur cette rivale.

— Qui ça ? demanda-t-il, sans arrêter ses assauts sur ma gorge, comme s'il s'agissait d'un mets délicat dont on l'aurait trop longtemps privé.

— Avec qui as-tu… ? Pour qui cuisines-tu ? Qui doit venir ?

Je m'agrippai de plus belle à ses épaules, sentant mes jambes faiblir et mon corps se mettre à brûler.

— Toi. Toujours toi. Rien que toi.

Ses lèvres vinrent effleurer ma clavicule.

Comment ça, « moi » ?

— Je ne comprends pas, haletai-je, tandis que ses lèvres descendaient lentement vers mon décolleté.

— Tu sens tellement bon, chuchota-t-il, comme pour lui-même. Qu'est-ce que tu ne comprends pas, bébé ?

Sa main quitta le mur pour prendre possession de mon sein droit, m'arrachant un cri étranglé. Je risquais de ne plus être en mesure de réfléchir calmement, s'il continuait.

— Tu as dit qu'il y avait quelqu'un d'autre.

Mon corps me trahissait, attiré vers lui comme par un aimant.

— Jamais je n'ai dit une chose pareille. Tu as demandé si j'attendais quelqu'un et j'ai répondu oui. C'est toi que j'attendais. Tu m'as ensuite demandé qui mes mains avaient caressé. Une seule personne. Toi. Toujours toi.

Il leva lentement les yeux vers moi. Je m'attendais à lire un désir brûlant dans son regard, mais je n'y vis qu'une chose : son cœur. Il m'aimait. Cela crevait les yeux. Un seul regard suffisait à comprendre qu'il n'avait pas renoncé à nous deux.

— Tu savais que je revenais, chuchotai-je, en me demandant si c'était Tripp ou Braden qui l'avait mis au courant.

D'un geste doux, Woods me prit le menton et caressa du pouce ma lèvre inférieure.

— J'ai suivi tous tes faits et gestes depuis le jour où tu es partie. J'ai fait en sorte que tu ne manques pas d'argent pour dormir dans des hôtels sûrs et pour te nourrir correctement. Comment crois-tu que j'aie réussi à ne pas devenir fou ? On m'a appelé chaque jour pour me donner de tes nouvelles et me dire où tu étais. J'ai gardé mes distances parce que je voulais que tu reviennes de ton propre chef. Je voulais que tu aies envie de moi. De nous.

Il s'était inquiété pour moi. Il ne s'en fichait pas. Il ne m'avait pas laissée partir sans un mot. J'en avais les larmes aux yeux, mais peu importait. Je voulais pleurer. J'étais heureuse. J'étais aimée.

— Ne pleure pas, supplia-t-il en déposant un baiser sur chaque larme. Je n'aime pas te voir pleurer.

— Tu m'aimes, chuchotai-je avec un sourire.

Woods me regarda droit dans les yeux.

— Della... Tu n'aurais jamais dû en douter un seul instant. Tu aurais dû le savoir. Si tu n'as pas encore compris que mon âme t'appartient tout entière, alors c'est que je m'y prends comme un manche.

Je pris son visage entre mes mains pour l'embrasser, de tout mon cœur, de toute mon âme. Comme les mots me manquaient pour lui expliquer, je préférais lui montrer, pour qu'il comprenne ce que je ressentais et tout ce qu'il représentait pour moi. Il passa les bras autour de ma taille et répondit à chacun de mes baisers. Nous restâmes ainsi longtemps à nous retrouver avec voracité. C'était la perfection. J'étais rentrée.

En m'écartant un peu pour reprendre mon souffle, j'en profitais pour glisser ma main sous sa chemise. Je voulais qu'il l'enlève. Je voulais qu'il enlève tous ses vêtements.

Je voulais qu'il soit en moi. Je m'attaquai aux premiers boutons.

— Maintenant. Je te veux maintenant.

— J'ai préparé à dîner, protesta-t-il en commençant à retirer une manche. J'avais prévu de te faire la cour, d'abord. De te convaincre de rester avec moi.

Je caressai son torse. Ses épaules larges me faisaient toujours sentir menue, mais protégée.

— J'ai faim et nous allons dîner, mais d'abord je te veux en moi, décrétai-je en m'affairant avec la fermeture de son bermuda.

— Alors, viens dans la chambre, haleta-t-il, aussi excité que moi.

— Non. Pas le temps.

J'attrapai l'ourlet de ma robe pour la passer au-dessus de ma tête. Lorsque je commençai à retirer ma culotte, Woods laissa échapper un feulement et s'empressa de terminer mon geste. Les mains posées sur les miennes, il fit glisser le sous-vêtement, puis commença à me caresser les fesses. Bientôt, il déposait des baisers sur l'intérieur de mes cuisses.

— Viens en moi, suppliai-je.

J'avais envie de ses caresses, j'avais envie de le goûter aussi, mais j'avais avant tout besoin de le sentir entièrement en moi.

— Bon sang, gémit-il en me retournant vers le mur. Tu me rends fou, Della. Je voulais me montrer romantique. Tu le mérites.

— Je veux que tu me prennes. Que tu me remplisses pour me rappeler que je suis à toi.

Je le sentis frissonner puis, l'instant d'après, il me saisit par les hanches et me pénétra d'un seul coup avec un cri.

— Oh oui ! Tu es si serrée. Si chaude. Tu es à moi.

Il s'arrêta un instant pour me caresser les reins, avant de me pénétrer de nouveau avec vigueur.

— À moi. Tout cela est à moi.

— Oui, je suis à toi ! répondis-je en cambrant les reins.

Avec un nouveau grognement bestial, il commença des allées et venues plus régulières. À chaque poussée, je m'approchai de l'assouvissement que lui seul était capable de me procurer.

— Personne ne touche à cette chatte. C'est la mienne, Della, reprit-il dans un grondement, avant de glisser sa main entre mes cuisses, par devant, pour prendre entre ses doigts mon clitoris.

Cette caresse me fit exploser.

— Oui ! Vas-y, bébé ! C'est bien, continue.

Ses paroles me rendaient dingue. Je me cambrai en le suppliant de me prendre encore, de ne surtout pas s'arrêter. Il s'immobilisa brusquement, parcouru de tremblements, et cria mon nom. Ce dernier assaut fit frémir mon corps tout entier.

— Ma Della, chuchota-t-il en posant le front contre mon dos. Ma Della.

Il répéta plusieurs fois ces mots, comme une psalmodie apaisante. Je m'écartai un peu pour le laisser sortir de moi, puis me tournai vers lui et le pris dans mes bras.

— Je serai toujours ta Della.

Il me serra contre lui, tandis que nos corps vibraient encore de ce plaisir partagé et que nos cœurs retrouvaient le chemin de la guérison.

Woods

Mes retrouvailles avec Della avaient un peu dérapé. Je n'avais pas exactement prévu de la prendre comme ça dans l'entrée, contre le mur. Cependant, elle avait prononcé des paroles qui m'avaient fait perdre la tête. Elle voulait être possédé et mon corps était prêt à lui donner satisfaction.

Pas vraiment ce que j'avais eu en tête, mais c'était nécessaire. J'avais besoin de l'entendre dire qu'elle était à moi. J'étais obsédé par l'idée qu'elle ait pu rouler à moto, avec Tripp assis entre ses cuisses. L'image m'était insoutenable. Je voulais lui rappeler qu'une seule personne avait le droit de se glisser entre ses cuisses : moi.

Qu'elle me croie capable de coucher avec une autre me dépassait. Si elle n'avait pas encore compris que je l'aimais de façon absolue, alors c'était ma faute. J'avais échoué quelque part et je devais y remédier.

Après l'avoir rhabillée, je lui pris la main pour la mener au salon. Jimmy et toute l'équipe de la cuisine du club étaient venus me prêter main-forte pour planter le décor : la table était dressée sur une nappe en lin clair, avec chandelles et roses. Un disque d'Erick Baker assurait un fond musical. C'était également Jimmy qui avait composé le menu, le plat préféré de Della sur la carte du club. En arrivant dans la pièce, elle embrassa la scène du regard, puis se tourna vers moi avec un sourire timide.

— C'est magnifique.

— Je voulais marquer le coup pour ton retour.

Et pas simplement tirer mon coup contre le mur sans lui laisser le temps d'entrer. À la rougeur qui gagna ses joues, je compris qu'elle avait lu dans mes pensées. Soudain, elle se figea. Elle venait de voir la photo. Celle que Bethy avait prise de nous deux, un après-midi à la plage. Nous étions si obsédés l'un par l'autre que nous n'avions même pas remarqué la photographe. J'étais assis sur le sable, Della sur mes genoux, me faisant face. Les yeux dans les yeux. Même sur la photo, nos sentiments l'un pour l'autre étaient évidents. Il ne faisait aucun doute que je l'adorais.

— Tu l'as fait encadrer, murmura Della.

Je tournai le variateur pour lui donner plus de lumière.

— Oui.

— J'aime cette photo.

— Moi aussi.

Elle se tourna vers moi.

— La fille sur cette photo avait peur. Peur de son passé et de son avenir. Elle avait aussi peur de t'aimer. Ce n'est plus moi. Je n'ai plus peur. Mon passé a fait de moi ce que je suis aujourd'hui. Quant à mon avenir… tant que je peux le passer avec toi, alors j'ai hâte qu'il commence. Tout ira bien, Woods. Je ne vais pas… perdre la tête. J'ai tellement de choses à te raconter.

Je savais déjà tout, mais je voulais l'entendre de sa bouche et connaître ses pensées. Je savais qu'elle avait déjà rencontré ses deux parents biologiques, mais je voulais tous les détails.

— J'ai toujours su que tout irait bien, murmurai-je en lui prenant la main. J'étais avec toi. Jamais je ne te quitterai. J'étais là pour être fort quand tu étais en faiblesse.

— Et je ne t'en aime que davantage. Mais je veux être forte pour toi, moi aussi. Je ne peux pas rester toujours la plus faible de nous deux.

— Je ne veux que toi. À n'importe quelle condition. Mais je suis content que tu sois heureuse et que tu te sentes forte. Je veux que tu sois heureuse, parce que, avec toi, la vie est parfaite.

Della renifla un peu, puis sourit.

— Il faut manger, mais franchement j'hésite entre te forcer à me faire de nouveau l'amour et pleurer tellement ce que tu dis est gentil.

Je l'attirai contre moi.

— Bébé, si tu veux que je vienne en toi, tu n'as qu'à me faire signe, chuchotai-je avant de l'embrasser. Le repas peut bien attendre…

— Je te veux encore en moi.

Cette fois, j'étais bien décidé à atteindre la chambre à coucher, où j'avais fait quelques préparatifs. Devant la porte, je m'écartai pour la laisser entrer. Della poussa une petite exclamation de surprise : la chambre était parsemée de bougies et le lit couvert de pétales de rose rouges et roses. Elle fit volte-face avec un sourire mutin.

— Moi qui croyais que j'allais devoir chasser une autre fille à grands coups de pied au cul ! C'est ce que j'ai pensé en apercevant les bougies depuis l'extérieur.

Je ris avec elle.

— Hum… Je trouve terriblement sexy que tu sois prête à te battre pour moi, mais jamais je ne toucherais une autre femme que toi. Et encore moins dans cette pièce. C'est notre chambre.

— Je crois que Braden et Tripp m'ont laissée croire que tu avais une nouvelle copine, soupira-t-elle.

— On dirait bien, répondis-je, la bouche contre ses cheveux.

— Je devrais leur botter les fesses. J'étais prêt à botter celles d'une femme inexistante. Ils n'auraient que ce qu'ils méritent.

En riant, je la pris dans mes bras et la portai jusqu'au lit, où je la couchai sur un tapis de pétales de rose. Elle était splendide.

— Retire ta robe.

Elle s'assit pour l'enlever. Elle n'avait pas pris la peine de remettre sa culotte ni son soutien-gorge, qui se trouvaient toujours dans l'entrée. Elle était nue.

— C'est bien. Maintenant, allonge-toi et écarte les cuisses.

Elle obéit avec docilité. L'intérieur de ses jambes était encore maculé de ma jouissance. Sa chatte humide était toute gonflée de nos ébats sauvages. Je retirai ma chemise et mon bermuda pour m'agenouiller entre ses jambes et, lorsque je touchai du doigt la chaleur soyeuse de son sexe, son corps entier se mit à trembler.

— Tu ruisselles encore de mon sperme, fis-je remarquer en caressant son clitoris.

Elle en eut le souffle coupé et cambra les reins vers moi.

— Tu ne peux pas imaginer à quel point ça m'excite de regarder mon sperme couler sur toi.

Je plongeai un doigt en elle, puis le ressortis pour maculer de ma semence l'intérieur de ses cuisses. Le monstre de possessivité qui dormait en moi se mit à rugir.

— Je veux te marquer, grondai-je en glissant de nouveau un doigt en elle.

— Oh, Woods! gémit-elle en se frottant contre ma paume. Oui, s'il te plaît.

Je m'avançai au-dessus d'elle et taquinai l'entrée de son sexe avec l'extrémité de mon pénis. Avec un cri frustré, elle tenta de s'approcher encore. Lentement, je me glissai en elle pour l'emplir complètement.

— Tu es mon ticket gagnant, Della. Je suis prêt à tout perdre pour toi. Je ne veux que toi. Je suis tout en toi, bébé. Je veux vivre toute ma vie avec toi. Tu es mon avenir.

Ses jambes vinrent s'enrouler autour de ma taille et elle me sourit.

— Ça a commencé. C'est le début. Emmène-moi jusqu'au sommet, Woods.

Baissant la tête contre son épaule, je commençai de lents va-et-vient en elle. Haletant, nous montions pas à pas vers le plaisir qui nous attendait, ce sommet que nous ne pouvions atteindre qu'ensemble.

— Maintenant, Della! ordonnai-je, me sentant prêt à exploser. Jouis avec moi!

Le cri étranglé qui jaillit de sa gorge quand elle commença à me lacérer le dos de ses ongles suffit à me faire décoller à mon tour pour le septième ciel.

Della

La première chose que je vis en me réveillant fut le regard de Woods. Il était déjà réveillé. La lueur dans ses yeux me donnait l'impression d'être précieuse. Comme un joyau qu'il voulait protéger.

— Bonjour, murmura-t-il, sans cesser de me caresser le bras du bout de son doigt, aussi léger qu'une plume.

— Bonjour, répondis-je avec un sourire paresseux. Tu es réveillé depuis longtemps ?

— Tu veux savoir depuis combien de temps je te regarde dormir, c'est ça ? se moqua-t-il.

— Hum, aussi.

— Une heure, environ. Quand je me suis réveillé, tu étais si belle, lovée contre moi, que je n'ai pas eu le cœur de me rendormir. Pourquoi perdre du temps aussi bêtement alors que je pouvais te regarder à loisir ?

Mon cœur se mit à battre plus fort.

— Vous êtes un beau parleur, monsieur Kerrington.

— Tu crois ?

— C'est sûr.

— Tant mieux, parce que je voulais te demander de me raconter tes deux dernières semaines dans les moindres détails.

— Je croyais que tu étais déjà au courant de tout.

Ce devait surtout être Tripp qui l'avait tenu informé, car je n'avais rejoint Braden que tardivement.

— Je sais ce que Tripp et Braden m'ont raconté, mais je veux entendre ta version.

Braden et Tripp avaient donc été complices. Comment leur en vouloir, alors que je me trouvais entre les bras de Woods. C'était grâce à eux que j'étais revenue. Ils m'avaient poussée à affronter mes peurs.

— J'ai failli ne jamais revenir. J'avais peur de te faire face. Je craignais que tu ne veuilles plus de moi. Ce sont Braden et Tripp qui m'ont convaincue.

Avec un sourire, Woods coinça une mèche de cheveux derrière mon oreille.

— Ma chérie, je serais venu te chercher. Le délai était presque écoulé. J'avais annoncé à Braden que je te laissais encore quarante-huit heures. J'étais sur le point de faire mon sac quand Tripp m'a appelé. Comprends-moi bien : je suis heureux que tu sois revenue de toi-même, mais il était hors de question que je reste à t'attendre plus longtemps sans rien faire. Deux semaines, c'était mon maximum. Je voulais te retrouver.

Il voulait venir me chercher. C'était pour ça que Braden avait autant insisté pour que la décision vienne de moi. Elle voulait s'assurer que c'était bien ce que je voulais.

— Je ne sais pas trop ce que j'ai fait pour mériter une amie comme Braden, mais je suis drôlement contente.

Woods déposa un baiser sur le bout de mon nez.

— Par moments, j'ai envisagé de l'enfermer dans un placard, juste le temps de t'enlever et de m'enfuir avec toi.

En riant, je me blottis contre lui.

— Mais je suis rentrée, finalement.

— Oui. Et c'est merveilleux.

Il voulait savoir tout ce qui m'était arrivé, et moi, je voulais tout lui raconter.

— Sais-tu que j'ai été adoptée ?

Il acquiesça.

— Eh bien, j'ai rencontré mes deux parents. J'ai même rencontré la famille de Glenda... C'est le nom de ma mère biologique. Elle a une fille et un garçon. Son mari était plutôt du genre discret, mais gentil. J'ai surtout passé mon temps à regarder leur fille, en me demandant si j'aurais eu un caractère aussi indépendant et extraverti en ayant connu la même vie qu'elle. Et aussi, j'ai les yeux de mon père adoptif. Il s'appelle Nile. C'était un peu le tombeur, au lycée. Même vingt ans plus tard, on comprend pourquoi. Il est très beau et je crois qu'il est encore un tout petit peu amoureux de Glenda. C'est bizarre, mais j'essaie de ne pas trop y penser.

Je racontai dans le détail mes rencontres avec ces gens qui m'avaient donné la vie. Je n'avais pas été très bavarde avec Braden, qui n'avait pas insisté. En revanche, je voulais que Woods soit au courant de tout. Je voulais qu'il sache que Nile fumait le cigare et que Glenda avait pris des cours de chant, quand elle était plus jeune, parce qu'elle voulait devenir chanteuse de country.

Au bout d'un moment, Woods se cala confortablement contre la tête de lit et me prit dans ses bras. Il dessinait des petits cercles sur la paume de main, sans jamais m'interrompre. Alors, je continuais.

Je lui parlais de mes peurs et des raisons qui m'avaient poussée à le quitter. De mes terreurs nocturnes qui avaient disparu. J'en avais fini de me réveiller en hurlant. J'étais guérie. J'espérais même devenir mère, un jour. J'avais envie de tant de choses dont j'avais si peur autrefois. Lorsque Woods posa une main sur mon ventre, ce fut comme si je fondais.

— Un jour, je voudrais qu'un bébé grandisse bien au chaud, là-dedans.

— Moi aussi, répondis-je en posant ma main sur la sienne.

Nous restâmes ainsi en silence pendant quelque temps. Je lui avais tout raconté, jusqu'au moindre sentiment et à la dernière de mes peurs. Il savait tout. Et il m'aimait. Malgré tout cela, il m'aimait.

— Della…, commença-t-il soudain d'une voix rauque.

— Oui ?

— J'ai un peu de mal à me faire à l'idée que tu étais assise à l'arrière de la moto de Tripp, avec tes bras autour de sa taille. Que tu dormais dans le même lit que lui et que c'est lui qui te serrait quand tu avais peur… Il va me falloir du temps pour accepter. Je lui suis reconnaissant de s'être occupé de toi, mais c'était à moi de le faire. Je préférerais ne pas le voir pendant un temps. J'ai besoin de digérer tout ça.

Je me tournai pour lui faire face.

— Je n'ai jamais envisagé les choses comme ça. Je n'éprouve pas le moindre sentiment pour Tripp. Je ne pensais qu'à toi.

— Je sais. C'est d'ailleurs ce qui le sauve, même si cela ne change rien au fait que je suis un homme possessif, particulièrement en ce qui te concerne.

Il pouvait se montrer si gentil et romantique, à certains moments, et si viril et macho, à d'autres. Je me mis à genoux avec un petit sourire coquin.

— Voyons voir si j'arrive à t'enlever cette image de la tête, soufflai-je en commençant à lui embrasser le torse avant de me glisser entre ses jambes.

Il était plus que prêt lorsque j'arrivai à son ventre ferme et plat. Je pris dans ma main son membre épais et rigide et passai ma langue sur son extrémité.

— Bébé..., gémit-il avec un tressaillement.

— Mmh, fis-je en le prenant dans ma bouche jusqu'au fond de ma gorge, ce qui me donna un léger haut-le-cœur.

Woods adorait ça. Il posa ses deux mains sur mes cheveux.

— Ah, c'est bon, bébé. C'est tellement bon. Prends-la jusqu'au bout. Oui, c'est ça. Au fond de ta gorge.

Sa voix était rauque de plaisir. Je continuai à le caresser dans ma bouche, tandis qu'il m'encourageait. Je voulais qu'il garde cet instant gravé dans sa mémoire, afin d'y repenser chaque fois que l'image de moi et Tripp viendrait le tarauder. Je voulais lui rappeler que j'étais à lui, qu'il n'avait pas besoin de s'inquiéter. Mon corps n'était programmé que pour lui.

— Viens voir par ici, demanda-t-il soudain. Je vais jouir dans ta bouche, si tu continues comme ça.

Je voulais qu'il jouisse dans ma bouche. Prenant appui sur ses jambes, je continuai à le caresser, enfonçant son sexe aussi loin que possible, puis suçant son extrémité sensible. Lorsque Woods resserra son emprise dans mes cheveux, je sentis mon sexe se contracter.

— Je vais jouir. Ta petite bouche n'attend que ça, hein ? Vas-y ! Ta bouche m'appartient aussi.

Tenant ma tête à deux mains, il laissa exploser sa jouissance avec un cri rauque, exactement comme nous le désirions tous les deux.

Lorsque je sentis ses mains lâcher mes cheveux, je laissai doucement sa queue glisser entre mes lèvres, puis la repris une dernière fois dans ma bouche.

— Putain, bébé, arrête, tu vas me tuer, gémit-il. Arrête.

Il m'écarta de sa chair sensible et me serra contre lui, le temps de reprendre son souffle. Je commençai à tracer de petits cœurs autour de son téton.

— Woods ? demandai-je.
— Oui, mon amour ?
— La prochaine fois que tu penses à moi avec Tripp, je veux que tu te souviennes de cet instant, d'accord ?
Il me serra contre lui avec un petit rire.
— O.K., c'est promis.
— Parfait.

Woods

Jimmy avait également prévu le petit déjeuner ; tout était prêt dans le réfrigérateur. Tandis que Della finissait de s'habiller, après que je me fus délecté de son corps sous la douche, j'allai tout préparer.

Je débarrassai la table de la veille et mis à réchauffer une gaufre, que je tartinai ensuite de marmelade d'orange, avant de saupoudrer le tout d'amandes effilées. Je préparai également un ramequin de yaourt brassé au miel, quelques figues fraîches et des petits fromages de chèvre frais avec des toasts. Selon Jimmy, c'était ce que Della commandait souvent lorsqu'elle prenait son petit déjeuner au club.

Della apparut dans la salle à manger vêtue d'un des tailleurs qu'elle portait habituellement au travail. Parfait. Il était temps que j'aborde avec elle la question du nouveau conseil d'administration.

— Je vais reprendre le travail dès aujourd'hui, si tu n'y vois pas d'inconvénient, annonça-t-elle en terminant de coiffer ses cheveux en un chignon sexy.

— C'est toi qui décides, répondis-je en lui tirant sa chaise.

Découvrant soudain les mets que j'avais préparés, elle me regarda avec un petit sourire.

— Toi, tu as demandé de l'aide à Jimmy…

Inutile de nier.

— Je voulais que tout soit parfait.

— Tout est toujours parfait, avec toi, m'assura-t-elle en déposant un petit baiser sur mes lèvres, avant de s'asseoir avec un soupir d'aise. Je meurs de faim.

— Après une nuit torride d'intense activité physique, c'est compréhensible.

Assis en face d'elle, je la vis croquer dans une figue en rougissant légèrement. Pour ma part, je me contentai d'une gaufre au sucre. Les petits déjeuners royaux n'étaient pas trop mon genre. Tout en mâchant, je la regardais savourer ce que j'avais préparé pour elle. Après une gorgée de café, je décidai d'entrer directement dans le vif du sujet.

— J'ai viré les membres du conseil et j'en ai embauché de nouveaux. Des gens dont l'opinion a de la valeur à mes yeux.

Della posa sa fourchette.

— Bravo! C'est toi le patron, après tout. Tu as besoin de tes proches pour mener cette barque.

J'étais heureux de sa réaction. Je n'en attendais pas moins d'elle.

— Je voudrais que tu entres au conseil, Della.

Elle reposa brusquement le verre de jus de fruits qu'elle s'apprêtait à porter à ses lèvres pour me regarder comme si je venais de parler en chinois.

— Quoi?

— Je veux que tu sièges au conseil. J'ai déjà préparé tous les documents. Tu n'as plus qu'à signer.

— Ce n'est peut-être pas une bonne idée. Je veux dire, plus tard, peut-être, quand tu seras sûr, mais pour l'instant... C'est un peu précipité. Il y a trois semaines à peine, Jace et toi étiez quand même encore inquiets de ma... santé mentale et des problèmes que cela engendrait. Je ne peux pas accepter. Je vais mieux, mais je pourrais faire une rechute. Tu ne peux pas prendre un tel risque et je sais que tes amis sont de cet avis. J'ai entendu Jace le dire. Il va vouloir s'assurer par lui-même que mon état s'améliore.

Cette foutue conversation qu'elle avait surprise dans l'escalier m'était complètement sortie de la tête. Je vins m'agenouiller devant elle.

— Della, je veux que tu m'écoutes attentivement. Ce que tu as entendu, ce n'était pas ce que tu crois. Ce n'était pas de toi qu'il s'agissait. Jamais. Nous parlions de ma mère. Elle avait appelé tous les membres du conseil pour foutre la merde. C'était d'elle que nous discutions, car, contrairement à toi, elle est véritablement folle. Bébé, jamais je ne dirais une chose pareille de toi et jamais je ne laisserais quiconque t'insulter de la sorte.

Je lus aussitôt le soulagement dans son regard. Elle me croyait. Elle n'avait pas évoqué l'affaire la veille et, moi, j'étais si éperdu de bonheur que j'avais complètement oublié. Pourtant, alors même qu'elle était entre mes bras, elle y pensait. Cela donnait à réfléchir.

— Oh, répondit-elle simplement.

Avec un sourire, je me relevai pour l'embrasser.

— Comme tu dis. Oh.

— J'aurais dû t'en parler aussitôt, mais j'avais... Je ne voulais pas entendre la vérité. J'avais trop peur.

— Tu ne dois jamais avoir peur d'entendre la vérité de ma bouche.

— Je suis désolée de ne pas t'avoir posé la question.

— Et moi, je suis navré que tu aies pu penser qu'on parlait de toi.

Elle resta un moment silencieuse à se regarder les ongles, puis murmura :

— Dans ce cas... Je veux bien siéger à ton conseil d'administration.

— Génial. J'ai tant besoin de toi à mes côtés.

Elle termina son petit déjeuner, tandis que je me forçais à finir ma gaufre. J'aurais pu passer ma vie à la regarder. J'allais avoir du mal à la quitter des yeux aujourd'hui.

En entendant les portes de l'ascenseur s'ouvrir, Vince leva la tête vers moi et était sur le point de m'accueillir avec quelque parole de bienvenue, lorsqu'il s'arrêta soudain et m'observa avec attention.

— Mlle Della est revenue, alors.

— En effet. Qui vous l'a dit ?

— Je suis peut-être vieux, Woods, mais pas aveugle, répondit-il en riant. Ça se voit comme le nez au milieu de la figure.

Je ne pus dissimuler le large sourire qui se dessina malgré moi sur mon visage. Je passai la matinée à consulter deux ou trois documents urgents et à passer quelques coups de fil. Juste avant le déjeuner, Della se glissa dans mon bureau avec un petit sourire sexy qui risquait de lui attirer de sérieux ennuis. Si elle ne faisait pas attention, j'allais encore être obligé de la prendre sur mon bureau.

— Tu m'as manqué, ronronna-t-elle.

— Toi plus encore. Viens voir par là.

Je lui tendis la main et l'attirai sur mes genoux.

— As-tu passé une bonne matinée ?

— Oui. Et toi ?

— Ça aurait pu être mieux, répondis-je en glissant ma main sous sa jupe.

Elle s'agita sur mes genoux et me donna une tape.

— Tiens-toi tranquille ! me gronda-t-elle en riant. J'ai des questions professionnelles à régler avec toi.

Elle tenta de se relever, mais je la retins.

— Vas-y, continue à gigoter comme ça, ce n'est pas désagréable.

— Tu es incorrigible ! protesta-t-elle en m'empêchant de glisser ma main entre ses cuisses.

— J'ai trois semaines à rattraper.

— Monsieur Kerrington ? demanda soudain la voix de Vince dans l'interphone. M. Rush Finlay est arrivé.

— Bon sang, Rush ! Je l'avais complètement oublié. Il vient me donner le numéro du compte de Nate, pour que j'y verse le salaire de Dean.

Della bondit sur ses pieds et tira sur sa jupe.

— Faites-le entrer, répondis-je en la regardant remettre de l'ordre dans ses vêtements.

Elle ne perdait rien pour attendre. Dès que Rush serait parti, j'avais bien l'intention de froisser un peu sa jupe. Rush entra, tenant Nate dans ses bras, un sac à langer en bandoulière. J'avais du mal à m'y faire. Rush Finlay, fils d'un voyou superstar du rock, avec un bébé et un sac à langer.

— Oh, tu as amené Nate ! s'exclama Della, ravie.

Avec intérêt, je la vis s'approcher de Rush pour lui prendre Nate des bras. Elle se dirigea ensuite vers le canapé en faisant des petits bruits qui firent bientôt rire le bébé aux éclats. Rush poussa un petit gloussement amusé qui me ramena à la réalité.

— On dirait qu'elle aime les bébés..., fit-il remarquer avec un sourire narquois.

Je le découvrais moi-même. La scène avait quelque chose de plaisant. J'allais avoir du mal à me concentrer sur Rush.

— Oui, on dirait, marmonnai-je.

— Quand est-elle rentrée ? À moins que tu ne sois parti à sa recherche ?

— Hier soir. C'est elle qui est rentrée.

— Je t'avais bien dit que la partie n'était pas terminée..., rappela-t-il en s'asseyant en face de moi. Dis, tu veux bien arrêter de la sauter mentalement alors qu'elle tient mon fils dans ses bras ?

Mon regard agacé sembla l'amuser.

— Je t'ai apporté les documents pour le compte de Nate. Tu n'as qu'à verser également mon salaire dessus.

— D'accord. Je vais mettre en place les virements dès aujourd'hui.

— Si ça ne t'embête pas, je vais rester cinq minutes, soupira-t-il. Della semble beaucoup s'amuser et je suis claqué. Grant est passé me voir hier soir et nous avons dû régler quelques emmerdes.

— Nan est revenue ?

— Ouais, elle est revenue, soupira-t-il de nouveau en se massant les tempes.

— Dur…

— Je ne te le fais pas dire.

Della

Ce jour-là, Nile devait arriver à Rosemary avec sa famille. Il était prévu qu'ils logent tous dans l'une des villas situées sur la propriété du club. Nile avait insisté pour payer la location, mais Woods avait réussi, sans trop que je sache comment, à le convaincre du contraire.

J'étais impatiente de présenter Nile à Woods et curieuse de savoir ce qu'il penserait de lui. Au fond de moi, je voulais aussi lui prouver que le sang qui coulait dans mes veines provenait de gens normaux. Moi-même, j'avais tendance à l'oublier.

— Tu es magnifique, arrête de t'agiter, me répéta Woods. Rien ne pourra te rendre plus belle que tu ne l'es déjà.

Il me prit les deux mains pour m'empêcher de baisser le miroir de courtoisie une énième fois.

— C'est idiot, je sais. Pardon. C'est juste que… Je n'ai pas encore rencontré la famille de Nile. Ses filles… Ce sont mes sœurs.

— Et elles sont sur le point de découvrir qu'elles ont la grande sœur la plus belle, la plus talentueuse, la plus gentille et la plus intelligente du monde. Alors arrête. Respire un bon coup et répète-toi que tu es une femme incroyable et que ces gens ont de la chance de pouvoir être assis dans la même pièce que toi.

Woods savait se montrer tellement adorable.

— Je t'aurais bien embrassé, mais ça risque de nous décoiffer.

Woods éclata de rire et se gara devant l'entrée du club, où nous devions dîner avec Nile et sa famille.

— Je suis prêt à être décoiffé chaque fois que tu voudras poser ces belles lèvres pulpeuses sur les miennes.

— Je garde l'idée en tête pour plus tard, mon beau, répondis-je, tandis que Bradley, le voiturier du club, m'ouvrait la portière.

Je l'avais embauché un mois plus tôt et j'étais satisfaite de voir que sa période d'essai se déroulait bien.

— Bonsoir, mademoiselle Sloane, me lança-t-il, une étincelle dans les yeux. Vous êtes ravissante, ce soir.

— Elle est toujours ravissante, répliqua Woods en me prenant la main. Du vent, Bradley.

— Le pauvre, le grondai-je, tandis que nous nous éloignions. Tu lui as fichu une de ces trouilles.

— Tant mieux.

À quoi bon ? pensai-je en cherchant tant bien que mal à dissimuler un sourire béat.

— Bonsoir, monsieur Kerrington, lança Jimmy dès que nous franchîmes la porte du restaurant. Par ici, je vous prie. Vos invités sont déjà arrivés.

Il m'adressa un rapide clin d'œil, avant de nous conduire vers une seconde salle, réservée aux invités de marque et aux soirées privées. Woods avait demandé qu'on nous mette à l'écart, pour plus d'intimité.

Nile se leva en nous voyant entrer. Woods me serra la main pour me rassurer.

— Bonsoir, Nile. Woods, je te présente Nile Andrews. Nile, voici Woods Kerrington.

Ils se serrèrent la main, puis Nile le remercia pour la villa, qui, connaissant Woods, devait être très impressionnante. En jetant un regard vers la table, je vis trois filles qui m'observaient avec attention, chacune affichant une expression différente, de la nervosité à la curiosité.

— Della, je te présente ma femme, Jillian.

Jillian était une femme grande et mince avec de longs cheveux auburn. Son teint de rousse était d'un blanc d'ivoire et elle avait les yeux noisette.

— Je suis tellement contente de vous rencontrer, Della. Nile m'a beaucoup parlé de vous et j'étais très impatiente de vous connaître, tout comme les filles.

Son regard était très doux. Ses hautes pommettes et sa stature évoquaient une femme de la haute société élitiste, mais Jillian était cordiale et simple. Exactement l'épouse que j'aurais imaginée pour Nile. Je ne parvenais pas à l'envisager avec Glenda. Ils étaient trop différents.

— Je suis heureuse que vous soyez tous venus, dis-je en regardant de nouveau les filles, qui avaient toutes les cheveux et les yeux de leur mère.

— Della, voici Jasmine, Jocelyne et July, annonça Nile, en s'approchant sur ma gauche. Les filles, voici votre sœur, Della.

Je fus surprise de l'entendre me présenter comme leur sœur, sans parvenir à comprendre l'émotion que cela éveillait en moi.

— Ravie de vous rencontrer !

— J'adore ta robe. C'est une Marc Jacobs ? J'en ai vu une exactement comme ça dans la nouvelle collection, c'est sûr.

— Tu as les mêmes yeux que Papa. J'ai toujours voulu avoir ses yeux.

— Tu vis sur cette plage ?

Elles s'étaient mises à parler toutes les trois en même temps. Un peu dépassée, j'étais néanmoins heureuse d'une telle spontanéité. Je décidai de faire les choses dans l'ordre et commençai par répondre à Jasmine :

— Je n'ai pas la moindre idée de qui est Marc Jacobs. J'ai acheté cette robe lors d'une virée shopping avec ma meilleure amie, dans une friperie d'Atlanta.

Je vis la fascination dans son regard à l'idée que je puisse me vêtir dans une friperie.

— J'ai bien hérité des yeux de ton père. C'est une agréable surprise, mais les tiens sont tout aussi jolis. Et puis, tu as les mêmes superbes cheveux que ta maman.

Jocelyne rosit d'une façon adorable. Ce devait être elle la plus timide des trois.

— Et oui, je vis sur cette plage, répondis-je enfin à July. C'est un endroit magnifique.

La riposte ne se fit pas attendre.

— Tu fais toujours ton shopping en friperie ? Je me suis toujours demandé comment c'était, à l'intérieur.

— Je joue du piano. Tu sais jouer du piano ?

— Est-ce que tu fais du surf ? J'ai toujours rêvé d'essayer.

— Les filles ! Les filles ! intervint Jillian. Laissez Della s'asseoir et respirer un peu. Vous aurez largement le temps de la cuisiner plus tard, mais évitez pour commencer de l'effrayer.

Woods me tira ma chaise, puis s'assit à côté de moi. Je me trouvais en face de Jillian, et lui, en face de Nile. June était assise à ma droite. Jimmy s'approcha alors avec un plateau.

— Votre thé glacé, mademoiselle Sloane, annonça-t-il en déposant un grand verre devant moi.

Je vis bien que Nile était impressionné de voir Jimmy nous apporter des boissons et des mises en bouche sans que nous ayons rien commandé.

— Merci, Jimmy, dis-je avec bonne humeur.

Il m'adressa un rapide sourire avant de repartir.

— Il est craquant! s'extasia Jasmine. Quand je suis arrivée, il m'a fait un clin d'œil!

Je me retins de sourire. Jimmy était très mignon et savait mettre la gent féminine à ses pieds, tous âges confondus. Et pendant que Madame l'admirait en douce, lui reluquait Monsieur. Je l'avais d'ailleurs surpris en train de mater les fesses de Woods à plus d'une reprise.

— Jasmine, s'il te plaît! la réprimanda Nile, l'air mécontent.

— Désolée, marmonna la jeune fille.

— July vient de me donner un coup de pied! intervint alors Jocelyne en croisant les bras d'un air boudeur. Je lui demandais juste de me passer le pain et elle m'a tapée!

— Les filles, les filles! Ça suffit! intervint de nouveau Jillian en me lançant un regard désolé. Elles ont passé la journée dans la voiture et elles étaient déjà surexcitées à l'idée de venir ici et de vous rencontrer.

— Je suis fascinée. Je n'ai jamais fréquenté de petites filles et je n'ai jamais eu de sœur. C'est très intéressant.

Le rire de Jillian me fit penser à un carillon de cristal.

— Vous changerez peut-être d'avis d'ici la fin du repas!

La main de Woods vint se poser sur ma cuisse. J'étais seule la première fois que j'avais rencontré Nile. À présent, j'étais heureuse que Woods soit à mon côté.

— Je viens de proposer à Nile de jouer au golf avec moi, demain matin, m'expliqua-t-il en se penchant vers moi. J'espère que ça ne t'embête pas.

J'étais ravie qu'il cherche à mieux le connaître.

— Pas du tout, au contraire.

— Vous êtes mariés? demanda de but en blanc l'une des filles.

Lorsque je levai les yeux vers elles, j'aperçus Jocelyne donner un grand coup de coude à July.

— Elle ne porte pas de bague, siffla Jocelyne. Et puis, ça ne se demande pas !

— Non, nous ne sommes pas mariés, répondis-je, incapable de retenir un sourire.

Leurs querelles incessantes me faisaient regretter de ne pas avoir eu de sœur.

— Pourquoi ? demanda June. Tu vis avec lui, non ?

— July ! protesta sa mère.

— Ce n'est pas grave, je vous assure. Leurs questions ne me dérangent pas, au contraire. Oui, July, je vis avec lui. C'est mon petit ami.

— Maman et Papa ont vécu deux ans ensemble avant de se marier, annonça Jasmine avec importance.

Jillian eut soudain le rouge aux joues, mais elle ne put cacher son amusement.

— Vous feriez mieux d'arrêter d'écouter les conversations des adultes, toutes les trois. Parfois, vous en savez trop pour votre âge.

— Ça veut dire que vous allez vous marier ? demanda encore July.

Elles ne semblaient pas prêtes à changer de sujet.

— Peut-être que je me marierai un jour. Pour l'instant, je n'en sais rien.

— Et si on posait à Della des questions qui ne concernent pas sa vie amoureuse ? demanda Nile d'une voix sévère. D'accord, les filles ?

Les trois filles hochèrent la tête, visiblement déçues.

— Moi aussi, j'ai un petit ami ! annonça soudain July. On peut parler de lui ?

— Bien sûr. Je suis très curieuse de savoir qui c'est.

Jasmine poussa un long soupir.

— Ça y est, c'est reparti...

Woods

Della s'entendait bien avec Nile et sa famille, bien plus que je ne l'aurais imaginé. Surtout avec les triplettes, qu'elle intriguait visiblement beaucoup. J'avais été très ému de les regarder, tous ensemble, pendant le repas, mais aussi fasciné : Della aurait pu avoir une vie normale. Son père était quelqu'un de bien.

J'avais aussi observé Nile, au cours de la soirée : lui n'avait pas quitté Della et ses trois filles des yeux. Difficile de ne pas voir l'expression ravie sur son visage. Peut-être Della ne le considérerait-elle jamais vraiment comme son père, mais j'avais bon espoir qu'elle réussisse à forger avec lui et sa famille un lien stable. Elle en avait besoin.

— Alors, que penses-tu d'eux? me demanda Della, une fois à la maison.

Elle était restée très silencieuse pendant tout le trajet du retour et je l'avais laissée à ses pensées. Elle avait déjà assez de choses à trier dans sa tête, sans que j'aie besoin de lui tirer les vers du nez.

— Je pense que c'est un chic type et un bon père. Les filles semblent bien dans leur peau et tu les fascines vraiment.

Elle ne put retenir un sourire tandis qu'elle retirait ses escarpins.

— J'aime bien les triplettes. Chacune a sa propre personnalité. C'est un peu comme si, à trois, elles formaient une personne complète. Je me demande ce que ça fait d'avoir en permanence à ses côtés quelqu'un qu'on peut taquiner, voire rudoyer un peu, tout en restant certain de son amour, même si le monde entier devait se retourner contre soi.

Je me glissai derrière elle et passai mes bras autour de sa taille.

— Je suis toujours avec toi, moi. Tu peux même me rudoyer un peu... Tu pourrais même me gifler, d'ailleurs, ça ne me ferait pas bouger d'un pouce. Je resterais à tes côtés pour affronter le monde avec toi.

Della s'adossa à moi et posa ses mains sur les miennes.

— Je sais. Mais je parlais de l'enfance. Avoir un frère ou une sœur, quelqu'un pour prendre ton parti.

Je comprenais parfaitement. Avec tristesse, je repensais à cette petite fille si seule qui avait dû affronter chaque jour une mère folle à lier.

— Tu as quand même trouvé Braden.

— C'est Braden qui m'a trouvée, mais tu as raison. Elle m'a toujours soutenue.

— Je suis content que ce soit ton amie. Elle t'aime presque autant que je t'aime.

— Si elle t'entendait, elle se battrait bec et ongles pour t'arracher le titre ! s'esclaffa Della.

Comment Braden réagirait-elle lorsque je demanderais Della en mariage ? Allait-elle me harceler de questions pour s'assurer que j'avais bien l'intention de traiter Della comme une princesse ? Elle se manifesterait certainement, le moment venu. La vraie question restait de savoir quand ce moment serait venu.

J'aimais Della et personne ne viendrait jamais prendre sa place dans mon cœur. C'était la femme de ma vie.

Toutefois, le mariage était un engagement qui m'effrayait un peu. J'avais été prêt à lui faire ma demande avant son départ. À présent, je savais avec quelle facilité elle pouvait détruire mon univers. Serais-je capable de supporter de nouveau une telle épreuve, si Della devenait ma femme ? Le mariage risquait de me rendre encore plus vulnérable. J'avais besoin de temps pour simplement m'habituer au fait qu'elle était revenue et que je vivais à présent avec une Della qui ne se réveillait plus en hurlant et pour laquelle je ne devais plus m'inquiéter en permanence.

— Je t'aime, chuchota-t-elle, tandis que nous restions enlacés.

— Je t'aime encore plus.

C'était la vérité. C'était même ça qui m'empêchait de faire ma demande. C'était ma plus grande réticence : je l'aimais plus qu'elle ne m'aimait.

Soudain, on frappa à la porte. Della se retourna pour me regarder.

— Qui est-ce que ça peut bien être ?
— Aucune idée. Je vais voir.

Quand j'ouvris la porte, Jace faisait les cent pas sur le perron. En me voyant, il se précipita vers moi, puis secoua la tête et se remit à tourner comme un fauve en cage. Il y avait une femme là-dessous. Je jetai un rapide coup d'œil à Della, qui s'était avancée dans le couloir.

— Je crois que Jace a besoin de discuter un peu, lui lançai-je. On est dehors, si tu as besoin de moi.

Le front soucieux, elle acquiesça. Je fermai la porte derrière moi.

— Il s'est passé quelque chose avec Bethy ? demandai-je.

Il arrêta ses allées et venues pour fourrer les mains dans ses poches.

— Elle était d'accord pour se marier. Je lui en avais plus ou moins parlé et elle était d'accord. Mais, depuis quelques jours, elle se comporte bizarrement, si bien que j'ai laissé tomber cette histoire de mariage. Je pensais que c'était ça qui la rendait dingue. Mais c'est de pire en pire ! Qu'est-ce que je dois faire ? Je ne peux pas l'épouser si elle n'est pas prête. En tout cas, je ne vais certainement pas lui demander. Je ne sais pas ce qui m'a pris. Ce n'est pas parce que Rush et Blaire jouent au papa et à la maman que nous sommes tous prêts à sauter le pas.

Bon, j'en avais pour un bout de temps, à en croire son ton désespéré. Je m'installai sur la balancelle.

— Tu as changé d'avis pour le mariage ? On dirait que ça a surtout fait peur à Bethy. Peut-être avez-vous tous les deux besoin d'un peu plus de temps ensemble avant de passer par la case mariage, c'est tout.

— Ouais, c'est ce que j'ai cru aussi, répondit Jace avec un rire sans joie. Mais elle est devenue... comme avant.

— Comme avant ?

— Oui, comme avant. Tu sais : elle boit et elle veut tout le temps sortir. Elle ne voit presque plus Blaire, parce qu'elle prétend que ça la rend triste. Elle voudrait la même vie qu'elle, mais affirme que c'est trop rare. Qu'on ne peut pas la prendre comme exemple. Je n'y comprends rien ! Je me suis battu deux fois dans un bar, la semaine dernière. Tu imagines ? Je ne me bats jamais, bordel ! Mais elle m'oblige à sauver son cul quand elle est bourrée et que d'autres gars commencent à devenir collants.

Je repensai à Della en train de jouer avec Nate. Elle avait semblé très heureuse, mais n'avait pas parlé de faire un bébé après. Jamais elle ne demandait plus que ce qu'elle avait. Je ne savais pas trop ce que je ferais dans le cas contraire. Sans doute serais-je incapable de lui refuser quoi que ce soit.

— Est-ce que tu aimes Bethy ? Pour toujours ? Le meilleur et le pire ? Est-ce que c'est la femme avec laquelle tu te vois passer ta vie ?

— Avant, oui. Avant tout ça. Je pensais qu'on était prêts. Maintenant, elle a changé. Elle se comporte comme... comme avant. Comme quand tout ce qui m'intéressait, c'était de la sauter, parce qu'elle était chaude et qu'on se marrait bien. J'étais accro. Ensuite, quand elle a fait mine de m'éviter, j'ai foncé dans les barrières qu'elle dressait entre nous, parce que j'avais commencé à m'attacher à elle. Je voulais plus que son cul.

Tout le monde connaissait déjà l'histoire. Personne n'avait rien vu venir. Jace était un gosse de riche, tandis que Bethy avait grandi dans un mobile home. Personne n'aurait pensé que ces deux-là finiraient ensemble. Jusqu'au jour où...

— Peut-être qu'elle recommence : elle met des barrières pour te forcer à la choisir, elle.

Jace s'assit lourdement sur un banc, la tête entre les mains.

— Si c'était le cas, il me suffirait de la demander en mariage. Ce serait tellement simple. Parce que je l'aime. Mais je crois qu'elle me cache quelque chose. Je ne sais pas quoi. Je fais comme si de rien n'était mais parfois c'est comme si elle s'éloignait de moi. C'est rare, mais je l'ai déjà remarqué. Je ne peux jamais savoir quand ça va me tomber dessus et je ne sais pas d'où ça vient. C'est comme ça. Et puis, elle revient, le lendemain ou quelques jours plus tard, et je retrouve ma Bethy. C'est juste que... Il faudrait qu'elle soit honnête avec moi. Qu'elle m'explique ce qui la tracasse et pourquoi elle se sent obligée de se pointer dans un bar habillée comme une fille à cow-boys. J'en ai ras le bol de me foutre sur la gueule avec des types plus grands que moi.

Della ne ferait jamais une chose pareille. Je ne pouvais pas grand-chose pour Jace. En revanche, j'étais certain qu'il devait attendre avant de demander Bethy en mariage, parce qu'ils avaient de toute évidence pas mal de trucs à régler d'abord.

— Vous devez vraiment vous parler, tous les deux.

Je n'avais pas d'autre conseil à lui donner.

— Je sais, soupira Jace en se passant une main sur la figure. Chaque fois que j'essaie d'en discuter avec elle, elle se met à picoler. Ensuite, je la retrouve en train de danser sur le comptoir d'un bar en ville. Lorsqu'elle commence à dessoûler, elle me répète qu'elle voudrait tellement être à la hauteur, une fille bien que je pourrais aimer pour toujours. Alors, je la rassure, mais je la supplie de m'expliquer pourquoi elle se comporte comme ça. Pourquoi elle me tient à distance, parfois. En général, c'est là qu'elle se met à pleurer ou à me sucer. L'un ou l'autre, ça suffit à me distraire complètement de la question.

J'avais cru que tout allait bien entre eux. Le parfait amour. Ils étaient toujours fourrés ensemble. Jamais je n'aurais imaginé qu'ils rencontraient de tels problèmes. Bethy était toujours si joyeuse et pleine de vie. La Bethy que Jace me décrivait était une inconnue.

— Je l'aime. Je suis prêt à tout pour arrêter ce cirque, parce que je ne peux pas perdre Bethy. Je l'aime. Elle est la meilleure chose qui me soit jamais arrivée. Toutes mes relations d'avant me semblent dérisoires, en comparaison. Si elle veut qu'on se marie, alors banco ! Je voulais attendre, mais je pense qu'elle ne me donnera jamais la moindre explication. Peut-être que si je l'épouse elle cessera de me zapper comme elle le fait. Peut-être que si je lui passe la bague au doigt elle arrêtera de picoler et de sortir tout le temps.

La seule raison à peu près valable qu'il m'avait donnée pour épouser Bethy, c'était quand il avait dit qu'il l'aimait et qu'elle était la meilleure chose qui soit arrivée dans sa vie. Le reste me semblait d'une logique assez douteuse.

— Tu devrais discuter avec elle quand elle est sobre. Enferme-la dans une pièce et oblige-la à te parler. Ne la demande pas en mariage parce qu'elle te force la main en picolant. Ce n'est pas ça, le mariage. Ça doit venir du cœur, mon vieux.

Jace désigna la porte du menton.

— Et Della ? C'est ce que tu veux avec elle ?

Oui, je voulais Della pour le meilleur et pour le pire.

— Un jour, mais elle ne met pas la pression. On verra lorsque le moment sera venu.

— Oui, c'est ce que je me disais aussi. Mais on dirait que Bethy se sent menacée par cette idée.

Il se leva soudain.

— Merci de m'avoir écouté. J'avais besoin de vider mon sac. Je ne me voyais pas rentrer à la villa pour retrouver Bethy, après ce qui s'est passé ce soir. J'avais besoin de parler.

— Tu es mon meilleur ami. Je serai toujours là quand tu auras besoin de parler. Et puis, c'est grâce à toi que je n'ai pas pété un câble quand Della est partie.

— Remercie plutôt Rush, répondit-il avec un petit rire. Moi, j'avais trop les jetons pour m'approcher. Des fois que tu m'aurais mordu…

— Rush était le seul physiquement capable de me retenir, mais tu m'as écouté et aidé à garder les idées claires pendant son absence.
— Tu es comme un frère pour moi.
Oui. Nous étions comme deux frères.

Della

— « *Il était une p'tite poule blanche, qui allait pondre sur une branche. Elle pondait un p'tit coco pour l'enfant qui dort bientôt...* »

Par la porte entrebâillée, j'observais discrètement Maman qui chantait de sa voix aigre et fausse. Elle était assise dans le fauteuil à bascule de sa chambre, serrant contre elle une poupée emmaillotée dans une couverture. Quand elle était triste, elle chantait des berceuses à la poupée, que je n'avais jamais le droit de toucher.

— *C'est un gentil garçon qui va dormir pour sa maman. Il va faire un gros dodo, comme un gentil bébé.*

Elle parlait doucement à la poupée, tout en caressant le visage en plastique comme s'il s'agissait d'un vrai bébé. Pendant longtemps, j'avais cru que la poupée était vivante. Comme elle ne faisait jamais le moindre bruit et que ma mère l'oubliait dans son berceau pendant des jours entiers, j'avais fini par comprendre.

Un jour, j'avais commis l'erreur de la prendre dans mes bras pour la bercer, comme elle. Maman s'était mise très en colère. J'avais passé trois jours dans ma chambre, sans manger.

— « *C'était une p'tite poule noire qui allait pondre dans l'armoire. Elle pondait un p'tit coco, pour l'enfant qui dort bientôt. C'était une p'tite poule bleue qui allait pondre dans les cieux...* »

Elle inventait les paroles, comme toujours avec cette berceuse. Je ne savais pas si c'était parce qu'elle ignorait la suite ou parce qu'elle chantait ce qui lui passait par la tête.

Soudain, elle jeta la poupée à travers la pièce et se mit à hurler en tapant du pied avec rage :

— Enfant du démon ! Enfant du démon !

Je m'enfuis vers ma chambre à toutes jambes, en priant pour que maman ne vienne pas.

— Della ?

La voix de Woods vint transpercer mon rêve et j'ouvris les yeux. Il était penché sur moi, l'air inquiet.

— Ça va ? Tu respirais très fort.

C'était tout ? Je souris. Tout allait bien. Les souvenirs ne me dérangeaient pas, tant que la terreur gardait ses distances.

— Ça va, le rassurai-je en me blottissant contre lui. Un souvenir, c'est tout.

Woods me caressa le bras.

— Tu veux me raconter ? Peut-être que si tu m'en parlais, les rêves s'arrêteraient pour de bon.

J'étais sur le point de refuser, mais me ravisai. Pendant des années, j'avais refusé de m'ouvrir aux autres, craignant de me faire happer par les ténèbres. Mais j'allais mieux. Et si je racontais mes rêves à Woods ? Et si cela pouvait m'aider ?

— D'accord, répondis-je, en évitant son regard.

Mes souvenirs ne me faisaient plus peur. Simplement, j'hésitais encore à me mettre ainsi à nu devant lui. Cela me rendrait plus vulnérable que je ne l'avais jamais été de toute ma vie. Woods connaîtrait les horreurs qui dormaient en moi. Des horreurs que tout le monde ignorait.

Il était temps.

Il me serra contre lui et je me concentrai sur la chaleur rassurante de ses bras. Je ne risquais rien.

— Elle était en train de bercer une poupée. Celle qu'elle berçait toujours pendant ses mauvaises périodes. Elle lui chantait des chansons dont elle inventait les paroles. Je n'avais que cinq ans, mais je savais que ce n'était pas normal de chanter pour une poupée en plastique. Quelque chose clochait. Alors, je l'observais discrètement. Moi, elle ne me berçait jamais, alors, la voir avec cette poupée en plastique me troublait. Pourquoi la prenait-elle dans ses bras ? Le bébé était un garçon. Elle disait toujours « il » en parlant de lui, sans jamais lui donner de nom. C'était parfois « mon gentil bébé » ou « mon joli garçon ». Ça aussi, c'était bizarre, parce que le garçon qu'ils avaient adopté avant moi était déjà grand quand ils l'avaient accueilli.

J'aurais voulu lever les yeux vers Woods, mais je n'en avais pas fini. Je redoutais un peu sa réaction.

— Si elle me surprenait en train de l'espionner pendant qu'elle berçait le bébé, elle se mettait à hurler et me battait parfois. Elle me demandait de ne pas faire de bruit, parce que le bébé dormait. Ou bien d'aller préparer à manger pour mon frère et de m'assurer qu'il finisse son assiette. Je détestais ça. Je savais qu'il ne mangeait jamais rien et que la nourriture finissait par pourrir avant que ma mère accepte de la jeter. La maison empestait la pourriture. L'odeur me répugnait.

Blottie entre les bras de Woods, j'avais conscience de lui raconter des souvenirs troublants. Je savais que c'était dur à entendre, mais cela me faisait du bien. Woods avait raison. Parler de ce que j'avais vécu à quelqu'un qui m'aimait, et pas juste à un psy, m'aidait beaucoup.

— Lorsqu'elle berçait la poupée, elle finissait toujours par se rendre compte qu'elle était en plastique.

Je ne sais pas vraiment ce qu'elle voyait, mais elle se mettait soudain à hurler « Enfant du démon ! » et jetait la poupée à travers la pièce. Ensuite, elle se griffait la figure et s'arrachait les cheveux. Puis elle reprenait la poupée et s'excusait encore et encore d'avoir dû la laisser partir au supermarché. Elle s'excusait de ne pas avoir su le protéger. Ensuite, elle se remettait à crier « Démon ! ». La plupart du temps, je filais avant mais, une fois, je l'ai vue hurler et ça m'a terrifiée. Lorsqu'elle commençait à crier, je me précipitais vers ma chambre et fermais ma porte. C'est de ça que j'ai rêvé cette nuit. Un de ces moments.

Woods poussa un soupir saccadé.

— Putain..., murmura-t-il en posant la joue sur le sommet de mon crâne.

Il ne dit rien de plus, mais me tint serrée contre lui. C'était ce dont j'avais le plus besoin. J'avais toujours pensé que raconter ma vie d'avant, dévoiler mes souvenirs les plus intimes, empêcherait les autres de m'aimer. Pourtant, ce n'était pas du tout l'impression que j'avais à présent, blottie entre les bras de Woods. Il me serrait contre lui et m'embrassait la tête. Toute parole était inutile.

Je fermai les yeux et me détendis. Je m'étais toujours sentie en sécurité avec Woods mais, à présent, j'avais véritablement l'impression d'avoir trouvé mon point d'ancrage. Toute ma vie, je m'étais agrippée à ce qui était à ma portée et me permettait de ne pas couler. Je m'étais ainsi accrochée à Braden pendant des années, en espérant que sa présence me rappellerait que j'étais normale, que je ne vivais plus dans cette maudite maison. Pourtant, malgré son amitié inébranlable, jamais je ne m'étais sentie complètement rassurée avec elle. Elle ne pouvait m'apporter la stabilité dont j'avais besoin. J'avais d'ailleurs longtemps cru que personne n'en serait jamais capable. Pas après tout ce que j'avais enduré. À présent, je savais que c'était faux. Quand Woods me prenait ainsi dans ses bras et que je sentais son cœur battre contre mon dos, je savais qu'il pouvait être mon roc. Si jamais je tombais, il serait là pour me rattraper.

Woods

J'avais bu trois tasses de café ce matin-là, afin de tenir le coup pour la partie de golf prévue avec Nile. Après le récit de Della, le sommeil m'avait fui. J'avais passé la nuit à regarder Della dormir, serrée contre moi. Je redoutais qu'elle puisse faire de nouveau ce genre de rêve sans que je sois près d'elle pour la réveiller.

Tant d'atrocités. Ce qu'elle avait enduré était encore plus horrible que ce que j'avais imaginé. Elle s'inquiétait de ne pas être assez forte... Bon sang, quiconque aurait survécu à un enfer pareil et serait encore capable de fonctionner normalement chaque jour possédait une force incroyable. Della, elle, faisait plus que fonctionner. Elle riait, nouait des amitiés, profitait de la vie ; elle me faisait sourire et complétait mon univers. Jamais je n'avais rencontré quelqu'un d'aussi fort.

— Désolé pour le retard, lança Nile, me tirant de mes pensées. Les filles se sont réveillées tôt et j'ai tenté de leur faire prendre leur petit déjeuner tranquillement devant la télé, pour que leur mère puisse faire la grasse matinée.

Avec ses cheveux bruns et ses yeux bleus, il ressemblait tellement à Della que j'avais du mal à ne pas le dévisager. Aucun doute possible : cet homme était son père.

— Pas de soucis, Nile. Je n'attends pas depuis longtemps. Vous voulez prendre un caddy ?

Je n'en prenais moi-même jamais, mais la plupart des membres préféraient qu'on leur porte leur matériel. Nile jeta un coup d'œil à la voiturette garée près de moi, dans laquelle j'avais déjà rangé mon sac personnel et un jeu appartenant au club. Il m'avait indiqué la veille qu'il n'avait pas apporté son propre matériel.

— Non, je préfère que nous soyons seuls, dit-il avec un sourire.

Comme je m'en étais douté, il voulait discuter de Della. Pour cette raison, je n'avais même pas pris la peine de réserver un caddy.

— Dans ce cas, en route, lançai-je en montant dans la voiturette. J'ai de l'eau fraîche dans la glacière, mais, si vous voulez commander autre chose, un employé passera vers le troisième trou.

— De l'eau, ça me va très bien. Il est trop tôt pour autre chose.

Je me dirigeai vers le premier trou.

— Della était ravie de retrouver vos filles et votre femme à la plage, ce matin.

Elles avaient prévu d'y passer la journée ; Nile devait les rejoindre après le parcours. Quant à moi, j'avais du travail et je voulais laisser à Della l'occasion de passer du temps seule avec eux.

— Les filles sont tellement impatientes de la revoir. Elles ont vraiment accroché. Jillian aussi l'adore.

Je garai la voiturette et descendis.

— Difficile de ne pas adorer Della, soulignai-je.

— C'est vrai. Elle ressemble beaucoup à sa mère, sur ce point. Enfin, je veux dire à Glenda.

Je n'avais pas encore rencontré Glenda. Della avait les traits de son père biologique, mais pas la même personnalité.

— Della semble heureuse, ici, fit remarquer Nile en sortant un driver de son sac.

— Oui.

Il me regardait, visiblement peu pressé de préparer son premier coup.

— Vous ne l'avez pas demandée en mariage. Et je n'ai pas pu m'empêcher de remarquer que la question n'était pas vraiment à l'ordre du jour, lorsque les filles l'ont interrogée à ce sujet.

Pas vraiment la conversation que je m'attendais à avoir avec lui. Je sortis mon driver en m'efforçant de ne pas montrer mon agacement devant cet interrogatoire en règle.

— Nous n'avons pas encore abordé la question.

— Je vois, répondit simplement Nile en hochant la tête.

Comment ça, «je vois»? J'avais quand même l'intention d'épouser Della.

— Je vais être franc avec vous, Woods. Vous êtes un type bien. Plein d'avenir. Lorsque la femme de votre vie se présentera, vous saurez aussitôt que c'est elle. Et comme vous ne semblez pas encore envisager le mariage, je sais, en tant qu'homme, que vous n'êtes pas certain que Della soit la bonne. J'allais attendre un peu, mais j'ai décidé de proposer à Della de venir s'installer à Phoenix avec nous. Jillian est tout à fait partante. Nous en avons discuté très tard hier soir. Nous avons une chambre libre et Della pourra faire ses études. Elle n'a que vingt ans. Elle a besoin d'être entourée par sa famille.

J'avais parfaitement entendu ce qu'il venait de dire, mais c'était comme si j'avais soudain quitté mon corps pour observer la scène depuis l'extérieur. C'était irréel. Cet homme était en train de suggérer de m'enlever

Della. Sans le laisser terminer, je secouai la tête. Il s'interrompit.

— Non.

Ce fut tout ce que je parvins d'abord à articuler. Il m'avait pris par surprise. Je m'attendais à tout sauf à ça.

— Non ? demanda-t-il, comme s'il ne comprenait pas ce mot.

— Non. Vous ne m'enlèverez pas Della. Je la suivrai. Où qu'elle aille, je la suivrai. C'est la femme de ma vie. Elle ne part pas à Phoenix. Elle reste ici avec moi. Je vais l'épouser. Non, je ne l'ai pas encore demandée en mariage, mais j'ai l'intention de le faire. Elle vient juste de revenir. Elle affronte enfin les horreurs de son passé et accepte que je l'aide. Elle est à moi, Nile. À moi. Elle ne part pas. Point final.

Nile me regarda un instant, puis hocha la tête. Un léger sourire se dessina sur ses lèvres.

— C'est tout ce que je voulais entendre.

Il se dirigea ensuite vers le tee, comme si la conversation était terminée. Moi, je voulais être certain qu'il ne demanderait pas à Della de déménager à Phoenix.

— Qu'est-ce que ça veut dire ? demandai-je.

— Vous avez fait preuve de passion et de détermination pour la garder, me lança Nile par-dessus son épaule. Vous voulez l'avenir, pour le meilleur et pour le pire. C'est ce que je voulais savoir. À présent, il ne me reste plus qu'à m'assurer que Della veut la même chose que vous.

— Vous avez menti pour me faire avouer que j'avais l'intention de l'épouser ?

Je n'étais plus si certain d'apprécier ce type.

— Non. Je suis sérieux. Si Della accepte de vivre chez nous à Phoenix, j'en serai très heureux. Je suis prêt à dépenser jusqu'à mon dernier sou pour rattraper le fait que je n'étais qu'un gosse quand elle est née et que je ne savais pas ce que je perdais. Je suis prêt à lui donner une famille et je ferai tout pour qu'elle se sente aimée. Cependant, je devais m'assurer que vous l'aimiez vraiment, si jamais elle décidait de rester à Rosemary.

Il ne renonçait pas à son idée.

— Della et moi sommes faits l'un pour l'autre. Je suis à elle autant qu'elle est à moi.

— Très bien. Si elle pense comme vous, alors elle refusera ma proposition. Et, dans ce cas, je saurai qu'un avenir heureux l'attend. J'espère aussi recevoir une invitation pour le mariage.

— Elle ne me quittera pas, affirmai-je avec plus de véhémence que nécessaire.

— Nous le saurons bien assez tôt, non ? conclut-il, avant d'accorder toute son attention à son jeu.

Della

Jasmine n'avait peut-être que quelques minutes de plus que Jocelyne, mais elle semblait bien plus en avance. Elle s'allongea sur sa serviette de plage comme une véritable ado et se mit à bavarder de marques de vêtements dont je n'avais jamais entendu parler. Je m'efforçai pourtant de suivre.

Jocelyne et July me demandèrent ensuite de construire avec elles un château de sable, puis nous jouâmes dans les vagues jusqu'à ce qu'un paquet d'algues vienne s'enrouler autour de la jambe de July, qui regagna le rivage en hurlant.

Jillian et moi bavardions dès que les filles nous en laissaient l'occasion, mais je préférais encore jouer avec elles. Elles étaient si pleines de vie. Nile avait été un bon père et elles l'aimaient beaucoup.

— Est-ce que tu vas venir vivre avec nous ? demanda soudain Jasmine en me regardant en coin. J'ai entendu Papa et Maman en discuter très tard, hier soir. Ils pensaient qu'on dormait.

La question me prit par surprise. Jasmine avait d'ailleurs attendu que sa mère soit partie emmener July aux toilettes. Je ne comprenais pas pourquoi Nile envisageait de me demander une chose pareille. J'étais heureuse ici.

— Je me sens chez moi, ici, répondis-je.

— Je sais, mais Papa dit que tu n'es même pas fiancée et que ça n'est pas prévu pour demain. Il pensait que tu pourrais venir vivre chez nous et aller à l'université. On pourrait être ta famille.

J'étais certaine que Nile n'avait pas prévu que je sois mise au courant de cette conversation.

— Je ne pense pas qu'on devrait parler de ça. Si ton papa a quelque chose à me demander, il le fera lui-même.

Jasmine se retourna sur le ventre.

— Il va le faire. Mais comme ça, t'es au courant.

Cette gamine n'avait-elle vraiment que neuf ans ?

— D'ailleurs, le voilà, ajouta-t-elle avec un petit sourire narquois.

En jetant un coup d'œil par-dessus mon épaule, j'aperçus Nile qui se dirigeait vers nous. Il était encore vêtu d'un short écossais bleu et jaune et d'un polo blanc. Apparemment, il arrivait directement du golf.

— Papa ! s'écria Jocelyne en levant la tête de son second château de sable.

Elle courut à sa rencontre et il la souleva dans les airs. Ensuite, il fit semblant d'être fâché parce qu'elle lui avait mis plein de sable sur ses habits. Ils étaient adorables.

— Alors, Papa, tu as fait combien ?

— Soixante-dix-neuf. Je suis rouillé. Woods a fait soixante-dix. Très impressionnant.

J'étais contente qu'ils aient pu passer du temps ensemble, car Nile et sa famille rentraient chez eux le lendemain. Je ne savais pas quand je les reverrais.

— Et vous, les filles ? Et cette journée à la plage ? demanda-t-il en s'asseyant à côté de moi.

— En dehors de l'épisode de l'algue sur la jambe de July, c'était super, répondis-je.

— Oh oui ! s'esclaffa Jasmine. C'était énorme !

— J'imagine ! Mais... Où sont Jillian et June ?

— Aux toilettes, expliquai-je.

Nous restâmes assis en silence quelques minutes. Jocelyne nous appelait sans cesse pour que nous admirions son château de sable. Lorsque Jillian et July revinrent, cette dernière s'installa sur les genoux de son père pour lui raconter dans les moindres détails tout ce qu'il avait raté. Nile l'écouta comme s'il s'agissait de l'histoire la plus extraordinaire qu'il avait jamais entendue. July semblait tout à fait à l'aise, certaine de l'attention et de l'intérêt de son père.

— Les filles ! appela soudain Jillian. Et si on allait se tremper les pieds pour laisser Papa discuter avec Della un moment ?

Elle se leva et tendit la main à July. Jasmine me regarda d'un air de dire « Je te l'avais bien dit », avant de rejoindre sa mère et ses sœurs.

— On pourrait marcher un peu sur la plage, suggéra Nile en se levant à son tour, pour me tendre la main.

Je n'avais pas besoin de lui pour me relever, mais il semblait programmé pour être un gentleman, si bien que j'acceptai. Nous nous éloignâmes un peu. Je décidai de le laisser parler le premier.

— Je voudrais que tu déménages à Phoenix avec nous, Della. Nous avons une grande pièce au-dessus du garage. Cela te donnerait plus d'intimité et tu aurais une entrée indépendante dans la maison. Tu pourrais reprendre tes études et ce serait l'occasion de faire vraiment connaissance. Les filles t'adorent et Jillian te trouve fantastique. Nous avons tous envie de t'avoir parmi nous, même si je sais que tu as déjà une vie ici.

— Della !

La voix de Woods vint soudain interrompre l'offre surprenante de Nile. En me retournant, je le vis qui courait vers moi. Que faisait-il ici ?

— Celui-là, alors…, marmonna Nile d'un air amusé.

Je n'eus pas le temps de réfléchir à la proposition de Nile. Woods avait l'air contrarié. Quelqu'un était-il blessé ?

— Woods ? demandai-je.

— Ne me quitte pas, s'écria-t-il en me prenant les bras.

Il haletait comme s'il venait de courir plusieurs kilomètres.

— Mais de quoi parles-tu ? Je n'ai pas l'intention de te quitter.

Il jeta un rapide coup d'œil à Nile, puis revint vers moi, le regard plein d'une détermination farouche.

— Je t'aime. Tu es la femme de ma vie. Mon ticket gagnant. Ne pars pas.

Nile lui avait-il parlé de sa proposition ? Mais, comment Woods pouvait-il envisager une minute que j'allais accepter ? L'avais-je à ce point rendu anxieux au sujet de notre relation ? Évidemment. Je m'étais enfuie en laissant une simple lettre derrière moi. Je lui pris le visage à deux mains pour le regarder droit dans les yeux. Je voulais toute son attention.

— Je ne te quitterai pas. Jamais. Il faudra que tu me chasses, si tu veux que je parte. Et encore, je ne me laisserai pas faire. Je me menotterai à toi et refuserai de bouger. Rien ne me fera partir. Rien.

Je caressai ses pommettes du bout du pouce. Ses traits étaient si parfaits que c'en était presque injuste.

— Il veut te proposer de partir avec eux à Phoenix.

— Je sais. C'est fait. Mais ça ne veut pas dire que j'accepte, répondis-je en souriant à ce beau visage inquiet.

— Alors, tu ne vas pas me quitter ?

Je fis signe que non, puis me tournai vers Nile.

— Le fait que toi, Jillian et les filles soyez prêts à m'accueillir dans votre famille avec une telle facilité me touche beaucoup. Je veux mieux vous connaître, tous. Mais je ne quitterai pas Rosemary. Je ne quitterai jamais Woods. C'est lui, ma famille. Les gens d'ici aussi. Je n'en ai pas besoin d'autre. J'ai tout ce qu'il me faut ici.

Nile ne sembla pas vexé ni prêt à me convaincre. Au contraire, une expression ravie s'épanouit sur son visage.

— Même si j'avais très envie que tu viennes vivre avec nous, afin que nous ayons l'occasion de former une vraie famille, je suis heureux de voir que tu as trouvé quelqu'un qui t'aime de cette façon. (Il désigna Woods du menton.) Je lui fais confiance. Je sais qu'il prendra bien soin de toi. Pas comme moi, quand tu en avais le plus besoin. Maintenant que je t'ai retrouvée, tout ce que je souhaite, c'est que tu sois heureuse. Je pense que cet homme est capable de t'aider à trouver le bonheur.

Woods passa un bras autour de ma taille.

— Ça, et bien plus encore, affirmai-je.

Woods

C'était déjà la fin de l'été. Comme chaque année, nous avions organisé un grand feu de camp sur la plage pour fêter l'occasion. Les deux mois précédents avaient été parfaits : Della partageait de plus en plus son passé avec moi et ses rêves avaient presque entièrement disparu. La semaine précédente, elle s'était réveillée au milieu de la nuit pour m'annoncer qu'elle avait rêvé de nous. Nous étions en train de faire l'amour sur la table de la cuisine. Elle était si excitée d'avoir fait un rêve dépourvu des horreurs de son passé qu'elle avait voulu aussitôt le rejouer dans la vraie vie.

Une façon bien agréable de se réveiller.

Tenant Nate dans ses bras, elle dansait avec lui sur la musique qui sortait des enceintes, sous le regard de Blaire et Rush, enlacés dans les bras l'un de l'autre. Elle était magnifique. Je voulais la voir danser ainsi avec notre enfant. Un bébé qu'elle puisse aimer comme elle-même ne l'avait jamais été. Je voulais qu'il naisse quelque chose de l'amour qui nous unissait si fortement l'un à l'autre.

— Elle est heureuse, dit Jace.
— Elle est parfaite, répondis-je.

En riant, Jace me donna une tape dans le dos.

— Allez, vas-y. Lance-toi. Tu sais que tu en as envie. Va lui passer cette foutue bague au doigt.

— J'y pense. Je veux que ce soit inoubliable.

— Ouais, je sais, soupira Jace. J'y pense, moi aussi. La saison n'a pas été facile pour Bethy et moi, mais on remonte la pente. Elle a arrêté d'écumer les bars. Je crois que c'était juste une mauvaise passe, pour elle. Et puis, elle a recommencé à passer du temps avec Della et Blaire. Ça aide.

Jace n'était pas réapparu sur le pas de ma porte pour me parler de Bethy, depuis l'autre soir. J'espérais pour lui que tout aille mieux.

— C'est cool, mon vieux. Je suis content pour vous deux.

— Oh, putain. C'est Nan, là-bas ? demanda Jace. Je croyais qu'elle était à Paris pour l'été. Grant va encore péter un câble, s'il la voit.

Grant n'était pas venu à la soirée. Il s'était absenté, ce qui arrivait de plus en plus souvent, ces derniers temps. Il refaisait surface pendant un jour ou deux, puis disparaissait de nouveau. J'étais déjà soulagé de savoir qu'il ne perdait pas son temps avec Nan.

— Grant a tourné la page. Si Nan revient ici, cela ne lui posera pas de problèmes. Elle n'a été qu'une grosse erreur de parcours, mais il le sait, maintenant.

— Elle est avec August Schweep, fit remarquer Jace avec un sifflement. Elle l'a ramené de Paris dans ses bagages, ou quoi ?

— Non. August est notre nouveau moniteur de golf. On avait besoin de quelqu'un en plus de Marco. Quand August s'est blessé au coude, c'en a été fini de sa carrière professionnelle. Il veut prendre sa retraite ici, alors il a acheté la maison Spencer. Et maintenant il bosse pour moi.

— On dirait que ça plaît beaucoup à Nan.

— Tant mieux. Pendant ce temps-là, elle fiche la paix à Grant.

— Tu m'étonnes ! s'esclaffa Jace.

J'avais envie d'emmener Della faire une promenade sur la plage. L'obscurité en faisait l'endroit parfait pour me retrouver seul avec elle. Alors que je me tournais, j'aperçus Bethy qui avançait en titubant vers le rivage. Elle savait pourtant bien que le drapeau rouge était hissé depuis le début de la semaine. Les rouleaux étaient énormes et, de plus, il faisait noir. Hors de question de se baigner dans la baie la nuit.

— Jace, regarde : qu'est-ce qu'elle fout, Bethy ? demandai-je sans la quitter des yeux.

— Tu veux dire maintenant ? Elle descendait des shots de tequila, tout à l'heure, et j'ai dû l'arrêter. Elle avait assez... Merde !

— Elle s'avance trop dans l'eau, dis-je en faisant un pas vers le rivage.

Jace s'était déjà élancé vers les flots et je lui emboîtai le pas. Un cri retentit parmi les invités lorsque la tête de Bethy disparut sous l'eau. Mon Dieu. Je devais être en train de faire un cauchemar.

Jace plongea pour se lancer à sa rescousse. Je pris le temps d'enlever ma chemise, craignant qu'elle ne me ralentisse, puis plongeai à mon tour. Pas question de laisser tomber mon meilleur ami.

Soudain, un gargouillis se fit entendre dans la direction de Bethy.

— Calme-toi, bébé ! Calme-toi ! cria Jace sans cesser de nager dans sa direction. Ne te débats pas. Je t'en supplie, ne te débats pas, sinon, tu vas couler et tu n'auras plus la force de remonter.

Je le vis attraper la main de Bethy juste au moment où un puissant courant de retour l'emportait. Non. Pas ça.

— Je veux que tu l'emmènes, Woods ! hurla Jace, par-dessus le rugissement des vagues.

— Donne-moi tes deux mains ! criai-je.

— Non ! Attrape Bethy. Attrape-la, bon sang ! Le courant est puissant !

Comment pouvais-je emmener Bethy et le laisser là ?

— Viens avec moi, Jace ! insistai-je.

— Woods, écoute…

Sa tête disparut un instant sous l'eau, mais il remonta à la surface en s'efforçant de soutenir Bethy, qui paniquait complètement.

— Tu dois l'emmener, sinon on va tous mourir. Je refuse de la laisser se noyer. Tu dois m'aider !

Je n'avais pas le choix. Jace était capable de se sortir du courant tout seul. Il était fort et malin. Nous avions appris très jeunes à lutter contre ce genre de courant. Je tendis la main vers Bethy, qui appela le nom de Jace.

— Je t'aime ! lui cria-t-il en lui lâchant la main.

Elle s'agrippa à mes bras en pleurant.

— Ta gueule, Jace ! lui hurlai-je. Tu vas t'en sortir, alors, arrête tes conneries !

— Ramène-la au rivage, c'est tout ce que je te demande ! répéta-t-il.

Le courant devenait plus fort. Si je restais plus longtemps, je risquais de me faire happer à mon tour. Saisissant fermement Bethy par le bras, je la tirai vers moi, puis glissai un bras sous les siens et me mis à nager vers le rivage.

À mon grand soulagement, Rush arrivait à ma rencontre en nageant. J'allais pouvoir retourner aider Jace.

— Passe-la-moi ! cria Rush en tendant la main vers nous.

— Il faut aller chercher Jace ! hurla Bethy, tandis que Rush la prenait à son tour dans ses bras.

Sans attendre, je fis demi-tour.

Jace avait disparu.

Je jetai un rapide coup d'œil vers le rivage, au cas où il aurait réussi à regagner la plage sans que je m'en rende compte, mais je ne vis que Rush qui portait Bethy hors de l'eau.

Je me tournai de nouveau vers les flots noirs. J'appelai, mais seul le silence me répondit. Rien.

Il était là il y a une minute. Il ne peut pas avoir disparu. Pas si vite.

Je plongeai, m'efforçant de garder les yeux ouverts dans l'eau salée, mais il n'y avait que les ténèbres. Il me fallait plus de lumière. Je commençai à tâtonner autour de moi, à l'aveugle. Lorsque mes poumons commencèrent à me brûler, je remontai d'un coup de pied à la surface pour respirer. Quelqu'un criait mon nom depuis le rivage. Ils m'appelaient, ainsi que Jace. Je ne pouvais pas revenir sans lui.

Je plongeai de nouveau. Je devais retrouver Jace. Je ne pouvais pas le perdre. Pas comme ça. Pas maintenant. Nous étions censés devenir deux vieillards bougons ensemble. Je luttai contre la panique qui me gagnait, chaque seconde de mes vaines recherches. Je nageai sous l'eau, luttant contre la force du courant, les mains tendues dans l'espoir de sentir quelque chose. N'importe quoi.

Lorsque mes poumons atteignirent leur ultime limite, je remontai à la surface, mais une énorme vague s'abattit sur moi sans me laisser le temps de respirer. Je refusai de sombrer comme ça. Je devais retrouver Jace.

Soudain, deux bras me saisirent avec force pour me remonter vers la surface, où je toussai et crachai de l'eau, avant de reprendre petit à petit mon souffle.

— Putain, Woods. Viens ! Tu vas finir par te noyer. C'est fini, mon vieux. Il est parti. Je ne veux pas qu'il t'arrive la même chose.

Les paroles de Rush furent comme un électrochoc. Fini ? Non. C'était impossible. Je me débattis entre ses bras.

— Arrête ! Della est là-bas, dans tous ses états. Elle n'arrête pas de pleurer. Tu veux la laisser ? C'est ça que tu veux ? La laisser comme ça ?

Della. Oh mon Dieu, Della. Je ne pouvais pas l'abandonner. Mais j'avais perdu Jace. Jace avait disparu.

Rush me tira jusqu'au rivage et, lorsque mes pieds touchèrent le sable, il me lâcha enfin. Nous restâmes là, pantelants, à nous regarder sans rien dire. Nous savions ce qui venait de se passer et ce qui nous attendait, à présent. Je me serais noyé moi aussi si Rush n'était pas venu à ma rescousse. Et j'aurais laissé Della seule.

Lorsque je me tournai, je la vis agenouillée sur le sable. Elle se mit debout, le visage baigné de larmes.

— Woods..., murmura-t-elle simplement, avant de se jeter dans mes bras.

Comme dans un rêve, je vis Blaire serrer contre elle une Bethy hystérique. Des sirènes retentirent dans le lointain, tandis que des sanglots et des cris résonnaient sur la plage. Della était blottie contre moi. Petit à petit, ses sanglots s'apaisèrent, mais son étreinte ne se desserra pas.

Rush s'avança pour prendre son fils en larmes des bras de Nan et le serrer contre lui. Il ne pleurait pas, mais le chagrin et la douleur étaient visibles dans ses yeux.

Moi... je me sentais vide.

Della

Je pensais connaître l'horreur. La peur. J'avais vu ma mère baignant dans une mare de son propre sang. Voilà pour la peur. Mais regarder Woods disparaître parmi les flots... C'était une horreur qui avait tout ravagé. Rien ne pouvait se comparer à ça.

Rien.

Jace, lui, n'était pas remonté à la surface. J'avais si mal à la poitrine que je parvenais à peine à respirer. Jace avait disparu. Sous mes yeux. Les sanglots de Bethy, que Blaire serrait contre elle, ne faisaient que me déchirer davantage. Je refusais d'y croire. J'aurais pu être à la place de Bethy. Ç'aurait pu être moi, assise sur le sable, en sachant que l'homme que j'aimais ne reviendrait jamais.

En sentant le corps de Woods se mettre à frissonner contre le mien, je repris pied dans la réalité. L'idée que j'avais failli le perdre me hantait, mais il s'était jeté à l'eau pour une bonne raison : sauver son meilleur ami. Son meilleur ami qui avait été happé par le courant sous ses yeux, sans qu'il puisse rien faire.

Je le serrai plus fort contre moi. Comment survivrait-il à un tel traumatisme ?

Tandis que Bethy sanglotait de plus belle, le corps de Woods devint raide.

— Hors de ma vue ! rugit-il soudain.

Je sursautai, surprise par la haine furieuse dans ses paroles. Le regard noir, il fixait un point derrière moi. En me retournant, je compris qu'il s'agissait de Bethy.

Blaire pâlit et les pleurs de Bethy redoublèrent.

— Virez-moi cette sale égoïste de ma plage ! Tout de suite !

Interdite, je vis Bethy lever vers lui de grands yeux remplis de chagrin. Rush s'approcha pour l'aider à se relever. Je l'entendis murmurer qu'il valait mieux emmener Bethy ailleurs. Woods continuait à hurler. À ses yeux, elle était coupable.

— Woods ? appelai-je, presque effrayée par l'homme qui se trouvait en face de moi.

Lorsqu'il baissa les yeux vers moi, j'y lus un vide insondable.

— Elle l'a tué, dit-il simplement.

Peut-être. Elle était entrée dans l'eau, avait manqué de se noyer et Jace était mort en tentant de la sauver. Cependant, Bethy était ivre.

— Elle l'aimait.

— Non. Elle ne l'aimait pas. On ne peut pas parler d'amour quand on fait une chose pareille.

Derrière nous, Blaire aidait Bethy à remonter la passerelle de bois. Les flics allaient vouloir lui parler. Elle n'irait pas bien loin.

— Woods, elle aussi a perdu Jace, intervint Thad sans oser s'approcher de Woods. Comme nous tous.

— Je l'ai perdu parce qu'il voulait que je sauve cette pocharde sans but, dit Woods d'une voix froide et dépourvue d'émotion. J'ai fait ce qu'il me demandait et c'est pour ça qu'il est mort.

Soudain, des phares balayèrent la plage ; des ambulances et la police venaient d'arriver. Les urgentistes s'approchèrent rapidement et plusieurs personnes présentes à la fête les informèrent de ce qui s'était passé. Un des ambulanciers s'avança vers Woods.

— Vous avez été dans l'eau ? demanda-t-il.
— Oui.
— Il faut qu'on vous ausculte.
— Non.

Voyant que l'homme s'apprêtait à protester, je me plaçai entre lui et Woods.

— Il va bien. S'il a besoin de consulter un médecin, je veillerai à ce que ce soit fait. Je vous en prie. Il a surtout besoin qu'on lui fiche la paix.

L'homme nous regarda tour à tour.

— Bon, d'accord, finit-il par accepter.

Il s'éloigna rapidement.

— Je ne bouge pas tant qu'ils ne l'ont pas retrouvé, annonça Woods.

Je lui pris la main et entrelaçai nos doigts.

— D'accord. On va rester ici.
— Tu veux bien rester avec moi ?
— Je ne te quitte pas une seconde.
— Merci.

Nous restâmes assis sur la plage pendant plusieurs heures. Rush avait apporté une des couvertures des ambulances et, sans un mot, il l'avait simplement posée sur les épaules de Woods, afin qu'il ne prenne pas froid. Rush aussi avait été dans l'eau. C'était grâce à lui que Woods ne s'était pas noyé. Ils avaient tous les deux vécu ce cauchemar.

Après que la police eut interrogé Bethy, Darla était venue la ramener chez elle. Devant l'insistance de Rush, Blaire aussi avait fini par rentrer avec Nate. Il ne restait plus grand monde sur la plage. Des hélicoptères équipés de projecteurs quadrillaient les eaux noires et des navettes continuaient en vain les recherches. Impossible de distinguer quoi que ce soit dans le noir.

Woods restait assis près de moi, les yeux perdus sur les flots, sans jamais me lâcher la main. Il les regardait chercher Jace. Il voulait qu'on retrouve son corps. Je comprenais. Il refuserait de quitter la plage tant que Jace serait là-bas, quelque part, tout seul.

Les hélicoptères finirent par s'éloigner, puis les navettes. Les ambulanciers rangèrent leur matériel et quittèrent à leur tour la plage. Un policier tenta bien de nous inciter à partir, mais que pouvait-il faire face au propriétaire du Kerrington Club ? Finalement, ils nous laissèrent tranquilles.

Nous n'étions pourtant pas seuls : Rush se tenait un peu à l'écart, les mains dans les poches de son jean. Il avait dû rentrer se changer. Lui aussi contemplait l'eau. Je n'arrêtai pas de penser que tout cela n'était qu'un rêve et que j'allais bientôt me réveiller, mais ça n'en finissait pas. Sur notre gauche, j'aperçus Thad assis sur le sable, serrant ses genoux contre lui comme un petit garçon perdu.

Tous souffraient.

Je ne pouvais rien faire. Personne ne pouvait rien faire.

Le bruit des vagues s'écrasant sur le rivage n'était plus aussi apaisant qu'autrefois. Désormais, l'océan semblait nous narguer, en nous rappelant qu'il était le plus fort et que c'était lui qui décidait.

Un bruit me fit me retourner et j'aperçus Grant qui descendait en courant la passerelle de bois menant à la plage. Il n'était pas présent à la fête. Je ne savais pas s'il était en ville ou ailleurs, car ce type ne tenait pas en place.

Il s'arrêta près de Rush, qui leva lentement les yeux vers lui. Ils restèrent ainsi un moment, puis Grant baissa la tête et se laissa tomber à genoux.

Au petit matin, le corps de Jace fut retrouvé, échoué sur une plage, à un kilomètre de là.

Woods

Debout dans la douche, je laissai Della me laver. Elle commença par mes cheveux, avant de me savonner le corps avec soin, sans poser de questions ni prononcer la moindre parole. Elle était là, simplement. J'avais besoin d'elle à mon côté. Si elle partait, je craignais que la réalité ne reprenne ses droits et je ne pourrais le supporter. C'était trop douloureux.

— Te voilà propre, annonça-t-elle d'une voix douce en sortant de la douche.

Une serviette à la main, elle entreprit de me sécher. Je la laissai faire. Lorsqu'elle eut fini, elle enroula la serviette autour de ma taille et déposa un baiser sur mon torse.

— Allez, va te coucher. Tu dois dormir.

Lorsqu'elle fit mine de s'éloigner, je lui saisis la main.

— Ne pars pas.

C'était presque une supplique. Ça ne me ressemblait pas du tout.

— Je ne pars pas. Je dois juste me sécher. Je te rejoins dans une minute.

— Je t'attends.

C'était moi maintenant qui avais peur de mes propres cauchemars. Je ne pouvais m'allonger et les affronter sans elle.

— D'accord, dit-elle, les yeux pleins de tristesse et de chagrin. Je me dépêche.

Elle se sécha et s'enveloppa à son tour dans une serviette, puis se dirigea vers la commode pour prendre une culotte.

— Non, ne mets rien.

Je la voulais nue entre mes bras. Je voulais sentir sa peau chaude réchauffer le néant glacé qui m'envahissait. Elle était la raison pour laquelle j'étais encore en vie. Sans elle, j'aurais continué jusqu'à la noyade.

— D'accord.

Elle me conduisit jusqu'au lit, où elle me fit m'allonger, et grimpa à son tour, avant de tirer les draps sur nous. Si Rush n'était pas revenu me chercher, je ne serais plus là à l'heure qu'il est. Je serrai Della plus fort contre moi.

Elle serait toute seule dans ce lit. Je ne voulais plus penser à ça. Della, sans personne pour la protéger. Pour la serrer fort. Pour passer une vie entière avec elle.

— C'est pour toi que je suis revenu, murmurai-je d'une voix rauque.

Elle leva les yeux vers moi.

— Merci.

Je restai silencieux, incertain de ce que je devais dire. Quelques minutes plus tard, mes paupières se firent lourdes et la douce chaleur du corps de Della m'apporta assez de réconfort pour que je parvienne enfin à m'endormir.

J'ouvris les yeux et contemplai le plafond. C'était la fin d'après-midi, à en croire la clarté du soleil par la fenêtre. Della dormait encore, le souffle calme et régulier. Dieu merci, je n'avais pas rêvé.

Je ne voulais pas rêver. Le drame tournait déjà en boucle dans ma tête. Jace voulait demander Bethy en mariage. Il était prêt à passer sa vie avec elle. Nous étions tous réunis et tout allait bien.

Mais Bethy était venue perturber tout ça. Elle avait transformé en cauchemar une soirée d'été dont nous étions tous censés profiter. Un cauchemar qui ne nous lâcherait jamais. Qui nous hanterait pour le reste de nos jours. Seul restait ce sentiment d'impuissance devant la disparition de Jace.

Je vivais au bord de la plage depuis toujours. Ce n'était pas la première fois que l'océan emportait quelqu'un, mais cela ne m'avait jamais touché directement. Cela n'avait jamais concerné quelqu'un que j'aimais. Cela n'avait jamais eu d'impact réel.

C'était bien réel, à présent.

Della remua entre mes bras et je la serrai contre moi. Elle était le ciment qui me permettait de tenir. La veille, elle était restée à mon côté, refusant même de me lâcher la main.

Lorsqu'ils avaient retrouvé le corps, elle m'avait pris dans ses bras et, de toutes ses forces, m'avait soutenu pendant qu'il le recouvrait et l'emportait. Jamais je n'aurais tenu le coup sans elle. Sa présence me rappelait que j'étais vivant. Je ne m'étais pas noyé. Lorsqu'elle s'éloignait, ne serait-ce qu'un instant, je me retrouvais de nouveau parmi les flots, aspiré par ce courant contre lequel je ne parvenais pas à lutter.

— Woods ? demanda Della d'une voix inquiète.

Je revins à la réalité et la regardai.

— Je suis là, dit-elle simplement, en repoussant une mèche de cheveux de mon front.

J'approchai ma main de son visage. Je n'avais pas encore trouvé les mots. Il était trop tôt pour en parler. J'avais besoin d'elle près de moi, c'était tout.

Elle glissa son corps sur le mien, s'installa à califourchon sur moi et commença à parsemer de baisers mes épaules et mon torse. C'était sa façon d'apaiser ma douleur, je le sentais dans chacune des tendres caresses de ses lèvres. Lorsqu'elle descendit ses hanches plus bas, je sentis la chaleur humide de son intimité glisser sur moi. Il ne m'en fallut pas plus pour être prêt.

Elle souleva le bassin et je la pénétrai avec aisance. Une fois que je fus complètement en elle, elle se pencha en avant pour poser la tête sur mon torse. Nous restâmes ainsi un moment, unis comme jamais.

Elle commença à remuer les hanches, sans chercher ma bouche dans une quête éperdue de jouissance. Elle me faisait l'amour avec son corps tout entier et me tenait contre elle de la façon la plus intime qui soit.

Je passai mes bras autour d'elle pour la serrer davantage. Nos mouvements parfaitement coordonnés suivaient un rythme d'abandon total, dont le but était l'apaisement et le réconfort. Lorsque le sexe de Della commença à se contracter autour du mien et que son corps se mit à frémir, je criai son nom et elle me suivit.

Après que j'eus joui en elle, elle ne bougea pas. Elle me garda en elle tandis que nous nous regardions droit dans les yeux. Toute la peine et le drame de la veille y étaient. Nous n'avions pas besoin de mots.

— Il voulait que tu retournes vers le rivage, murmura-t-elle finalement.

— Je sais.

— Il t'aimait, ajouta-t-elle en m'embrassant sur la joue.

— Je sais.

Della

La plage était déserte. En pleine journée, au mois d'août, et la plage était déserte. Presque quarante-huit heures s'étaient écoulées depuis que Jace s'était noyé. Les touristes avaient déjà repris le cours de leurs vacances ; seuls les gens du coin portaient encore le deuil. Woods refusait toujours de quitter la maison. Il faudrait bien que je réussisse à l'en convaincre, mais je ne voulais pas le forcer.

J'aurais dû appeler Tripp, mais je ne savais pas trop quoi lui dire. Il était sans doute auprès de sa famille. Je savais que je le verrais le lendemain, aux obsèques. Je sentais pourtant que j'aurais dû l'appeler. Dire quelque chose. Son chagrin était sans doute aussi profond que celui de Woods, car Jace était son cousin, presque un frère.

Et puis, il y avait Bethy. Je ne l'avais toujours pas appelée, ne sachant pas trop comment Woods réagirait. Il la tenait de toute évidence pour responsable de la mort de Jace. Pour toujours, j'en avais bien peur. Je ne savais pas s'il serait un jour capable de lui pardonner.

Rush était venu dans la matinée pour prendre des nouvelles de Woods, qui n'était pas encore réveillé. Une heure plus tard, Grant était passé à son tour, les yeux rouges et le regard aussi vide que celui de Woods.

Woods avait dormi jusqu'à 11 heures. Lorsqu'il s'était rendu compte que je n'étais plus dans le lit avec lui, il avait bondi pour partir à ma recherche. Il m'avait juste fait asseoir sur ses genoux et nous étions restés ainsi pendant une heure en silence. Puis je lui avais raconté que Rush et Grant étaient passés prendre de ses nouvelles et j'avais réussi à le convaincre de s'habiller et de manger quelque chose.

Je m'arrachai à ma contemplation du Golfe pour revenir vers la cuisine, où un poulet au parmesan cuisait dans le four. Au même instant, Woods sortit de la chambre à coucher ; il venait de se doucher et avait enfilé un jean et un T-shirt propre.

— Je dois passer au bureau, annonça-t-il.
— C'est bientôt prêt. Tu ne veux pas attendre un peu ?
Je voulais vraiment qu'il mange quelque chose.
— Nous partirons tous les deux après le déjeuner. Je veux que tu sois avec moi.

J'acquiesçai sans poser de questions. Il avait besoin de moi et je voulais être là pour lui. J'étais prête à tout. À mon tour d'être forte, d'être l'épaule sur laquelle il pouvait s'appuyer.

— Ça sent bon, fit-il remarquer en contournant l'îlot pour venir m'embrasser.

Cela arrivait souvent. Plus que d'habitude. Parfois, c'étaient des baisers désespérés, affamés, qui menaient à davantage ; la plupart du temps, cependant, c'était sa façon d'exprimer ce qu'il ne parvenait pas à articuler.

— Je dois aller faire des courses, expliquai-je en sortant le poulet du four. J'ai improvisé avec ce qu'on avait.

Cuisiner m'avait permis de me changer les idées. Je sortis les toasts du grille-pain et commençai à les beurrer.

— Tu veux un soda ? demandai-je.
— Il reste du thé glacé ?

J'en avais refait le matin même. Je lui servis un verre, pendant qu'il mettait la table.

— Merci, dit-il avant de boire son verre jusqu'à la dernière goutte.

— Je t'en prie.

Il me prit la main.

— Non. Merci d'être exactement ce qu'il me faut en ce moment. De savoir quand j'ai besoin de parler et quand je préfère me taire.

C'était la phrase la plus longue qu'il avait prononcée depuis notre retour de la plage.

— Je serai toujours là pour toi, répondis-je simplement en m'installant à table.

Nous mangeâmes en silence pendant quelques minutes.

— Il faut que j'aille voir ses parents… et Tripp. Il m'a appelé deux fois sur mon portable. Il faut que je le voie.

— D'accord.

— Je voudrais que tu viennes avec moi.

— D'accord.

— Sais-tu quand auront lieu les obsèques ? demanda-t-il ensuite en détournant son regard vers l'océan.

— Oui. Rush m'a dit que c'était demain à 14 heures.

Il mâcha longuement, le regard perdu sur les flots.

— Bethy sera là ?

— Oui, sans aucun doute.

En le voyant serrer les dents, je lui pris la main par-dessus la table.

— Woods… Elle l'aimait, elle aussi. Elle a commis une erreur avec laquelle elle va devoir vivre pour le restant de ses jours. Ça ne l'empêchait pas de l'aimer. Tu le sais.

— Jamais je ne pourrai lui pardonner.

— Je comprends. Mais n'oublie pas qu'il l'aimait. Assez pour mourir pour elle. Elle souffre. Tu ne dois pas en douter une seconde. Elle souffre parce qu'elle sait exactement pourquoi c'est arrivé. Tu peux la détester tant que tu veux, mais n'oublie pas ce qu'elle doit être en train de vivre. Ni que Jace l'aimait plus que tout.

Woods ne répondit rien. Il resta assis, à regarder par la fenêtre, tandis que je lui tenais la main.

Tout Rosemary Beach était présent à l'enterrement. Il y avait plus de gens que je n'en avais jamais vus en ville. Bethy semblait sans vie, le visage pâle et les joues creuses. Elle se tenait aux côtés de sa tante Darla et d'un homme qui devait être son père. Je reconnus les parents de Jace, que j'avais déjà aperçus une ou deux fois au club. Sa mère, les yeux rouges et gonflés, s'agrippait au bras de son père. Tripp se tenait près d'eux, vêtu d'un complet noir. Sans ses tatouages, il ne ressemblait plus du tout à un barman. Plutôt au jeune homme de bonne famille qu'il serait devenu s'il n'avait pas fui l'avenir que ses parents avaient tracé pour lui.

Woods me tenait la main comme si sa vie en dépendait ; il ne l'avait pas lâchée depuis notre arrivée. Rush serrait tout aussi fort celle de Blaire. Nate n'était pas là.

À côté de Rush, Grant se tenait les mains dans les poches, le visage crispé, comme s'il faisait tout pour retenir ses larmes.

Les autres étaient là aussi, mais je ne les voyais pas depuis l'endroit où je me trouvais.

Leurs vies à tous étaient entremêlées.

Ils avaient tous des histoires en commun.

Ils avaient tous déjà traversé des épreuves.

Ils avaient tous pensé grandir et devenir adultes ensemble. Se marier et regarder leurs enfants jouer ensemble.

Ils pensaient assurer la relève à Rosemary.

Ce qu'ils n'avaient pas prévu, en revanche, c'était de perdre l'un des leurs. Jamais ils n'avaient imaginé l'avenir sans l'un d'entre eux. La mort ne les avait encore jamais touchés. Pas de cette façon. Pas en prenant l'un d'eux.

Plus rien ne serait jamais pareil.

Bethy

Toute ma vie, j'avais aimé le bruit des vagues et la beauté sauvage du Golfe. J'étais fière de vivre dans un endroit pareil.
Puis tout avait basculé.
Les vagues qui s'écrasaient sur le rivage étaient cruelles. Cela faisait deux semaines que les flots avaient emporté Jace. Deux semaines que j'avais feinté la mort, qui avait emporté à ma place l'homme que j'aimais.
— Ç'aurait dû être moi ! hurlai-je à l'océan.
Je voulais qu'il sache qu'il avait merdé et s'était trompé de cible. Derrière moi, une voix retentit soudain :
— Il ne serait pas d'accord avec toi.
Je ne voulais pas entendre cette voix. Pas à présent que Jace n'était plus là. Je voulais qu'il s'en aille.
— Personne n'aurait dû mourir, Bethy, mais Jace a tout fait pour que ça ne soit surtout pas toi. Ce n'est pas l'océan qui s'est trompé, c'est Jace qui a pris cette décision.
J'aurais voulu me boucher les oreilles comme une enfant en lui criant de s'en aller. Je ne voulais pas le voir. Que faisait-il là ? Il savait pourtant que c'était ma faute. Tout était ma faute. Alors, pourquoi n'y avait-il pas de haine dans son regard, comme dans celui de Woods ?

— Va-t'en ! crachai-je sans me retourner.
— Je ne m'enfuirai pas une seconde fois.

Je n'avais pas besoin d'entendre ça. Peut-être cinq ans plus tôt aurais-je voulu que Tripp Newark me dise qu'il restait à Rosemary Beach. Mais c'était trop tard. Tous les sentiments que j'avais pu éprouver pour lui étaient morts le jour où j'étais sortie de la clinique, accompagnée par ma tante Darla, après m'avoir fait avorter. À la place de mon cœur, il n'y avait plus eu qu'un trou béant.

— Fais ce que tu veux, mais ne t'approche pas de moi, répliquai-je en me tournant enfin vers lui avec fureur.

Il était aussi beau qu'autrefois, lorsque j'avais seize ans et une cervelle d'oiseau. C'était un beau parleur et je l'avais cru.

— J'accepte pour l'instant. Mais ça fait cinq ans que je fuis, Bethy.

Ce n'était pas mon problème. Il m'avait quittée sans la moindre explication ni excuse. Il n'avait pas répondu à mes appels. Rien. Pas même lorsque j'avais tué notre bébé. Cela m'avait brisée.

— Je l'aimais ! hurlai-je en pointant un doigt accusateur vers Tripp. J'aimais Jace ! Notre amour était réel. Ne viens pas me raconter maintenant que tu reviens. Ne viens pas me dire que tu en as marre de fuir. Je n'en ai absolument rien à foutre ! Je l'aimais.

Mes cris de colère se muèrent en sanglots, mais je m'en fichais. Il l'avait bien cherché. Il aurait dû garder ses distances.

— Je l'aimais, murmurai-je encore, avant de tourner les talons.

— Moi aussi, je l'aimais. Il était comme un frère pour moi. Il était tout ce que je n'étais pas. Bon. Honnête. Fort. Il méritait de t'avoir.

Je laissai la douleur me transpercer. Il était mort. Comment cela était-il même possible ?

— Je suis désolé, Bethy. Je suis désolé d'être parti comme ça, cet été-là. J'étais jeune et stupide. Mes parents avaient planifié pour moi une vie qui ne m'intéressait pas et je redoutais de finir comme mon père. Alors, je me suis barré. J'ai voulu t'avertir. Putain, je voulais même t'emmener ! Mais tu avais seize ans. Une gamine, encore plus jeune que moi. Comment un gosse de riche de dix-huit ans aurait-il pu s'occuper d'une fille de seize ans ?

C'était le passé et rien ne pouvait changer ce qu'il avait fait. J'avais laissé tout cela derrière moi pour continuer à avancer.

— J'étais amoureux de toi, Bethy. Tu es la première fille que j'aie vraiment aimée. Et la seule que j'aie jamais aimée depuis. Je ne voulais pas te faire du mal. Lorsque Jace a eu l'intelligence de tomber amoureux de toi, j'ai su que tout irait bien pour toi. Il aurait été capable de te donner tout ce que tu méritais.

— Tais-toi ! m'écriai-je en faisant volte-face. Ferme-la ! Il ne savait pas. Il m'aimait et me faisait confiance, mais il ne savait rien. Je ne lui en ai jamais parlé. Je n'étais pas digne de lui. Jamais. Je n'étais qu'une menteuse. Je suis sale. Souillée.

— Ne dis pas ça, protesta Tripp en faisant un pas vers moi. Ce n'est pas parce que tu m'as fait confiance en me donnant ton amour, puis ta virginité... Bethy, cela ne fait pas de toi une femme souillée et mauvaise. Toi et moi, ce n'était pas mal. C'était réel. J'étais trop jeune pour l'assumer, mais c'était bien réel. Ça ne m'a jamais quitté.

Lui donner ma virginité avait été une bêtise. J'étais encore une fille sage, à l'époque. Dans mon esprit, l'amour et le sexe ne faisaient qu'un. Cependant, Tripp avait changé tout ça et m'avait transformée en quelque chose dont Jace essayait de me sauver. Cette fille que Tripp avait détruite, c'était Jace qui avait tenté de la sauver avec son amour.

— Non. T'aimer n'était pas mal, mais c'était une connerie. Te donner ma première fois n'avait rien de sale, mais c'était une erreur. En revanche, tuer l'enfant que nous avions créé parce que tu ne m'aimais pas assez pour me rappeler... Voilà ce qui m'a rendue indigne de quelqu'un comme Jace.

Cette fois, il ne chercha pas à me retenir.

Della

Assise sur le rebord de la fenêtre, je regardai Woods en train de lire à son bureau les nouveaux contrats avec un distributeur que j'avais trouvé pour le rayon prêt-à-porter de la boutique du club. La ligne que nous présentions actuellement convenait pour une population plus âgée, mais les membres du club n'avaient pas tous franchi le cap de la cinquantaine.

Woods refusait toujours de me perdre de vue plus de quelques minutes. L'enterrement avait eu lieu deux semaines plus tôt, mais il avait encore besoin de ma présence. Cela s'améliorait de jour en jour, cependant. Nous faisions l'amour plus souvent que d'habitude, ce qui n'était pas peu dire.

Ce matin-là, Blaire m'avait appelée pour m'inviter à déjeuner. C'était l'heure de la sieste de Nate, si bien qu'elle avait prévu qu'on se retrouve chez elle. Bethy était également invitée. Elle ne travaillait plus et ne sortait presque jamais. Blaire était inquiète pour elle. Moi aussi. Woods, lui, refusait toujours d'aborder le sujet.

— Blaire m'a invitée chez elle à 13 heures, pour déjeuner. Ça ne t'ennuie pas ?

En temps normal, je n'aurais pas eu besoin de l'accord de Woods mais, comme il avait encore beaucoup besoin de moi, je préférais prendre les devants.

Il leva le nez de ses contrats, l'air soucieux. En voyant la tristesse dans ses yeux, je regrettai presque de lui avoir posé la question. J'aurais simplement dû décliner l'invitation de Blaire.

— Je suis désolé, Della.

— Pourquoi ? demandai-je en me relevant.

— Tu te sens obligée de me demander ma permission avant d'aller où que ce soit. J'ai été très dépendant de toi ces dernières semaines et j'en suis navré.

Je fis tourner son fauteuil pour m'asseoir à califourchon sur lui.

— Ne t'excuse pas, Woods. Pas pour ça. Tu avais besoin de moi et j'étais là pour te donner ce qu'il te fallait. C'était à mon tour d'être forte pour toi. J'étais notre socle, cette fois. Pas toi. J'ai pu te tenir la main et te montrer à quel point je t'aimais. Alors, tu n'as pas besoin de t'excuser.

Woods sourit. Cela ne lui était pas arrivé depuis l'accident. Il caressa doucement la courbe de ma mâchoire.

— Et te voilà à califourchon sur moi avec une jupe... J'ai envie que tu ailles te détendre un peu, mais je pense aussi à ta culotte et je ne peux m'empêcher de me demander si elle est humide. Ou bien si je peux faire en sorte qu'elle le devienne. Dépêche-toi de filer, avant que je ne me décide à contrecarrer tes projets.

Je me levai en riant.

— Non pas que l'idée me déplaise... D'ailleurs, si ça peut te rassurer, je ne doute pas une seconde que tu trouverais un bon moyen de me faire mouiller ma culotte, mais... Blaire semblait vraiment tenir à cette invitation.

— Vas-y, ma chérie. Et amuse-toi bien.

Je lui envoyai un baiser qu'il attrapa et porta à ses lèvres, puis je sortis en fermant la porte derrière moi.

— J'ai entendu des rires, fit remarquer Vince depuis son bureau. C'était agréable.
— Oui, il va mieux.
— Grâce à vous.
Je me contentai de sourire, car je savais qu'il avait raison. J'avais réussi à aider Woods, cette fois.

Lorsque Blaire ouvrit la porte, Nate était calé sur sa hanche droite et serrait dans sa petite main une des mèches de cheveux blond platine de sa mère, qu'il tirait joyeusement.
— Entre, m'invita Blaire, la tête penchée dans le sens de la mèche. Laisse-moi le temps de me dépêtrer et de mettre ce petit monstre au lit et je suis à toi. Il y a des verres et du thé sur la table de la cuisine. Aïe ! Nate, tu fais mal à Maman.

Malgré moi, je ne pus retenir un rire. Blaire leva les yeux au ciel avec un grand sourire.
— Il adore mes cheveux. Si ça continue comme ça, il ne va plus rien me rester.
— Va sauver tes cheveux. Je vais me servir à boire.

Avec un sourire reconnaissant, elle s'éloigna vers l'escalier. C'était un immense escalier, très élaboré. D'ailleurs, la maison de Blaire tout entière était fabuleuse. Elle avait d'abord appartenu à Rush, pour qui son père l'avait achetée quand il était encore petit. Autrefois, c'était là que sa mère logeait, lors de ses séjours à Rosemary Beach. À présent, Rush et elle ne se parlaient plus très souvent.

Je visitai quelques pièces, puis m'arrêtai devant un portrait en pied de Nate, accroché au-dessus de la cheminée du salon. Cet enfant allait avoir les cheveux aussi blonds que ceux de sa mère. Plus ils poussaient, plus ils s'éclaircissaient. Du moins, pour l'instant.

La cuisine se trouvait au bout d'un long couloir très haut de plafond, où étaient accrochés des portraits de Rush, Blaire et Nate. Il ne s'agissait pas de photos de professionnel, mais de clichés de famille pris sur la plage et à Noël. On voyait même Rush sur un toboggan, Nate sur ses genoux. Le spectacle était des plus surprenants. Pas vraiment le genre de Rush.

Arrivée dans la cuisine, je me servis un verre de thé glacé. Voyant la porte du cellier entrouverte, je m'approchai pour jeter un coup d'œil à l'intérieur. J'avais entendu parler de la fameuse pièce cachée sous l'escalier, qu'on ne pouvait atteindre qu'en passant par le cellier. C'était là que Rush avait logé Blaire la première fois qu'elle était venue à Rosemary, à la recherche de son père.

En souriant, je me demandai s'il leur arrivait d'y retourner… en souvenir du bon vieux temps.

La sonnette retentit. J'entendis les pas de Blaire résonner dans l'escalier. Était-ce Bethy ? Je ne l'avais pas croisée depuis l'enterrement. Je n'étais pas sûre qu'elle vienne, même si Blaire était sa meilleure amie.

Lorsque les deux femmes entrèrent dans la cuisine, je croisai le regard triste et vide de Bethy. Je posai mon verre et m'avançai pour la prendre dans mes bras. Elle semblait en avoir besoin.

— Tu m'as manqué, dis-je.

Elle répondit vaguement à mon étreinte.

— Merci, marmonna-t-elle se mettant à renifler.

— Interdit de pleurer, annonça Blaire. On va se gaver des cookies que j'ai préparés, sans nous soucier des calories, et on va papoter.

Elle s'empara d'un plateau recouvert d'un torchon, qu'elle déposa sur la table de la cuisine, avant de s'asseoir.

Je ne savais pas trop si sa tactique fonctionnerait, mais elle semblait déterminée. S'efforçant de faire bonne figure, Bethy prit place en face de moi.

— Bon, d'accord, ajouta précipitamment Blaire en voyant Bethy se décomposer soudain. Peut-être qu'on a besoin de pleurer un bon coup. Parle-nous. Nous sommes là pour t'écouter.

— Non, répondit Bethy en secouant la tête. J'en ai marre de pleurer. J'en ai marre d'être triste. Je voudrais être capable de sourire de nouveau, c'est tout.

— Nous n'avons peut-être pas perdu l'homme que nous aimons, mais nous avons toutes les deux déjà perdu quelqu'un. Moi, c'était mère et ma sœur, et Della a perdu sa mère. On sait que c'est douloureux et il faut que tu hurles et que tu pleures, si ça peut t'aider à extérioriser le chagrin. Ensuite, tu vas goûter mes cookies et penser à des souvenirs rigolos. Pense à des choses que Jace a faites et qui t'ont fait rire. Souviens-toi de lui de façon positive. Cela t'aidera à combattre le mauvais souvenir de cette nuit-là. Ça va marcher, crois-moi.

Woods

Jimmy venait de m'appeler pour que je vienne récupérer Grant au bar. Celui-ci avait trop bu et avait commencé à traiter mon nouveau prof de golf de sac à merde. Pas terrible. Il n'allait pas tarder à le regretter.

Arrivé au club, je passai devant Jimmy, qui souriait d'un air amusé. Accoudé au bar, Grant tentait de convaincre le nouveau barman qu'il était membre du Congrès et qu'il lui fallait encore un verre.

— Je m'en occupe, lançai-je au nouveau, qui sembla soulagé.

Grant fit volte-face, manquant de tomber de son tabouret.

— Hé, Woods! C'est toi. Tu me paies un verre, mon pote? bafouilla-t-il.

Grant n'appelait les gens « mon pote » que lorsqu'il était bourré.

— Dans tes rêves, répondis-je. Allez viens, je te ramène chez toi. Tu as assez bu pour ce soir.

Grant se dégagea.

— Je veux pas rentrer. Je veux rester ici. J'aime bien, ici. C'est mieux. Si je rentre chez moi...

Il baissa la voix, ce qui ne l'empêcha pas de parler toujours très fort.

— ... Elle va venir.

— Qui ça ? demandai-je, en lui prenant de nouveau le bras pour le remettre debout sans ménagement.

Je me dirigeai vers la porte avant qu'il ne puisse protester.

— Mais... elle, bien sûr ! chuchota-t-il avec force.

— Ah oui, bien sûr. Je vois. Tu bois depuis quelle heure, là ?

Une fois dehors, Grant eut l'air surpris.

— Ah, putain. Tu m'as bien eu. On est sortis.

— Pourquoi ne veux-tu pas rentrer chez toi ? Tu aurais bien besoin de cuver.

Grant regardait autour de lui comme s'il attendait que quelqu'un sorte de sa cachette afin de lui confier un secret de la plus grande importance.

— C'est Nan. Toujours Nan. Elle est furieuse. Et quand elle est furieuse, elle devient un peu possessive, puis méchante. Ensuite, elle commence à me faire des trucs et je finis toujours par la laisser faire. Sauf que cette fois je ne veux pas la laisser faire, parce que je ne l'aime pas du tout, cette fille. Alors, pas question de rentrer.

Rien de tout cela n'avait ni queue ni tête, à part peut-être le fait qu'il n'aimait pas Nan. Personne n'aimait Nan. J'aurais mis ma main à couper qu'il devait exister un hashtag sur Twitter, dans le genre #jedétesteNan.

— Tu veux aller dormir dans l'une des chambres du club ? lui proposai-je, tandis qu'il s'affalait sur un banc.

— C'est vrai, je peux ? Elle ne pourra pas me trouver, au moins ?

Je ne l'avais pas vu aussi bourré depuis le lycée. Nan avait encore fait des siennes.

— Tu devrais quand même avoir retenu la leçon, depuis le temps : laisse tomber Nan. Cette fille est toxique. Il ne faut même pas l'approcher.

Avec un soupir, Grant se pencha en avant.

— Je t'interdis de vomir sur la brique. C'est un country club, abruti. Pas un bar.

Il leva vers moi un regard vitreux.

— Ce n'est pas à cause de Nan que je bois. C'est elle. Elle est tellement... tellement... Putain, j'arrive même pas à trouver le mot. Elle m'a pourri la tête. Je suis foutu. Elle refuse de me voir. De me parler. Rien. *Nada*. Elle est plus protégée que la reine d'Angleterre. Ces rockeurs à la con pensent que je suis un problème. Mais non ! Je veux juste la voir. Pour lui expliquer.

Mais de quoi parlait-il ?

— Tu m'as perdu, vieux. Je n'y comprends plus rien. Allez, viens, je vais te trouver une chambre.

— Elle a des jambes qui n'en finissent pas. Plein de jambes... Deux au moins. Tellement douces. Si tu savais...

Je le remis debout pour l'emmener vers mon pick-up.

— Nan ?

— Berk, non ! cracha-t-il. Je t'ai déjà dit que ce n'était pas Nan. Cette salope a tout foutu en l'air. Elle fout toujours tout en l'air.

Je l'installai sur le siège passager, refermai la portière, puis m'assis au volant et ouvris en grand les fenêtres.

— Si jamais tu as besoin de gerber, fais-le par la fenêtre, au moins, suppliai-je avant de mettre le contact.

— Des jambes, mon vieux...

— Oui, oui. Tu me l'as déjà dit.

— Tu ne comprends pas. On dirait qu'elles descendent tout droit du paradis.

Bon. Il avait une fille dans la peau, mais ce n'était pas Nan. C'était déjà ça. Si je parvenais à le faire ressortir de mon pick-up avant qu'il vomisse, la soirée ne serait peut-être pas complètement perdue.

— Elle était vierge, murmura-t-il soudain.

Attendez... quoi?

— Au moins, je suis sûr qu'on ne parle pas de Nan, sur ce coup-là!

— Vierge, je te dis, répéta Grant en se calant contre l'appui-tête en cuir. Elle ne m'avait rien dit non plus. Et maintenant, elle refuse de me parler. Mais moi, je veux qu'elle me parle!

Donc, Grant s'était tapé une vierge, que des rockeurs retenaient prisonnière, à présent. C'était complètement... Oh merde.

— Grant, ce n'est quand même pas de Harlow que tu es en train de me parler?

— Ben si. Tu croyais qu'on parlait de qui?

C'était pire que Nan.

Carrément pire que Nan.

Grant était dans une merde noire. Nan ne laisserait jamais un truc pareil se produire. Jamais.

Deux mois plus tard

Della

Braden était enceinte. J'avais raccroché depuis plus de dix minutes, mais n'avais toujours pas quitté la balancelle sur le perron. J'avais besoin de temps pour digérer la nouvelle. Braden. Maman. Ma Braden. Oh là là…

La porte de la maison s'ouvrit.

— Tu as fini ton coup de fil ? s'enquit Woods.

— Hmm-hmm…, répondis-je en lui faisant une place.

— Quelles nouvelles de Braden ? demanda-t-il en me passant un bras autour des épaules pour m'attirer contre lui.

— Elle… elle est enceinte.

Le mot avait du mal à sortir. J'avais toujours imaginé Braden avec des enfants. Je savais qu'elle ferait une mère fantastique, mais la savoir au seuil d'une aussi grande étape dans sa vie me prenait par surprise.

— C'est bien, non ?

J'acquiesçai en souriant. Sans doute avais-je semblé un peu perplexe tandis que je réfléchissais.

— Oui, c'est merveilleux. Ça faisait un moment qu'ils essayaient, apparemment. Je ne savais pas. Elle ne m'avait rien dit. Mais elle entre dans son quatrième mois et ils ont entendu le cœur battre, hier. Elle pense qu'elle peut l'annoncer sans risque, à présent.

Woods se mit à pousser doucement la balancelle et je remontai mes pieds pour le laisser faire.

— Elle fera une mère géniale, ajoutai-je.

— Je suis d'accord. Elle est plutôt féroce quand elle aime quelqu'un.

— Ça, c'est sûr ! m'esclaffai-je.

Woods se baissa pour me déposer un baiser sur le bout du nez.

— Je t'aime, chuchota-t-il.

— Moi encore plus.

C'était toujours ce qu'il me répondait, dans ce cas. Cela lui faisait les pieds.

— Copieuse, se moqua-t-il.

Je lui pinçai doucement la peau au-dessus des abdominaux. Il sursauta avec un petit cri.

Nous restâmes ensuite assis un moment à profiter de la brise du soir. Avec l'automne, Rosemary Beach avait enfin retrouvé sa tranquillité. Les hordes de touristes étaient reparties. L'absence de Jace nous hantait toujours. Nous la ressentions tous et savions que cela ne s'apaiserait jamais. Cependant, depuis quelque temps, nous parvenions à parler un peu de lui. Lorsque quelqu'un racontait une histoire amusante à laquelle il avait pris part, nous éclations de rire au lieu de pleurer.

Bethy avait repris le travail, même si Woods n'était pas encore prêt à lui adresser la parole. Il savait qu'il avait tort. Il me l'avait avoué, un soir. Mais il ne parvenait pas à lui pardonner. Je n'avais pas insisté. Il avait besoin de temps.

Tripp était de retour. Après s'être absenté une semaine environ, le temps de vider son appartement en Caroline du Sud, il était revenu s'installer chez lui, à Rosemary. Woods l'avait aussitôt ajouté à la liste des membres du conseil d'administration du club.

— Della?

— Mmh?

— Tu crois au destin?

Je pris le temps de réfléchir. Je n'étais pas sûre, car je n'avais jamais véritablement envisagé la question auparavant.

— Qu'entends-tu par « destin », exactement?

— Je veux dire... Est-ce que tu crois que les choses se produisent pour une bonne raison et que, quoi que nous fassions ou décidions, elles se produiront quand même?

Il pensait à la mort de Jace. Il ne voulait pas haïr Bethy, mais son cœur refusait de lui pardonner parce qu'il aimait Jace comme un frère.

— Je pense que notre vie dépend d'une succession d'événements. Nous décidons de ce que nous voulons et si ça n'échappe pas à notre contrôle, alors nous pouvons l'atteindre. Parfois la chance nous sourit et parfois non. Je pense aussi que des accidents surviennent et que nous sommes confrontés à des situations où nous devons faire des choses qui nous déplaisent, par amour pour nos proches.

Woods ne répondit rien.

Je le laissai réfléchir, ne voulant pas le forcer à pardonner Bethy.

C'était quelque chose qu'il allait devoir trouver en lui-même, lorsque le moment serait venu.

Woods

Je rangeai mon téléphone dans ma poche et attendis près de mon pick-up que Della me rejoigne à la station-service. Une heure plus tôt, j'avais vérifié qu'elle était sur la réserve avant de quitter la maison. Elle aurait besoin de carburant pour me rejoindre au restaurant, le même mexicain que le soir de notre rencontre. Une aventure d'un soir. Ce matin-là, j'avais réussi à lui donner envie de manger des quesadillas. Il m'avait suffi de parler fromage fondu pour qu'elle accepte de faire le trajet.

Soudain, sa voiture apparut au coin de la rue et, exactement comme prévu, s'arrêta à la station. Della avait déjà repéré mon pick-up garé de l'autre côté de la pompe lorsqu'elle s'approcha. Elle ouvrit sa portière avec un sourire radieux.

— Qu'est-ce que tu fiches ici ? Je croyais que tu m'attendais au restau ?

Je contournai la pompe pour venir m'adosser à sa voiture.

— Cet endroit ne te rappelle rien ?

Son sourire s'élargit et des étoiles s'allumèrent dans ses yeux.

— Bien sûr que si. Mais bonne nouvelle : cette fois, je sais remplir mon réservoir toute seule.

C'était à cet endroit même que je l'avais vue pour la première fois. Elle portait alors un short très court ultra-sexy et n'avait pas la moindre idée de comment faire un plein. Moi, je cherchais une distraction.

— Dommage, soupirai-je. Moi qui espérais pouvoir le faire à ta place…

Elle pinça les lèvres, l'air joueur.

— Si tu en as vraiment envie, tu peux.

— Il faut que tu ouvres la trappe, d'abord.

— Mince! J'ai complètement oublié quand je t'ai aperçu!

Lorsqu'elle se retourna pour se pencher vers le tableau de bord, j'en profitai pour sortir une petite boîte que j'avais cachée dans mon tiroir à chaussettes toute la semaine. Della se retourna et s'apprêtait à dire quelque chose, lorsqu'elle s'aperçut que j'avais mis un genou à terre.

— Il y a un an, j'étais perdu. Ma vie était un bordel sans nom. Je me suis arrêté ici pour faire le plein et c'est alors que j'ai fait la connaissance d'une sublime brunette qui ne savait même pas mettre de l'essence dans sa voiture. Je l'ai convaincue de dîner avec moi. Elle m'a fait rire et a réussi à m'exciter comme un démon. Le lendemain matin, j'ai dû la laisser encore endormie dans la chambre d'hôtel. Ça n'a pas été facile. Je n'en avais pas envie. Mais ma vie était en bordel, et elle, elle voulait voir le monde pour trouver sa voie.

Je m'arrêtai un instant en voyant Della essuyer rapidement sa joue. Ses grands yeux bleus étaient pleins de larmes.

— Ensuite, elle est réapparue dans ma vie pour me sauver de l'enfer. Elle a chamboulé mon univers. Elle m'a appris à aimer et s'est emparée de mon âme.

Della se couvrit la bouche de sa main menue pour tenter de retenir un sanglot.

— Della Sloane, veux-tu m'épouser ?

J'avais à peine eu le temps de terminer ma phrase que, déjà, elle acquiesçait. Je me levai alors pour lui glisser au doigt le diamant que j'avais mis des semaines à trouver. En voyant la bague, j'avais compris que c'était la bonne. Elle était digne de la main de Della.

— Oui, murmura-t-elle enfin en passant ses bras autour de mon cou. Oui, oui, oui !

Je la serrai contre moi. Si le destin n'existait pas, alors il devait y avoir quelqu'un là-haut pour distribuer les cartes.

— Est-ce qu'on peut sauter le restaurant pour passer directement à la case hôtel ? demandai-je.

Elle me regarda avec un sourire à se damner.

— Et ton pick-up ? Je n'ai pas très envie de sauter cet épisode.

Moi non plus.

Remerciements

Lorsque j'ai décidé de raconter l'histoire de Woods, je n'avais pas encore visualisé Della. Pourtant, dès que j'ai commencé à créer ce personnage... Wouah ! Je suis tombée amoureuse. Toutefois, il ne suffit pas que je me mette devant mon MacBook pour qu'une histoire s'écrive toute seule.

Je veux commencer par remercier mon agente, Jane Dystel, qui est plus que fabuleuse. Signer avec elle a été l'une des choses les plus intelligentes que j'aie faites. Merci, Jane, de m'aider à naviguer dans les eaux du monde de l'édition. Tu es vraiment géniale.

Lorsque j'ai signé avec Atria, j'ai eu la chance de me retrouver avec Jhanteigh Kupihea comme éditrice. Elle est toujours positive et œuvre à rendre mes livres aussi bons que possible. Merci, Jhanteigh, de me rendre heureuse de cette nouvelle vie avec Atria. Le reste de l'équipe d'Atria : Judith Curr, qui nous a donné une chance, à mes livres et à moi. Ariele Fredman et Valerie Vennix, qui trouvent toujours les meilleures idées en marketing et sont aussi incroyables que merveilleuses.

Les copines qui m'écoutent et me comprennent comme personne d'autre : Colleen Hoover, Jamie McGuire et Tammara Webber. Vous m'avez toutes trois écoutée et soutenue plus que quiconque dans mon entourage. Merci pour tout.

Lorsque j'ai achevé *Simple Perfection*, je m'inquiétais des grands rebondissements de l'intrigue que personne n'attendait. Je voulais savoir comment les lecteurs réagiraient. Ces deux dames ont toujours laissé en plan ce qu'elles faisaient pour lire mes manuscrits et me donner leur avis sincère. Je leur en suis reconnaissante. Merci à Autumn Hull et Natasha Tomic, mes fidèles premières lectrices qui ne retiennent jamais leurs coups.

Enfin et surtout :

Ma famille. Sans leur soutien, je ne serais pas là. Mon mari, Keith, qui veille à ce que je ne manque pas de café et s'occupe des enfants, lorsque je dois m'enfermer pour tenir mes délais. Mes trois enfants qui se montrent si compréhensifs, même s'ils exigent mon attention totale dès que je sors enfin de ma grotte d'écrivaine. Mes parents, qui m'ont toujours encouragée, même lorsque j'ai décidé d'écrire des textes plus torrides. Mes amis, qui ne me détestent pas quand l'écriture envahit tout et que je n'ai pas de temps à leur accorder pendant des semaines entières. Ils sont mon soutien suprême et je les aime très fort.

Mes lecteurs. Jamais je n'aurais espéré que vous soyez si nombreux. Merci de lire mes livres. De les aimer et d'en parler autour de vous. Sans vous, je ne serais pas là. C'est aussi simple que ça.

CET OUVRAGE A ÉTÉ COMPOSÉ
PAR DATAMATICS
ET ACHEVÉ D'IMPRIMER
PAR L'IMPRIMERIE GRAFICA VENETA
POUR LE COMPTE DES ÉDITIONS J.-C. LATTÈS
17, RUE JACOB – 75006 PARIS
EN JANVIER 2015

JC Lattès s'engage pour
l'environnement en réduisant
l'empreinte carbone de ses livres.
Celle de cet exemplaire est de :
870 g éq. CO_2
Rendez-vous sur
www.jclattes-durable.fr

N° d'édition : 01
Dépôt légal : Janvier 2015
Imprimé en Italie